数奇にして模型

命運的模型 ㊦

森博嗣 著｜謝如欣 譯

目錄

第四章　萬變的星期二

1

星期二的下午是犀川研究室的論文指導時間。研究室全部的成員們聚集在一起，針對自己論文的進展狀況向大家做個簡單的報告。昨晚跟表哥大御坊聊到深夜的西之園萌繪，現在多少有些睡眠不足，但還是得強打起精神爲自己的畢業研究構想準備約三張投影片的說明。

在陰暗的指導室裡，她站在投影銀幕前進行約十分鐘的報告。接著，研究室成員經過一番討論以及國枝說明聯絡事項後，便宣布解散。

時間才下午三點。這次報告比平常結束的時間還要早，因爲在整個報告過程中，犀川沒有開口說半句話，一臉心情不太好的模樣。最後一個報告的萌繪必須收拾班上借來的投影機，國枝趁機拍了拍她的肩膀。

「西之園。」國枝用一隻手推了推眼鏡，小聲地問：「妳和犀川老師……發生了什麼事？」

萌繪回頭望著國枝，一時想不出怎麼回答，只好歪著頭保持沉默。這時犀川早已離開，而其它研究生以及必須撰寫畢業論文的大四生，也正慢吞吞地往指導室門口前進。

「沒有啊……」萌繪回答。

「他看起來心情很差。」國枝用講悄悄話的方式在萌繪耳邊說：「給人一種……他在場也派不上用場的感覺。」

萌繪聽了感到很驚訝。因爲其實很少人的表情會比國枝的表情更差，再說，對別人的心情發表意見的行爲，發生在國枝身上簡直就像奇蹟。

經過一陣子後，指導室裡終於只剩下她們兩個人。

「國枝老師知道星期六的那件殺人案嗎？」

「發生在那古野公會堂的？」國枝把投影片所使用的銀幕往上方捲起來。

「還有另一件命案是發生在M工業大學……」萌繪邊擦著白板邊說：「遇害的是一個化學工學系的女學生。」

「那個我就沒聽說了。」國枝雙手在胸前交叉說：「這跟犀川老師的低氣壓有關係嗎？」

「不。」萌繪搖頭說：「我想應該是沒有特別的關係，只是……我和犀川老師星期六偶然地在公會堂案發現場相遇罷了。」

「這樣啊……」國枝點頭。「眞的是偶然嗎？」

「是偶然啊。我想犀川老師一定是針對那兩個案子在思考些什麼吧，不是嗎？」

「怎麼可能！」國枝揚起嘴角。「會在思考些什麼的，應該是西之園妳吧？犀川老師不可能會去關心那種事的。」

「可是，他有說過這案情的確很不可思議。」嘴上這樣說的萌繪，其實並不記得犀川有說過這類的話，但這點光從犀川老師的表情和舉動上也是看得出來的。她感覺到自己最近愈來愈能靠直覺猜到犀川心裡的想法。

國枝陷入一陣沉默。

「事實上，那眞的是非常不可思議。不管是就物理方面或是心理方面的，都有很多疑點，就是令人百思不得其解……」萌繪企圖要對國枝說明清楚原因。

「別說了。」國枝揮揮手。「我不想再聽了，反正只是浪費時間而已。」

萌繪聳聳肩，但國枝拿著資料夾走出實驗室的時候，她趕緊收拾東西追了出去。

「國枝老師。」萌繪在階梯上追上國枝，跟她並肩而行。「我可以去妳的辦公室喝杯咖啡嗎？」

「嗯……不過只能待十分鐘。」國枝完全沒有移動原本的視線回答。

「好的。」萌繪拉高聲調。

一走進國枝桃子位於四樓的辦公室，萌繪立刻去設定咖啡壺的用量及時間，國枝則立即面對著電腦螢幕閱讀電子郵件，接下來有好一會兒，萌繪都沒有發出任何聲音。

「妳要談研究，還是私人上的事情？」當萌繪正好在想要怎麼和國枝切入話題時，國枝轉向她發問，對她來說眞是機不可失。

「不是研究方面的。」雖然這裡並沒有她專用的杯子，她還是從餐具櫃裡拿出兩份杯子。

「那我就不想多問了。」國枝很不客氣地說：「要不要改去找犀川老師？」

就在這個時候，萌繪發現國枝的口氣和氣質都跟筒見紀世都頗爲相似，也難怪昨晚萌繪跟筒見紀世都在一起時，她多少有產生親切的感覺，也許就是因爲這個原因。她安靜的盯著就快好了的咖啡壺。

國枝也保持沉默，再次面向電腦螢幕，迅速敲了幾下鍵盤的手指，彷彿表示連這一丁點的時間也不願意浪費。

「請問……」萌繪將咖啡倒進杯子中，開門見山地問：「異常的人和正常的人之間，究竟有哪些地方不同？」

當國枝轉向萌繪時，臉上表情依舊沒變地從她的手中接過杯子。

「這聽起來比我所想得到的，還更像是妳會煩惱的事情。」國枝道。

「昨晚我遇到一個有點與眾不同的人。」萌繪說明。「那個人在我面前大刺刺地洗澡，還光著身子到處跑，最後甚至在自己的房間中央發射二十支用寶特瓶做的火箭。當我以爲他在笑的時候，沒想到是在哭……」

「那是同一個人嗎？」

「咦？」國枝的問題令萌繪嚇了一跳。「嗯，當然是同一個人。」

「男的？」國枝邊喝著咖啡邊問。

「是的。他是公會堂那個死者的兄長。」

「那麼，這是發生在他妹妹死後兩天的事囉。」國枝點了點頭。

「國枝老師有什麼看法呢？」

「也是有這種人存在的。」

「只有這樣？」

「不然我還要怎麼想？要我認爲沒有這種人嗎？」

「我不了解爲什麼他要做這種事。」

「爲什麼妳想了解？」

萌繪稍微想了一下說：「因爲一想到自己不了解的東西，我就會覺得無法冷靜，感到很不安。」

「妳是想了解這世間的所有事物嗎？」

「不，只是想說應該至少要了解發生在自己周遭的事物而已。」

「嗯。」國枝點頭。「也就是說，所謂的正常和異常就是從妳自己的那份不安心情產生出來的。」

「因爲人常會給事物貼上標籤，然後就當做自己已經瞭解了，或是作爲自己本來打算要瞭解的標地。所以，正常和異常只是單純的標籤而已嗎？」

「妳這個問題去問犀川老師吧。」國枝揚起嘴角。「這種話題就算再討論個十五分鐘，大概也得不到什麼吧。」

「我並沒有想得到什麼。」

「那妳的目的是什麼？」

「和國枝老師談話。」萌繪刻意做出嚴肅的表情。

「這不算是理由。」國枝稍微眯起眼睛。「妳這樣只是把條件式當作答案，然後執行符合狀況的陳述罷了。」

「我知道。」

「眞是的……講道理這招對妳是行不通的。」

國枝嘆了一口氣後端起咖啡啜飲。不過視線依舊直直地看著萌繪。

「我先聲明，我本身對民俗學或生物學完全沒有興趣，等一下要說的也並非我的信念或思想，請不要有所誤會，可以嗎？西之園，妳認同就自然界觀察所得到之原始的分散性，也就是dispersion的存在嗎？」

「認同。」

「人類就是企圖將那些分散性進行分類。爲什麼要這麼做呢？那種動機近似於想單純化、符號化或數位化某些事物的行爲，在人類的思維中，這就像地球會產生有如重力方向般的作用；水會往低處流那般的自然一樣，是無庸置疑的。我想這大概是一種追求符合社會常識的防衛本能吧……人類盡可能將許多個體都歸類爲同一印象中，所以在找出其中可能共有的認知後，便趕快將之符號化和單純化。簡單來說，這應該算是統計的一種吧？到這裡還可以嗎？」

「嗯，我聽得懂。」

「如此一來，人類當然也會對自己本身產生分析的慾望。起先分類的對象只有像頭或身體之類物理上的具體事物，不過到了後來，人類也開始將自己的行爲進行分類，就連抽象的情感，也依同一分類或根據觀察的結果被視爲同樣類別的基準來被分割開來並賦予名稱定義；像笑容代表快樂、生氣代表憎恨、哭泣代表悲傷等等。可是……大家卻忘記人類早在瞭解什麼是分類以及被分類之前，就已經會笑會哭了，就像鳥類和哺乳類、植物和動物，早在被生物學分類之前，就已經自由自在地生活在這世界上的道理……眞討厭，談這種低水準話題的我，好像笨蛋一樣沒用。」

「拜託妳了，老師。」萌繪正襟危坐，希望國枝繼續講下去。

「眞拿妳沒辦法。」國枝對萌繪的行爲產生稍微訝異的心情。「好吧……因此感情和思考也被人類拿來分類，將大多數人們達成共識的形象命名，至於少數無法分類的，就一概被貼上例外的標籤。」

「就是所謂的異常嗎？」

「不是，例外就只是例外。這裡的問題癥結是在於感情和思考都是存在於人類潛意識的特異性，並受這種特異性控制。」

「對什麼而言算是特異？」

「聽好了。」國枝稍微推了眼鏡。「無論是不屬於鳥類和哺乳類的鴨嘴獸，或是介於植物和動物之間的眼蟲，牠們都對於人類所謂牠們想出來的分類一無所知，所以完全不會受『特異』的影響。鴨嘴獸不會因爲覺得自己不上不下的處境很噁心，而想要變得更像鳥一點，不過身爲人類，我們知道並且瞭解自己所創造出來的分類系統。這種系統成爲社會和文化產生的背景，所以孩子在成長過程中，自然也被灌輸了笑、哭泣或憤怒等行爲的形象模式，使得行爲原本的複雜程度也必然會隨著成長而受到控制並漸趨單純。在嬰兒時期，人類原本具有介乎笑、哭或是笑跟生氣之間的情感，這些情感卻隨著年紀增長各自離散並分化歸類。妳懂嗎？人愈是長大，就變得愈單純。」

「是這樣啊。」萌繪緩緩地點頭。「嗯，我懂。」

「這些爲了讓集體社會合理地存在而被制定出來的規則，也會干涉個人的情感，有時甚至於還會積極介入其中。應該沒有贊成殺戮或自殺的社會型態吧？再來，如果把社會當成是一個生命體的話，個人的喪命就等於是傷害身體的一部分，會讓全體的生命力和戰鬥力低落。因此我們必須築起防止這類行爲發生的規則或網絡，爲這類行爲營造出悲傷的情緒，來強化這份單純性的定義，並將之投射於簡單易懂的價值觀上。這樣一來，人們就會狂熱地支持並提升這種抑制大家去喜歡、思考或敘述這類反社會行爲的單純性規則。瞭解了這層關係之後，無論是個人或社會層級所出現的壓抑行爲，正常和異常的區別也只能被模稜兩可的定義著。」

「我可以理解。」

「本來在認識個人和社會這些『單位』的過程中，就很容易發現極大的相似性，所以我們可以知道，其實個人和社會之間本來就找不到明文規定的界線，一切都只是人類自己將近似的事物作大略地區分並單純化而已。」

萌繪心想這些都是一樣的。昨天在筒見紀世都的工房裡向她襲來的不安感，跟現在國枝闡述的道理所帶給她的感覺都是一樣的。

「請問……現代社會還在以『單純化』爲目標嗎？」

「這個我就不知道了……」國枝搖頭說：「就算我調查並且把握這個事實，也沒什麼用啊。」

「這其實並沒有好或壞的區別吧？」

「嗯，就跟重力的存在是相同的。」

「爲了不讓人殺人而限制國人持有槍械的日本法律，跟美國比起來是更爲單純化吧。」

「是啊。反過來說，因爲政府沒辦法取締沒收人們擁有的財產，也不想增加社會的複雜度，所以在制定法律時忽視了人之所以身爲一個人的尊嚴，讓人性受到低等的評價。」

「那不能用刀刃去損傷屍體的規則又是怎樣呢？」

「話題跳太快了。」

「這行爲等同於分裂國家吧？這就跟如果把網絡給砍斷，把連結給破壞的話，社會也會死去是一樣的道理。」

「我得看看妳想做多深入的對話，再決定怎麼回答妳。」

「爲什麼……死去的人也算是人呢？」

「那個啊……西之園，請妳冷靜鎮定一點。那個應該本來只有衛生方面的問題而已，的確也是有經過單純化的過程，但就跟人不能吃人肉的道理一樣，最後都會歸結到衛生層面的考量上，除此之外應該沒有別的理由了吧。」

「難道不是道德方面的問題嗎？」

「道德本身不就是最單純化的符號嗎？畢竟那是爲了教育兒童和頭腦差的成人規則而制定的一種意識形態。將世上一切事物都以對和錯來分類，比較容易寫在教科書上讓人快速吸收理解，而且就連最愚笨的教育者，也都能簡單上手。」

「嗯……」萌繪一隻手遮住嘴巴思考著。

「妳別誤會了。這只是我現在提出的一種極端說法。像這樣區分的行爲本身也可以算是一種單純化的過程，而且我們再這樣繼續分析下去，也得不到什麼。」

「嗯……是的……妳說的沒錯。」

「好了，別再繼續做這種無益的討論了，喝完咖啡就出去吧。」

「抱歉。」萌繪手裡拿著杯子，頭腦裡還是一片混亂。

「今天怎麼會想要問我？」國枝問。

「咦？」

「是因爲犀川老師看起來心情不好的關係嗎？」

「不，不是這樣的。」萌繪搖頭。「我是因爲想多問幾個人的意見。『異常和正常的不同在哪裡』這個問題，我今天也問過牧野和金子同學以及濱中學長了。」

「大家都怎麼說？」

「都說會問這種問題的我，就是一種異常。」

「的確是。」

「我本來也想問犀川老師同樣的問題……」萌繪聳聳肩。「可是他很忙……」

「我也很忙啊。」

「國枝老師會跟師丈聊這種話題嗎？」

「不會。」

「我眞的是異常嗎？」

「不問這個問題的話，也許就是了吧。」

萌繪在一旁看著將視線移往窗外的國枝側面好一會兒。稍微露出微笑，似乎很滿意國枝的這番回答，

「在公會堂遇害的女孩，頭是被砍掉的吧？我記得報紙上是這麼寫的……」繼續看著窗外的國枝突然問道。

「嗯，而且我有看到。」萌繪點頭，表情變得僵硬起來。「那個時候覺得沒有什麼，不過現在卻是愈想愈害怕。」

「這是應該的啊。」國枝點頭。「我覺得很正常。」

「我想犀川老師對於那具無頭女屍……一定有什麼想法吧？」

「爲什麼會這麼認爲？」

「直覺。」雖然嘴巴上說出毫無根據的理由，但萌繪心中十分篤定。

2

萌繪離開國枝的辦公室，敲了敲隔壁犀川辦公室的門。打開門之後發現犀川正在講電話。

「啊，不好意思……」犀川看到從門縫探頭進來的萌繪時，邊用一隻手蓋住話筒邊說：「西之園同學，我會忙上一段時間，可不可以晚點再來？」

「好的，抱歉，那什麼時候來比較恰當……」

「六點以後我應該就會有空了。」

萌繪聽到便順勢將門關上，看了看手錶，發現指針顯示在三點二十分的位置而已。難道老師接下來要繼續講兩個小時又四十分的電話嗎？一想到這裡，萌繪忍不住不高興起來。她走進對面的實驗室，回到自己靠窗的書桌前。早就在實驗室裡的金子勇二和牧野洋子，此時正坐在自己的座位上面對著螢幕，洋子和萌繪的書桌雖然是面對面的，但因爲中間擋著兩個電腦螢幕的關係，所以看不到對方的臉。

「妳剛才在做什麼？跟犀川老師聊天嗎？」

「不是，是跟國枝老師。」萌繪回答。

「妳一看就是一臉疑問的樣子，大小姐。」坐在萌繪斜對面桌的金子說：「還是今天早上那個瘋子是什麼的問題嗎？」

「是啊。」萌繪點頭。

金子吹起短促的口哨。「妳是當眞的嗎？怎麼還在煩惱那種事啊？眞受不了……妳實在有夠閒的。」

「難道不行嗎？」萌繪略帶惱怒地瞪著金子。

「妳在生什麼氣啊？」金子笑了。

「萌繪，難不成又是有關命案的嗎？」依舊被電腦螢幕擋住臉的洋子突然出聲。「啊，是星期六的那件案子嗎？」

「星期六的案子是什麼啊？」金子在一旁插嘴。

「你沒看報紙唷？」洋子站起身來。「就是公會堂的斷頭命案啊。」

「我哪知道。」金子不屑似地笑了笑。「斷頭？所謂的斷頭，是真的有人的頭被砍斷嗎？」

「是啊，脖子以上都被拿走了。」萌繪回答。

洋子越過螢幕盯著萌繪的臉。「果然是這樣沒錯……跟我想的一樣。討厭啦，總覺得執著於這種事的妳好奇怪喔。」

「不行嗎？」萌繪瞪著洋子。

「當然不行囉，瞧妳在說什麼啊？當然是不行的呀，萌繪。」洋子走到萌繪附近。「妳那種興趣，我實在是不敢苟同。如果妳沒這種興趣的話，一定會更……」

「更怎樣？」萌繪坐在自己椅子上，抬頭仰望走過來的洋子。

「就是更……呃……更正常啊。」

「謝謝妳的關心。」

「妳這樣說根本就是不把我當朋友嘛。」洋子將臉湊近她。「我知道了，我就當妳的商量對象吧，妳就盡量講，我都會耐心聽完的，所以請妳不要再一個人獨自煩惱，愁眉苦臉了。」

「我才沒有愁眉苦臉呢。」萌繪轉向金子。「是吧？」

「是啊，真要形容的話，應該說是樂不可支吧。」金子笑著說：「大小姐妳的煩惱，與其說是關心案情，不如說是在擔心別人如何看待妳這個特殊的興趣吧。」

「才不是呢！」萌繪站了起來。

「我覺得我並沒說錯，妳就再好好想想吧。」金子歪著嘴角，避開萌繪瞪著他的視線。之後發覺金子的話也許就是自己的心結所在的萌繪，也不反駁便回到自己的位子上。

「唉，說嘛，我一定會聽的。」洋子說。

萌繪看了看手錶衡量一下時間，決定向她這兩個同學說明整件案子的詳情。本來以爲會很複雜的案情，沒想到說出口的結果，卻是意外地單純，在金子將第一根菸抽完之前，萌繪就已經把自己所持有的情報大致分享完畢了。

「那昨晚呢？」金子在菸灰缸裡揉熄香菸。「昨晚有發生什麼事嗎？」

聽到問題的萌繪，只有提起在鶴舞大學醫院跟寺林高司見面的情形，和之後在筒見紀世都工房遇到的那場瘋狂慶典。把她昨天傍晚在咖啡廳跟近藤刑警會面，以及在愛知縣警局和鵜飼刑警面談的內容完全保密。

「大小姐，眞虧妳敢去那種危險的地方啊。」金子喃喃地說：「那傢伙是什麼人？藝術家嗎？」

「雖然我是後來才知道的，但當時其實有警方在跟監，所以並不危險。」萌繪一派輕鬆地說。

「可是，那個叫寺林的人，有可能是殺人犯吧？」牧野洋子說，她就坐在萌繪附近窗子旁的桌子上。「如果換作是我的話，絕不會單獨一個人去的。」

「你們認爲砍斷頭這個行爲本身代表著什麼意義呢？」萌繪試著問看看。

「拜託……別問我這種問題好嗎？」

「洋子，妳剛剛不是說過，我說什麼妳都會聽的嗎？」萌繪嘟起嘴。

「先別說這個了，萌繪，妳是怎麼混進醫院的？」

「是假扮成護士吧？」金子說。

萌繪聽見金子的回答嚇了一跳，不禁往他的方向愣住幾秒。金子依舊面無表情地看著自己的電腦螢幕。到底金子是怎麼知道的？難道是恰巧的玩笑話？

「一般來說，犯人之所以會把頭砍掉，都是為了不讓死者的身分被認出來嗎？」洋子說：「不管是在推理小說裡或電視推理劇裡，出現這樣的橋段是很普通的。」

「哪裡普通啊？」金子打趣地說：「那種事算是普通嗎？」

「連警方都已經斷定死者是筒見明日香小姐了。」萌繪說明。以現在警方的偵查階段而言，還看不出來警方對這點有任何懷疑的樣子，畢竟案發現場的指紋警方已經採集完畢，而其它的科學檢驗也應該同步進行才對，不曉得DNA方面的比對要花多少時間呢？

「那麼一定是……我們無法想像的異常理由吧，比方像只是單純想把頭砍下之類的。」洋子皺著眉頭說：「那跟小孩子把洋娃娃的頭拔下來是一樣的道理吧？殘忍的行為本來就不需要特別的理由。」

在案件發生的開始，萌繪所抱持的想法，也是跟洋子所陳述的意見一樣，直到現在，她還沒想到比這個更有說服力的假設。

「還有一點，就是密室有兩個。」萌繪改變話題，一隻手的手指豎成V字型，慢條斯理地說：「由於警衛室的鑰匙沒有被偷拿過的跡象，另一把鑰匙始終是放在昏倒的寺林先生身上的可能性又極高，假設寺林先生不是犯人，公會堂四樓的準備室，就會變成完全的密室了。襲擊寺林先生，殺死筒見明日香小姐並帶走她的頭的犯人，究竟是用什麼方法，才能把那間房間的門上鎖呢……」

為了引起另外兩人的興趣，萌繪故意不提及鑰匙也許有被複製過的可能性。

「那麼說，一定是有什麼機關囉。」洋子挪動一下身體後說。

「嗯，當然我不能說是絕對沒有啦。」萌繪嚴肅地點點頭。「而且，M工大那邊實驗室的鑰匙，也在寺林先生身上。至於其它的鑰匙嘛，一把是在那個死於密室裡，名為上倉的學生身上，另一把則是被鎖在其它的辦公室裡頭。」

「那間也不是百分之百肯定鎖上的吧。」洋子在桌上翹起兩郎腿說：「比起萌繪的煩惱，警方一定會往現實面來思考吧，或許兩邊的門都還有其它的備份鑰匙也說不定呢。」

果然每個人都會朝那個方向去想。

金子又點起了菸。因為萌繪從自己的位置沒辦法看見金子的電腦螢幕，她無從得知金子究竟在用電腦做什麼事情。他幾乎沒動到鍵盤，滑鼠也只有稍稍動一動，以及不時傳來輕點的細微聲響而已，看來他應該只是在瀏覽網頁吧。

「對了，金子同學，你有做過模型嗎？」萌繪試探性的問。

「有做過摩托車的塑膠模型。」金子吐著煙回答。

頂著運動員髮型且膚色黝黑的金子，不管是從外型或是講話的口氣來看，都會讓第一次見面的人心中產生充滿攻擊性的印象。不過，萌繪倒是從來沒對他產生過好勇鬥狠的印象。

「為什麼做這個的人都是男孩子比較多呢？」萌繪像是喃喃自語地說：「到底你們做模型的動機是什麼呢？」

「因爲買不起眞正的東西。」金子立刻回答，「如果是光靠打工就可以買得起的東西的話，沒有人會去爲它做模型的。」

「也就是說，模型是本體的替代品囉？」

「模型這種東西的功用本來不就是這樣嗎？如果推本溯源的話，可能要從中國的土俑開始說起了……雖然我不認爲完全只有這個原因就是了。」

「可是，聚集在公會堂的那些人裡，有些是成熟的大人，所以我想其中一定有可以買得起眞正東西的人吧。可是即使如此，他們卻還是寧願沉迷於模型中啊。」

「就算成爲大人，也不可能買戰車；或去搭戰鬥機吧？大人一樣不能飛去宇宙、一樣不想爲了戰鬥賭上性命，而且就算再怎麼努力，也一樣只能跟不怎樣的女人交往。」

「女人的那句話是多餘的。」洋子插嘴。

「我不是那個意思啦，卡通人物不是也有模型嗎？」

「沒錯。」萌繪點頭。「那個叫人偶模型吧。」

「啊，妳知道那個呀。」洋子說。

「那個領域的勢力相當龐大，好像有非常多的狂熱模型迷呢。」

「我知道，是不是像新世紀福音戰士或純愛手札之類的？」

「純愛手札？」

「如果妳知道的話，我才會被嚇到呢。」洋子指著萌繪說：「對了，如果要講些是萌繪知道的……美少女戰士呢？」

「美少女戰士我知道。」萌繪露出微笑。「我在漫研的社辦看過。咦?難道有那種模型嗎?」

「之前有個三年級的學生在製圖室裡作這個的模型。沒想到那變成立體之後，看起來好露骨，感覺實在很噁心呢。」

「是喔……那種模型跟金子說的替代品功用，感覺上方向好像有點不一樣。」萌繪表達她的意見。

「那種模型的目的大概是在於享受製作的過程吧。」金子說：「也有人拿這個來做交換。比如像有人特別喜歡收集高跟鞋，對吧?」

「好色喔。」洋子小聲地說。

「不要每次想唱反調時，就給人扣上低級的帽子，好嗎?」金子發出沉重的呼氣聲，臉上卻帶著笑。「那種程度的交換應該是很稀鬆平常的吧?只要看電視廣告我們就知道了。宣傳香菸時一定會出現美女，宣傳酒類時就一定會換成山上的風景，除了車子以外別無他物的汽車廣告，應該很難看到吧。」

「你這番話眞難懂。」洋子歪著頭。「我們之前講到哪裡?」

「是交換啦。交換之前是……」

「作模型的動機。」萌繪馬上回答，「對了，爲什麼模型師都是男性呢?」

「這我才想問呢。」金子回嘴說：「爲什麼女生都不做模型呢?」

「我有做過喔，是小型的鋼彈。」洋子舉手說：「不過只有在小學的時候而已。」

「牧野小學時是女生嗎?」

「眞沒禮貌耶。」洋子笑著說：「你這傢伙，有種就用你那張賤嘴對萌繪說一次這種話試試看。」

「大小姐妳有做過塑膠模型嗎？」

「沒有耶。」萌繪搖頭。「我有買過娃娃屋。那種小人偶也算是模型吧。」

「妳看，這就是ＳＤ鋼彈跟娃娃屋的差別嘛。」金子對著牧野，作出狠狠地歪起嘴角的表情。「妳們根本是兩條不同層級的平行線嘛。『雀巢咖啡，獻給喝得出哪裡不同的男人』（註一）。」

「像芭比之類的娃娃我也有啊！」洋子朝他吐了吐舌頭。

「可是女人一旦長大，就不會再玩小時候的遊戲了，男人爲什麼長大後還會繼續這樣做呢？」萌繪想起大御坊和喜多的事。

「因爲社會的壓力吧。」洋子一本正經地說：「從小到大被社會壓榨的女人，應該沒那種閒情逸致吧。而且男人一定會拿『我可是有賺錢喔』作爲說詞，自以爲了不起，所以很傲慢地認定自己可以想要做啥就做啥。所以直到現在，女人還不被允許去從事眞正的玩樂。」洋子說完看向金子。「你有意見嗎？」

「沒有。」金子搖搖頭。「這種說法還滿符合一般情形的，我也有同感。」

「那麼，女人一旦出了社會，獨立之後，就會玩娃娃囉？」萌繪反問。但話一出口，馬上就發覺自己問題的不對之處。

「沒這回事吧。」洋子說：「本來女孩子的遊戲，就是有社會所賦予的教育方面的目的。那只是一個可以讓女孩預知自己在有限的未來會發生什麼事的模型罷了，內容都是女孩長大後在家中要如何工作的準則，像辦家家酒啦，玩娃娃啦都是具有這樣的功用。」

「沒想到妳有時候也能講出這麼有學問的話啊，眞叫我另眼相看。」金子點頭。

「所以這全部都只是懷柔政策而已。」洋子用裝傻的表情說。

「是啊。」萌繪也點頭。

「對嘛，所以說，女孩子都應該跟我一樣來作剛彈模型才對。」

「只希望妳以後別成爲那種會說『剛彈有拿武器，不准玩』的母親就好了。」金子促狹地笑著說：「不是有人說『電視遊戲會教孩子學會鬥毆』嗎？說這種話的教育委員會或家長會的那些人，居然眞的用這種愚蠢至極的理由來處理問題，眞是差勁透了。我看那些人總有一天，還會叫國小不要教像『戰』或『殺』這種暴力的字眼呢。」

「可是，像卡通或模型不是都有非常狂熱的迷嗎？那些人感覺實在是超陰暗的。如果那種人中只要有一個犯下什麼瘋狂案件的話，那社會輿論都會傾向撻伐他們這一邊的，」洋子表情嚴肅地說：「模型槍如果被使用在改造手槍上，會造成連模型槍本身都遭到眾人排斥的情況。我們就是身處奉行這種規則的社會啊？」

「像流氓一樣的媒體是大有人在。」金子說：「而且有人就是會吃這一套。」

「人總會被單純的事物所吸引。」萌繪說：「因爲人類內心有追求單一制式思想的欲望。」

就是國枝桃子對她說過的理論。

3

下午四點半是鵜飼刑警今天早上來電跟萌繪約定好的時間。她開車離開學校後花費了十五分鐘才到達目的地鶴舞。在她昨晚經歷過一場大冒險的大學醫院停車場前，立著車位已停滿的告示牌。看到車輛大排長龍的景象，萌繪毫不猶豫地將車開到道路對面公會堂的收費停車場裡。

突然想到可能有警察在某處監視，於是穿越過斑馬線，踏進醫院的範圍時，她小心翼翼地向四周張望。

身形壯碩的鵜飼刑警正在醫院前廳等待。

「妳好。」他低下頭敬禮，寬闊肩膀上的那張臉看起來卻是悶悶不樂。

「你好。」萌繪抬頭仰望他。「很累嗎？」

「西之園小姐，妳昨晚有來過這裡吧？」

「嗯。」萌繪老實點頭。

「果然是這樣啊……」鵜飼蹙眉，搔搔自己的頭。「眞麻煩啊。」

「爲什麼會麻煩？」

「我們就先保密吧。」鵜飼小聲地說：「目前只有我和片桐知道這件事……就這樣保密吧。絕對不能跟三浦先生說喔。」

「嗯。」萌繪露出微笑。「我也贊成這樣做。」

「但我希望妳能告訴我，你們那時談了些什麼。」

「沒什麼特別有意思的情報。」萌繪搖頭說：「在我之後，筒見紀世都先生也來了。」

「那個我知道。他沒有見到寺林本人，只是帶了本模型雜誌給他。西之園小姐在那之後是跟筒見紀世都一起走吧。」

「你是我的經紀人嗎？瞧你什麼都知道似的。」

「沒辦法，這是工作，請別怨我啊。」

「怎麼會。」萌繪擠出一個嫣然微笑，兩人橫越過大廳，搭上電梯。

「寺林有對妳說了什麼嗎？」

「沒特別說些什麼。」

「他有提到任何關於明日香的事嗎？」

「他有提到自己就算沒看到臉，也可以認得出明日香來……」萌繪只透露這點。「他說的應該是眞的。我實在無法相信他會殺了明日香小姐。」

「不管妳相信與否，都不會改變警方的想法的。」電梯門打開後，他們走出電梯，經過護士站前。來到通道的轉角時，萌繪看到昨天把她關在陽台的那扇門。

「對了，安朋先生已經跟我說過鑰匙在寺林先生口袋裡的事了。」

「是大御坊先生嗎？嗯，他的確也有這樣告訴我們警方。」鵜飼稍微側著頭。「那又怎樣呢？」

「鵜飼先生，你昨天沒有提過這件事。」

「啊，沒錯……我不覺得這是那麼重要的事。」

病房門前站著兩名樣子很年輕穿制服的警官，他們用幾乎是瞪的眼神看著她。鵜飼稍微晃動下巴示意，他們就打開病房的門。

這是昨晚萌繪扮成護士潛入的房間。現在是白天加上附近的高樓大廈比較少的緣故，便可以從房裡向南的窗戶遠眺公會堂復古式的建築、平坦寬闊的鶴舞公園，以及更遠方的街道。

坐躺在床上的寺林，頭後方墊著兩層枕頭，雙手捧著雜誌在瀏覽。頭上的繃帶比昨晚要少了點，下巴部分也已經沒有纏繃帶了。

站在窗邊的三浦刑警看到萌繪時，頭微微向下低四公分，當作打招呼。

「你好。」萌繪向三浦回以微笑。

「妳沒跟犀川老師一起來嗎？」三浦邊推眼鏡邊問。

「嗯，因爲老師不知爲何看起來很忙。」

「你認識西之園小姐吧？」三浦問床上的寺林。「聽說她有事情想問你，所以我們容許她來見你。能夠讓我們也在一旁嗎？」

「啊，當然可以。」寺林將雜誌放在旁邊後點頭。

「西之園小姐，請坐。」三浦特意伸出一隻手示意。

萌繪在床邊的長椅上坐下。鵜飼則走向三浦，故意裝出漠不關心的樣子往窗外眺望。

「我想問的……」萌繪開門見山說：「是關於寺林先生在那間房間修理模型的事。星期六晚上時，你一直工作到快八點的時候吧？」

「是的。」寺林回答時，眼睛一直往站在窗邊的那兩人看。
「那模型現在在哪裡？」萌繪問。
「喔……」他又看了刑警們一眼。「應該是在那房間裡吧。」
「我們沒有看到。」站在窗邊的鵜飼搖了搖頭。
「咦？怎麼會？」寺林臉上馬上出現黯淡的表情。
「那東西大概有多大？」鵜飼問。
「是個壓克力盒子，高度大概這麼高，應該有三十公分吧。」寺林用手將大小大概比出來。
「我會再去確認一次。」鵜飼冷冷地說：「我記得現場應該是沒有那種東西才對。盒子裡裝的是人偶嗎？」
「是的。」
「那個人偶大概值多少錢？」三浦低聲問。
「對我來說……」寺林點頭。「是非常有價值的。」
「那對一般人呢？」三浦問。
「這我就不知道了……」寺林搖頭。
「如果要買賣的話，需要多少錢？」萌繪問。
「六十萬到一百萬吧。」寺林回答。
兩個刑警聽了面面相覷，因爲這價錢超過他們原本預期的數字太多了。
「那個模型不可能不見的。」寺林虛弱地說：「一定還在某個地方才對，拜託你們再搜查看看。」

「我知道。」鵜飼點頭，表情變得比之前還要嚴肅。

「那個盒子的尺寸裝得下人頭嗎？」萌繪接著問下個問題。

寺林和刑警們一起陷入沉默，從這三個人的眼神可以看得出他們對萌繪的問題感到很驚訝。

「西之園小姐，請問妳這話是什麼意思？」寺林注視著萌繪的臉。

「我是問那個壓克力盒的內部體積，是比明日香小姐的首級大，還是小？如果是寺林先生的話，我相信一定可以做出正確的判斷……」

「我想應該是放得進去。」寺林立刻回答，「當然要先把人偶拿出來就是了……」

「那是個怎樣的盒子？」

「除了下面的台座外，全都是透明的，硬度不高，是用來展示人偶用的。」

「有可以用來幫助搬運的把手嗎？」

「沒有。」寺林搖頭。「只是用來從上往下蓋的透明的壓克力罩，沒有固定在底座上，搬動時必須從底部抱著盒子才行，不放在袋子裡的話，拿著這盒子走動會非常不方便。」

「那麼，大袋子或塑膠袋是必要的囉？」

寺林露出困擾的表情，沒有回答。

萌繪往三浦那裡瞥了一眼，發現他們對寺林也是一副欲言又止的模樣。不過他們還是沒有開口。

「抱歉。」萌繪調整坐姿，稍稍露出微笑。「我另外還有幾個問題想問。」

「請說。」

「寺林先生要離開那房間時，有關燈嗎？」

「有啊。」

「關燈後才出去的？」

「關燈後才開門的？」

「是這樣沒錯。」

「不……我打開門後，把燈關上，然後才出去的。」

「你從外面鎖門時，光線應該很暗吧？」

「是的，通道上非常暗。在眼睛尚未習慣時是伸手不見五指的情況。我要將鑰匙插進鎖孔時，也是經過一番摸索。」

「你那時已經將鑰匙插進去了嗎？還是先被人從後面偷襲？」

「我記得是在我費了一番工夫，好不容易把鑰匙插進鑰匙孔裡後，就馬上被人打昏了。」

「你在鎖門時有聽到有人接近的聲音嗎？」

「是有點感覺，有一瞬間還打了一個冷顫，不過已經太遲了。」

「有聽到聲音嗎？比如腳步聲之類的。」

「不，」寺林搖頭。「我不記得了。」

「你有手機嗎？」萌繪切換問題。

「不，我沒有。本來是想買的。」

「你車子停在哪裡？」

「就在車站附近。那裡雖然不能停車，不過因爲只有那裡能停，所以大家還是都停那……」

「說到車子……」三浦舉起一邊的手說：「我們在昨晚深夜時找到了。」

寺林和萌繪一起將注意力轉向三浦。

「是在M工大的校園裡。因爲車子停放的地點距離化學工學系很遠，所以延遲了我們發現的時間。你的車子是好端端地停在停車場裡的。」

「在學校裡？怎麼可能……」寺林嘴巴打開，講到一半就停了下來。「因爲我沒有通行證，所以從來沒有把車開進大學過……」

「晚上的時間，校門警衛似乎不會一輛一輛檢查車子，所以每個人都可以自由進出。」鵜飼說明。

「鑰匙有在車上嗎？」

「有。」鵜飼點頭。「上倉裕子遇害的那間實驗室的鑰匙，也掛在同一個鑰匙圈上。」

「現階段並沒有發現車上什麼特別的物品，比如像明日香的頭或沾血的斧頭之類的。」三浦用非常嚴肅的神情說，聽起來都無法像是玩笑話。

「那就代表有人把我的車移動到那邊囉？」寺林說：「可是，到底是誰呢……」

「車鑰匙本來是在你身上。」萌繪將視線轉回床上。「所以除了襲擊你的人以外，是沒有人能拿到那串鑰匙的。」

「那麼，就是犯人做的囉？」

「嗯，我想犯人襲擊你後，再殺了筒見明日香小姐，接著大概就是為了運走她的頭，才會使用了你的車吧。」萌繪說明。

「可是，那又為什麼要把車停在大學裡呢……」寺林喃喃地問。

「關於這一點，你有沒有想到任何可能的人呢？」三浦很快地追問：「我們認為應該是熟知你和你車子的人，如果不是的話，就算拿了鑰匙，也不可能知道那輛車停在哪裡。請你回想一下在你身邊的人中，有沒有誰是對大學校園也很熟悉的。」

寺林歪著頭停頓了一會兒。「不……我想不出來。」

「河嶋老師認識筒見家的人嗎？」萌繪接著問下一個問題。

「咦？河嶋老師嗎？」寺林反問：「請問，妳所謂的筒見家的人……是指哪一個？」

「不管哪個都可以。」萌繪微微地聳了聳肩膀。

「這樣啊……河嶋老師可能有見過筒見教授吧。」寺林回答，「雖然他們不同系所，但是在同一個學院裡。」萌繪心想，這話說的也有道理。

「那紀世都先生和明日香小姐呢？」

「這個我就不知道了，應該不認識吧。」

「河嶋老師那天沒去公會堂吧？」由於警方應該是因為他們並不知道河嶋副教授對模型有興趣這件事的緣故，所以萌繪這個問題，似乎又讓旁邊的刑警們有些吃驚。

「嗯，就我所知的範圍，河嶋老師的確是沒來。」寺林搖頭。「我也不是很清楚，不過老師他以前好像有說過，他專精的是飛機模型。剛好這次活動，這類的社團參加的並不多。」

「筒見明日香小姐當天有去過M工大嗎？」

「這麼嘛……如果老師當天有去筒見教授家的話，那或許有去過也說不定。不過這件事我沒聽說。」

「好，那麼，還剩一個問題。」萌繪看著手錶說：「你知道筒見紀世都先生的工房嗎？」

「工房？天白區的嗎？」

「是的。」

「那裡我只去過一次。」寺林點頭。「西之園小姐也知道那裡啊？」

「我昨晚有去過了。」萌繪露出微笑。「那是個很棒的地方。」她這話當然有四分之三具有反諷性質。

「喔，是啊……」寺林面露喜色地說：「我也夢想能有那種專屬於自己一人的工作空間呢。」

4

一聽到萌繪跟犀川副教授有約，三浦和鵜飼兩位刑警便決定一路尾隨她前往N大學。萌繪本來煩惱要不要在車上先用手機打電話告知犀川老師一聲，後來覺得就算事先告知了也算是一種打擾，所以還是打消了這個念頭。

回到校園時天色已經黑了。鵜飼的車子在跟著萌繪的跑車開進N大學研究大樓的中庭後，停在萌繪的跑車旁邊。

「你們見到犀川老師後要談些什麼呢？」萌繪下車時，向這兩位刑警發問。

「交換意見。」三浦回答。雖然在昏暗的鏡片後面看不見他的表情，但感覺上這句話並沒有敷衍萌繪的意思。

「三浦先生認為誰有嫌疑呢？」

「我不能講。」三浦邊走著，邊用低沉的聲音說：「我唯一能說的，就是只要是在可能範圍內的所有人，都是我們懷疑的對象。」

「我和犀川老師也是嗎？」

「連喜多老師和大御坊先生也是。」

「如果是這樣的話，怎麼不來偵訊我呢？」

三浦打開玄關的玻璃門，讓萌繪先行通過，然後三人默默地一起走上陰暗的樓梯。萌繪敲了敲犀川的房門後，就探頭往房裡探視。這時犀川正面對電腦螢幕。

「老師，不好意思打擾了。」

「是妳啊。」犀川聽到聲音就認出萌繪了，視線都沒移動過。

「三浦先生和鵜飼先生也跟我一起過來了……」萌繪走進房裡說。

「好啊，沒關係。」依舊看著電腦螢幕的犀川點點頭。

「打擾了。」三浦也走進房裡，鵜飼則是在後面把門關上。三個人坐在犀川桌前的椅子上等了一會兒後，犀川才從鍵盤上離手，將椅子轉向面對他們，接著伸手去拿放在桌上的香菸盒，從裡面抽出一根點燃。

「有何貴幹?」犀川面無表情的問。

「我們當然是爲了公會堂和M工大的案子而來。」三浦的音調變得更低沉。「雖然搜查還處在剛開始的階段，我們也勉強蒐集完初步的線索，但還是想來這裡聽聽看犀川老師有什麼樣的看法。」

「我沒有什麼看法。」犀川立刻回答。

三浦自顧自地開始就搜查的狀況做簡要的說明。在公會堂一案裡，最後目擊到死者筒見明日香的，現階段只有大御坊一個人，兩個老警衛則是完全沒看到她。他們只有在九點時有去四樓巡邏一遍，並沒有走到發生命案的準備室。

當時他們搭電梯到四樓時，在陰暗的通道盡頭只看到一片漆黑的空間，沒有任何開著燈或沒關好的房間，也完全沒有聽到什麼巨大的聲響，一切都毫無異狀。警方趕到M工大後，藉由河嶋副教授的情報猜測到寺林高司可能還待在公會堂裡，便派了兩名警官去查看。警官跟公會堂的警衛一起走到四樓準備室前是將近晚上十點時的事情。當時警方並沒有發現什麼異狀，不過那應該就是寺林被拖進房內和明日香慘遭殺害的時段。在警官確認門是否有上鎖時，門是打不開的。

說到這，三浦還補充一句「說不定犯人那時正在房間裡屏息以待」。根據大御坊的證詞，那間準備室的鑰匙就放在昏迷於準備室內的寺林高司襯衫胸前的口袋裡。這跟萌繪昨晚從大御坊那裡聽來的情報一致。

如果大御坊沒說謊，就會變成鑰匙是放在密室裡的情形。儘管另一把鑰匙是被保管在警衛室裡，被偷帶出去的可能性非常低，三浦還是說出自己認爲犯案鑰匙可能是警衛室的備份鑰匙。寺林後腦杓的傷，也有人大膽推論是自導自演的。關於這一點，醫生和專家的意見都是持反對意見。

根據醫生的說法，寺林頭部出血很多，能活著是一種奇蹟般的幸運。

「如果以客觀眼光來看待這件事的話，答案應該還是被人打傷的吧。那個大膽推測實在太蠢了。」三浦做出這樣的結論。「只不過，寺林是共犯的可能性也相對地高。如果不是，那門的上鎖問題就會變成焦點所在了。」

「打自己的共犯？」犀川抽著菸問：「而且共犯在被打昏之前，還會把門先鎖好？」

三浦並沒有回答。先把寺林的車鑰匙從現場消失，還有在同一個鑰匙圈上有一把唯一可能打開另一個命案現場M工大實驗室的鑰匙這兩件事說了。

「那個鑰匙圈就插在被發現的車上，」鵜飼代爲說明。「上面採不到寺林以外的指紋。我們也調查了車內，卻找不到任何血跡之類的可疑線索。」

「寺林先生的車是在M工大校園內找到的。」有鑑於犀川是第一次聽到這件事，萌繪適時做了補充。「聽說那輛車本來是沿著公會堂旁邊的鶴舞站高架鐵路停放的，可是在上星期六到這星期一之間被移動過了。」犀川默默點頭。

「能從寺林身上奪走鑰匙的，也只有打昏他的那個人了。」鵜飼說。

「車子是停在校園內的哪裡？」

「在距離化學工學系相當遠的地方。如果再停近一點，那我們也許在星期六或星期日的早上就能找到了。」

「爲什麼要停在那麼遠的地方呢？」犀川臉上終於出現稍微有點興趣的樣子，眼睛緊盯著萌繪看。

「啊，因爲有警車嘛！」萌繪叫了一聲。「星期六的晚上九點過後，警察就已經到了。」

「原來如此，沒想到還有這種可能性。」三浦說：「犯人開車到M工大殺害上倉裕子後，爲了要處理明日香的頭，又離開去了某個地方，之後才爲了棄置車子再次回到M工大。那時因爲有警察，所以不能把車子停在工學系附近。」

「都是同一個犯人嗎？」犀川還是一樣面無表情。「這樣的犯罪行程還眞緊湊。」

「嗯。」三浦點頭。「老師說的沒錯，就時間來看的確是非常地趕。寺林在公會堂被打昏是在快八點的時候，上倉裕子在M工大遇害是在八點半到九點之間，也就是說，犯案時間只有短短三十分到一小時而已。開車只需要五分鐘不到，不過如果還要把砍斷頭的善後工作也算在內的話，那只能說犯人的動作實在是很迅速俐落。當然啦，犯人來殺害上倉時，頭是還放在車上的。我不覺得他還有多餘的時間來處理。」

「那麼，犯人是在勒斃上倉後洗手的囉？難道之前連洗個手的時間都沒有嗎？」犀川稍微揚起嘴角，用半開玩笑的語氣說。

「而且他還有吃便當呢。」萌繪加上一句。看到犀川露出不可思議的表情，於是將她從近藤刑警那裡聽到有關便當的狀況做了簡單說明，犀川從頭到尾都默默地聆聽著。

「你有什麼想法嗎？」三浦問。

「犯人起初可能是把車停在較遠的地方。」犀川微笑。「他或許是在犯下實驗室的殺人案後，將鑰匙插回車裡，帶著放在車上的頭逃走也說不定。」

「當然也是有那種可能的。」三浦說。

「這沒有什麼地方是不可思議的。」犀川平淡地說：「既然鑰匙圈已經出現，那M大的密室之謎就已經解開。另外，公會堂那裡只要有備份鑰匙，也就能解決。既然就物理上而言並沒有什麼不可思議的地方，那為什麼找我談呢？」

「我想知道犯人為什麼要採取這麼複雜的行動。」三浦馬上回答，「他不但在兩個地方殺了兩個人，還把其中一人的頭給砍下來。」

「那種事我怎麼會知道。」犀川微笑著聳聳肩說：「那不是我的專業，所以請你們直接抓犯人來問吧。我也很想知道他為什麼要做這種蠢事。不過就算真的從犯人那裡問出原因，我們也可能不能理解吧。」

「那你有想到什麼不尋常的地方嗎？」三浦依舊緊咬著這個話題不放。

「這個嘛……」犀川翹起腿看向天花板，像平時一樣穿著襯衫和牛仔褲；特別的是在襯衫外面罩上一件灰色的羊毛衫。「犯人不是有帶著頭出去嗎？那時他是把頭裝在什麼裡面？塑膠袋嗎？」

「這就不知道了。」鵜飼回答，「我想他大概有事先準備好容器吧，既然他連砍斷頭的工具都有準備，可見這全部都是一開始就已經計畫好了。」

「有計畫性的啊……」犀川將手臂交叉在自己的頭後方。
「裝模型的盒子有一個不見了。」萌繪說：「犯人應該是把頭裝在寺林先生原本拿來放人偶模型的壓克力盒子裡再帶走的。」
「那一點還沒確認。」三浦在一旁插話。「我們會再將案發現場附近的物品確認一次，那個房間裡堆了很多雜物。」
「西之園同學現在的假設，顯示犯人並非是預謀犯案的。」犀川特別指出。「犯人是因為在現場看到壓克力盒，覺得這容器看起來很方便，才改變計畫的嗎？」
「畢竟寺林先生會待在那裡這件事也是出於偶然啊。」萌繪撥了撥頭髮。「所以，他的車鑰匙和M工大的實驗室鑰匙應該也不包含在犯人一開始的計劃裡。」
「這樣說來，M工大的命案也是這樣嗎？」鵜飼問萌繪。
「犯人原本應該沒有讓實驗室上鎖成為密室的打算，只是剛好拿到鑰匙，就順便把門鎖上了。」
「犯人知道那是實驗室的鑰匙？」犀川問萌繪。
「嗯，是這樣沒錯。犯人本來就知道寺林先生的車子，所以才會奪走鑰匙並使用這輛車。至於同一個鑰匙圈上的另一把鑰匙，犯人也知道那是屬於實驗室的。」
「如果眞是這樣的話，那範圍就很有限了。」三浦邊觸碰眼鏡，邊對萌繪投以銳利的眼光。
「應該是M工大同一個研究室的人吧？」
「我想，河嶋老師一定有問題。」萌繪回答。

「西之園同學，妳這推論有點奇怪。」犀川立刻說。

「咦？爲什麼？」萌繪看著犀川說：「可是跟這兩個案子的都有關聯的人，就只有寺林先生或河嶋老師了啊。」

「河嶋老師本來就有實驗室的鑰匙。我記得那是放在他房間裡吧？」

「啊……」萌繪會意過來。「是這樣啊……」

「你的意思是指如果是河嶋老師的話，就沒必要使用寺林的鑰匙嗎？」鵜飼問。

「沒錯。」犀川點頭。「他也有可能只用車子。雖然河嶋老師自己也有車，不過他可能是考量過與其使用自己的車和鑰匙，還不如讓別人誤以爲寺林的車被人用過還比較安全，所以才會故意將寺林的車和鑰匙都帶出來。」

「就是這樣！」萌繪心中的想法又再次反轉成最初的。「的確就是這樣，老師。」

「可是，」犀川揚起嘴角，凝視著萌繪。「如果犯人是河嶋老師的話，他應該不會假裝是自己發現屍體才對。一般人怎麼會用爲了拿忘記的東西這種容易遭人懷疑的藉口來增加自己的危險呢？不管怎麼想，在自己的實驗室裡殺死自己的學生，都是很危險的情況。還得回家吃愛妻料理的他，也應該不會在實驗室吃什麼便當吧。」

「實在猜不出犯人的動機爲何。」三浦簡潔地說：「我想不到那老師有什麼理由要去殺上倉裕子和筒見明日香。」

「都沒有人有動機啊！」萌繪反對三浦的看法。「非得把頭砍斷不可的原因，以一般的邏輯來想，都是無法解釋的吧。」

「所以爲什麼砍的不是上倉小姐的頭呢？這一點反而比較重要。」犀川點起一根新的香菸說。

「警方目前在搜查的是……」萌繪追問。

「應該是犯人吧？」犀川打趣地說。

「我們可以從打備份鑰匙的地方爲方向來作地毯式搜查。」鵜飼嚴肅地回答，「如果犯人眞的不是寺林的話，準備室的備份鑰匙絕對是有必要存在的。在那種時間還沒打烊的鑰匙店很少，犯人有可能是白天的時候就打好鑰匙，或是有計畫性的，在更早以前就以別的名義借準備室的鑰匙，藉機打了備份鑰匙。關於這一點，我們也正在調查中。」

「就算不用專門的工具，只要是在有銑床的地方，都可以打備份鑰匙吧？」犀川說：「在工科大學裡，這種程度的工具到處都是。不過就算有機器可用，也必須有相當的技術，所以外行人可能還是沒辦法自己打備份鑰匙吧。」

「再來就是筒見明日香星期六那天的行蹤。要從她的交友情形等地方著手調查。M工大的上倉裕子也一樣要調查。」鵜飼繼續說：「鑑識課正在徹底檢查寺林的車子，就連一根頭髮也不會放過。不管是準備室還是實驗室，我們都像用了吸塵器將這兩個地方的灰塵全給帶回去了。」

「我們最希望找到的，就是筒見明日香的頭。」三浦又追加了一句。

5

之後，三浦他們和犀川持續討論約三十分鐘左右後離開。萌繪一邊觀察著他的臉色，一邊設定咖啡壺。

「老師，你還忙嗎？」

「不，沒有。」犀川又抽起菸。「我正想要喝杯咖啡。」

「太好了。」萌繪微笑著坐了下來。

她簡短扼要地將昨晚所經歷的冒險過程告訴犀川，無論是在醫院和寺林見面的情形，或是筒見紀世都工房裡的寶特瓶火箭大會，犀川都是一笑也不笑地聽著。沒停留在萌繪身上的眼睛，所透露出的眼神彷彿在搜尋空氣中的二氧化碳分子。

「那個叫筒見紀世都的眞是個怪人。」犀川露出一貫的反應。「他妹妹還沒舉行葬禮吧？」

「嗯，大概吧。」萌繪點頭，想到沒有頭的遺體該怎麼下葬的問題。

看到咖啡泡好了。萌繪起身走到餐具櫃並拿出杯子。

「老師，你覺得異常和正常之間的有何不同？」

「如果能先定義出正常的話，那異常就是子集合，也就是不屬於正常的部分。」

「那正常要怎麼定義？」

「所謂的正常會依據地區和時代而有所不同，也有很多情形是因人而異，所以就算定義得很周全，也沒什麼意義。」犀川從萌繪手上接過杯子說道：「妳問這種事做什麼？」

「因爲……」萌繪一副思考的模樣。「當身邊出現怪人時，總會讓人在意啊。」

「眞不像妳會說的話。」犀川以口就咖啡杯啜了一口。「自己和別人不同，應該是很幸福的事吧。」

「爲什麼？」

「人跟地板也是不同的吧？所以人才能站得住。就因爲每個人都不一樣，所以之間才能產生摩擦，而有了摩擦力，才不會滑倒。如果沒有摩擦力的話，人就會摔個四腳朝天了。」

「眞是個沒什麼說服力的比喻啊。」萌繪露出微笑。「不過是犀川老師的話，就算你很怪，我也是能理解。可是，筒見先生的情形，卻完全超乎我的理解範圍，所以我難免會……覺得有些不舒服。這種感覺……非常不安。」

「那是因爲我是披著羊皮的狼，而他對你卻是不打折扣地完全表現出來。」

「那老師有對我打折扣囉？」

「有啊，還是跳樓大拍賣呢。」他掏出香菸點上。「話說回來，跳樓大拍賣這個詞還滿意味深長的。」

「那老師面對我的時候是披著羊皮的囉？」

「嗯，大概有十二層吧。」

「那代表犀川老師應該還要小上一號的才對。」萌繪因爲自己的玩笑而笑了。

「說不定筒見先生才是披著羊皮的老虎呢。」犀川用手指轉著香菸說：「大御坊一定也跟他一樣。」

「安朋哥？是嗎？」

「喜多也是。」

「那我呢？」萌繪用食指指著自己。

「妳是我認識的人之中，最表裡如一的一個。」

「聽你這麼說……我該不該感到高興呢？」

「我們再繼續談這個話題，也得不到什麼的。」

「啊，這句台詞……國枝老師也說過耶。」

「喔，是嗎……」犀川露出無趣的表情，然後小聲地說：「這本來是我獨創的名言啊。算了，就算是薪火相傳吧。」

「老師，今天論文報告時，你到底在想些什麼？」萌繪下定決心要問清楚。

「我不記得了。」犀川回答。

「你應該還記得才對吧。」

「嗯。」犀川抬頭看向萌繪。

「是有關斷頭的事吧？」

「是啊。」

「有什麼結論嗎？」

「我還是搞不清楚。」犀川搖頭。「怎麼想都不合理。」

「有什麼事困擾著老師嗎？」

「妳怎麼說這種可笑的話？」

「因爲老師很少爲了殺人案這麼煩惱，每次都只是我在那邊一頭熱。」

「我並沒有一頭熱。」犀川歪起嘴角。「只是覺得不合理罷了。」

「怎麼樣的不合理法？」犀川瞥了她一眼後將視線移開，萌繪只好耐心地等待。

「就假設……」犀川抬頭向上。「我想砍妳的頭好了。」

「嗯。」萌繪回以有點不自然的微笑。

「我們來推敲這種情感到底是因爲什麼情形而產生的。」犀川繼續說：「首先，想像一下這種情形吧。我非常討厭妳，已經到連妳的存在都無法容忍，想除之而後快的地步，可是卻又想留下妳的頭。眞的會有讓人產生這種想法的處境嗎？到底要脖子上的什麼東西？頭？還是臉？頭腦雖然有用，但死了就毫無意義可言。或者是想要代表外貌的臉部嗎？砍頭的目的只是想留下那張臉？難道照片不行嗎？實在是太複雜難解了。畢竟我討厭妳的話，應該會連妳的臉都討厭吧，不是嗎？」

「我認爲應該是這樣沒錯。」萌繪皺著眉頭說。

「那麼……就來想像一下我喜歡妳到不可自拔的情形好了。」

「好啊，請老師一定要盡量往這方向想像喔。」

「如果是這種情形，我就有可能想要妳的頭了。這比在討厭的情形下還更有可能發生。可是，妳大部分時間都待在我房間的對面實驗室裡，如果我想的話，隨時都能看到妳，那爲什麼我還會想殺妳呢？是因爲妳討厭我吧？我無法忍受討厭我的妳，所以才要殺了妳。只要妳一死，我就不會被妳討厭了，而且我還能將已經成爲空殼的妳占爲己有。不過，因爲全身太大了，所以我只好將頭砍下來帶走。」

「這應該很接近事實吧。」

「拿走後要做什麼呢？雖然我還沒考慮到這點，不過以這種精神狀況來說，會想這些應該是很正常的。到底用什麼方法來保存這顆頭比較好呢？冷凍保存嗎……也許我本來就是要在妳變成老太婆之前保存妳現在的模樣，才會下手殺妳的，簡單來說，就像做乾燥花一樣。這樣想也滿有道理的吧？至少在情感的表現上是比較合理一些。」

「呃……還是請老師不要拿我當想像對象好了。感覺愈來愈不舒服了。」萌繪嘆了一口氣說。她尤其對老太婆這個詞感到特別不滿。

「我沒有別的意思。」

「那是當然的啊。如果有的話就太差勁了。」

「某些特定名詞也沒有什麼含意。」犀川面不改色，用直率的語氣說：「妳對脖子上的東西有什麼執著嗎？是某種概念？象徵？特定名詞？還是一般名詞？一定非得要筒見明日香小姐的頭不可嗎？還是誰的頭都無所謂……」

「我不覺得誰的頭都可以。」萌繪集中精神，一瞬間把意見歸納出來。「命案現場狀況很特殊，而且……筒見明日香小姐又是一個能讓這些狀況都順理成章的美人。」

「妳那是沒有標準的不客觀評價。」犀川看著萌繪。「換個角度吧。如果意不在頭本身，而重在砍頭的過程呢？在這種情形下，帶走頭的行爲就必須要有別的理由才行，而且對方非得是筒見明日香小姐不可的可能性也變低了。妳覺得怎樣……這樣想果然還是行不通吧。」

「如果不是因爲想要而帶走，而是因爲不能把頭放在那裡呢？」

「這一點在星期日時就檢討過了。妳的意思是這是一種想隱瞞某件事的消極性動機，也就是所謂的防衛本能嗎？不管是砍頭的準備，甚或是把頭帶走的準備，犯人都做的很周到，不但斧頭拿了，皮包裡應該也有放著裝頭用的塑膠袋。如果不這麼做的話，不會這麼順利，這從通道上完全沒有一絲血跡就可以看得出來。犯人既然準備周全，還特地到那個地方去犯案，怎麼會有不能留下頭的原因呢？這不是無預警的意外。也就是說，當時並沒有發生不能讓筒見小姐的頭留下來的事故。」

「也許斧頭和塑膠袋都是因爲犯人下手後發現有某個地方不對，才去拿來的吧？」

「也是有可能的。但是並不能這樣預測吧？萬一眞的有那種危險的話……」

「那犯人一開始選擇在深山裡下手就好了啊。」

「是啊……妳說的可能性也不是完全沒有。只是邏輯到最後也是行不通。」犀川吐口煙。

「不行，像這樣邊講邊想，效率實在太差了，只是浪費時間而已。」

「我覺得很有趣啊。」

「喔，那是當然的啊……我都如此跳樓大拍賣了，不有趣也難。」

「唉呀，老師，你這樣說很過分耶。」萌繪嘟起嘴來。

「反正，就是因爲腦子裡都在想這些事，害我今天都無心於工作。」犀川微微地聳肩。「嗯……這次的案子，確實讓我很在意。」

「是不是有一種怎麼繞都繞不到出口的感覺呢？」

「不。」犀川搖頭。「其實是只有一個地方像出口，但那卻朝著有點令人討厭的方向。老實說，我就是在意這一點，才會想得這麼多的。」

「是怎樣的方向？」萌繪不自覺的挺起身子。

「我不太能形容。」犀川面有難色地微微皺起眉頭。「但……大概不是我想的那樣吧……」

「哪樣？」

「我們只看到事情一部分而已。」犀川回答。

「什麼意思？」

「就因爲只看到問題的一部分，所以才會不了解這是什麼意思吧？」

「你的意思是還有其它沒看到的部分囉？其它部分是指什麼呢？」

「就是說犯人還沒達到他的最終目的。」

「還沒達成？」

「嗯。」犀川點頭。「簡單來說就是這樣。殺死筒見明日香並砍斷她的頭，事實上跟犯人的目的並沒有直接關係，所以到現在我們還沒能看見事情的全部，也是很合理的吧。」

「眞正的目的不在於此，卻還是殺了人？」

「拿削蘋果皮來比喻的話，犯人在還沒削完全部的皮時就停下來。妳覺得是爲什麼呢？」

「削到一半就不想吃了……」

「可是，他後來卻開始削另一個蘋果的皮，而且一樣削到一半就停手了。」

「他只是削好玩的吧？」

「他的行爲乍看之下很不合理，但這之間的落差之所以會產生……卻是因爲我們擅自認爲他削蘋果一定是要拿來吃，所以結果才會變得不合理。一開始就設定好蘋果是削來吃的結論在等著，當結果不符合那個結論時，我們就會認爲這件事很不可思議。這就跟在見到東西之前，就先決定它的樣子的道理一樣。如果那個人是爲了調查皮而削、爲了確認水果刀的銳利與否而削、爲了幫削好的蘋果拍照而削、爲了把蘋果弄成兔子形狀好放在便當裡而削……」

「原來如此。」萌繪微笑。「老師居然也知道蘋果兔子啊。」

「這個妳應該不會削吧？」

「我會啦。」萌繪壓低聲音。「不要轉換話題。」

「轉換話題的是妳好不好。」犀川揚起嘴角。「我腦中目前只有浮現這種抽象的感覺，就現階段而言，只有朝這個方向還有一點希望。」

「是什麼意思？」

「總是有種不祥的預感。」犀川皺起眉頭。「所以，我才會認爲自己必須快點找出結論才行。這不太像我的作風吧？」他說完，便用左手抓住右肩。「壓力讓我肩膀酸痛啊。」

「老師，難道你是指……」萌繪身體往前傾斜。「還會有人被殺嗎？」

「我不知道。」犀川搖頭。

6

當萌繪洗完咖啡杯正準備離開犀川辦公室時，喜多副教授剛好敲了門走進來。

「你好。」萌繪低頭行禮。

「西之園，妳不是正在寫畢業論文嗎？」喜多笑咪咪地說：「不行喔，怎麼可以在這邊聊天打混呢？」

「嗯，我現在正要去寫。」萌繪回答。她的確累積了一些有關論文卻還沒完成的工作。因爲今天整個下午都花在私事上面，所以她打算至少在實驗室裡待到結束工作爲止。

「什麼事？」坐在桌子對面的犀川問。

「你現在有時間嗎？」喜多問犀川。

「需要多久？」

「現在開始算……大概要兩個小時吧。沒什麼特別的事，不想去也沒差。」

「大御坊也會去？」

「是啊。」

「你們要去見安朋哥嗎？」萌繪問。

「嗯，算吧。」喜多微笑。「我要和大御坊一起去筒見教授家。」

「我也想去。」萌繪拉高音調。

「西之園同學，妳不是還有論文要做嗎？」犀川說。

「西之園，妳去不太好吧。」喜多豎起一隻手。「不好意思，我們也不能一大票人這樣貿然過去，而且我想教授才剛經歷這不好的事情，應該沒辦法再談論了吧。」

「那你們是去做什麼？」萌繪露出不可思議的表情問。

「我們是要去看模型。」喜多立刻回答，「妳有興趣嗎？」

「沒有。」萌繪搖頭，可是她覺得在案件過後到被害者家屬的家中去看模型，似乎是更不恰當的舉動。

「我也沒興趣。」犀川回答。

「你給我跟來。」

「爲什麼？」犀川十分不悅地反問他。

「因爲有東西想給你看。」

犀川呼出一口氣說：「搞不清楚你要做什麼。」

雖然萌繪覺得很可惜，但也只好放棄跟著一起去的念頭。她在向兩位副教授行禮後走出房間，感覺到自己現在就像雨天時不能出去散步的都馬一樣無精打采。當回到對面的實驗室，她看到牧野洋子和金子勇二都坐在桌前面對著螢幕。他們相當認眞的投入論文的工作中，沒有一絲打混的跡象。

「妳之前到哪去了？」等萌繪在椅子上坐下後，洋子才開口問。

「沒什麼……一些雜事而已。洋子，妳吃過晚飯了嗎？」

「還沒。」

「我等一下就要去買便當了。」金子說。

「那拜託你順便幫我買。」洋子馬上說。

「那我也要好了。」萌繪也回答。

「好啦。」金子隨口回答。

心中還是很在意犀川房間動靜的萌繪，決定今晚就先將精神專注於論文上，畢竟她必須從文獻上找出數據，而且還得製作幾張圖表。

可是，這些單調的工作總是讓她提不起勁，距離繳交畢業論文的日期還有三個月，牧野洋子和金子勇二這二個優等生很早就開始了，連設計製圖的作業，牧野和金子的進度也是遙遙領先。現在犀川研究室裡，只有萌繪的論文進度遠遠落後。

她按下電腦的開關，在電腦啓動後先收電子郵件。只有幾封朋友寄來的信，沒有緊急或重要的內容。還是遲遲提不起勁工作的萌繪只有望著每天都會去的網站發呆。過了一會兒後，應該是要去買便當的金子勇二默默地離開房間。時間一分一秒地過去。萌繪不管怎麼努力，仍舊無心於工作，一直重複著腦子裡想著案子的事，或是忽然發覺自己腦袋一片空白而大吃一驚的循環模式。

「妳還在發呆啊。」聽到洋子的聲音而抬起頭，看見洋子從對面俯視著她。「妳這樣不行喔，人就是要工作才行。」

「嗯。」萌繪聳聳肩。「謝謝。」

「唉呀，眞是個坦率的孩子啊。」洋子笑了。

好不容易讓自己在試算表上打起數據。一旦開始的萌繪，便意外投入論文的工作，金子買便當回來後，依舊欲罷不能。

「喂，我泡了茶，快來啊。」洋子叫她過去。

「我結束這個段落再去。」萌繪繼續工作。「你們就不用管我了。」

「妳還眞任性啊。」洋子說。

萌繪無視於在門口附近桌子吃便當的金子和洋子，繼續她的工作。直到十五分鐘後，她才站起來伸伸懶腰。

「茶已經變冷了喔。」洋子回到書桌前說。

「謝謝，這樣就可以了。」萌繪說完，便走到桌子那邊。金子坐在桌旁邊抽菸邊看漫畫，好像那就是他飯後的點心。看見萌繪走近，他便將腿從桌上放下來。萌繪默默地吃著便當，沒什麼食慾的她，只吃了一半，就喝起了早先已經洋子泡好的茶。

「金子同學，你都在什麼時候吃便當呢？」金子聞言從漫畫上抬起頭來，吃驚般地瞪大雙眼。

「妳還好吧？」

「咦？什麼？」

「妳知道自己在講什麼嗎？」

「我？」萌繪側著頭。

「妳最好去看一下醫生。」

「看什麼病？」
金子發出沉重的鼻息聲，將漫畫放在桌上那堆雜誌上面，走回自己的書桌前。「我投降。」
他對洋子說：「牧野，可不可以請妳去應付一下大小姐？」這次換洋子往萌繪那邊走去。
「好啦，怎麼了？」洋子在萌繪旁邊坐下。「哪裡不對了嗎？」
「別說了。」萌繪搖頭。
「這個嘛，便當大部分都是肚子餓的時候吃的吧。」洋子用保母般的語氣微笑著說。
「那種事我知道啦。」萌繪回嘴。
「妳這個人喔……」
「我想知道的，該怎麼說呢……是除了這個以外的原因。」
「除了肚子餓以外吃便當的原因？」洋子皺著眉。「嗯……是要拍便當的廣告嗎？」
「別說了。」
「妳這個人真不可愛耶……想找我吵架嗎？」
「殺了人以後，肚子會餓嗎？」
「那種事我怎麼知道，我又沒殺過人。」
「說的也是。」萌繪雙手在胸前抱胸。
「妳可以稍微差不多一點嗎？」
「是喔。」萌繪微微一笑。「我吃飽了，好啦，該工作囉。」
萌繪站起來，走回自己位在窗邊的書桌。

「等一下！」洋子低吼了一聲。

「什麼事？」萌繪停下腳步回頭望著洋子。牧野洋子鼓起雙頰，沉默不語。

「洋子，妳是怎麼了？到底什麼事啊？」

「天啊！」洋子歇斯底里地大叫一聲後，像機器人一樣直直地走回自己的書桌前。

7

犀川坐在喜多的車後座。在離開大學約十五分鐘時在路上遇到塞車，導致他們遲遲無法前進。在跟喜多對案情的一問一答之間，犀川將從西之園萌繪那裡聽到的情報，全都告訴了喜多。

「西之園還是衝第一的老樣子。」在駕駛座上的喜多說：「因爲對方是你的原因吧。」

「眞意外你會這麼想。」犀川回答，「你誤會了，事實剛好相反。」

「你實在有夠遲鈍的……眞受不了你。」

「你說什麼？」

「我也只有嘆氣的份了。」

「嘆氣？」

當車子好不容易抵達新幹線的千種車站時，他們隨即看到站在地下鐵出口的大御坊。發現喜多因爲紅燈而停下的車子後，大御坊一邊招手一邊跑向他們。

「你們好慢喲。」大御坊打開車門，坐進副駕駛座。

「喂，你怎麼不去坐後面啊。」喜多說完，立即繼續開車，越過橫跨鐵路的高架橋後，打了左轉的方向燈。

「這輛車香水味還滿濃的。」大御坊發出鼻息聲說：「眞是令人坐立難安的味道啊……對，就這樣繼續直走……犀川，小萌有跟你說過了吧？」大御坊轉向後方的犀川。

「說過什麼？」

「寺林的鑰匙就放在他口袋裡的事情。」

「聽說過。」犀川回答。

「你覺得怎樣？這件事我也跟警方說過了，因爲當時喜多他並沒有看到，害我感到非常困擾，一直在擔心警方會懷疑我呢。」

「警方當然會懷疑你啊。」喜多馬上說：「像你這種怪人，怎麼可能不懷疑呢？」

「這件事我也是事後才想到的。警方可能認爲是我將鑰匙放進他口袋裡的，但如果是我的話……我就會搶先第一個進入準備室了，我那時候可是心不甘情不願地被喜多叫進去的耶，畢竟那場面實在太可怕了，可怕到我光想到就不禁全身發毛。如果喜多當時不叫我的話，事情就不會變成現在這個樣子了，所以喜多你聽好，你要負一半的責任唷。」

「不要用那種奇怪的詞。」

「這車子的香水味聞起來好廉價。哪個女人的？」

「你跟筒見明日香在噴泉擦身而過時……」犀川突然出聲。「有看到她帶皮包嗎？」

「啊，不，我記得她沒帶。」大御坊因犀川的問話往後面看。
「她是個怎樣的女孩？」犀川問。
「你是問小香嗎？」
「她個性很強勢嗎？」
「這個嘛……她的確是不夠成熟穩重。」大御坊邊這樣說，邊越過犀川的肩膀專注地看後車窗的來車。「今天好像沒被跟蹤呢。」
「反正筒見老師家那裡還是會有的。」
車子橫越寬廣的十字路口往鶴舞前進。爲了替駕駛喜多指引方向的大御坊稍微搖下了車窗。
「女兒死得那麼悽慘，又還沒舉行葬禮，我們一群人這樣跑到他們家眞的好嗎？」喜多問。
「是他叫我去的，我也沒辦法啊，一定有事情想問我吧。」
「想問什麼？」
「那……該怎麼說呢？是問他女兒那時的情況吧？」
「你是說她沒有頭的事嗎？」喜多說：「警察有對他說過吧？」
「我不知道。」
他們沿著大道南下，左轉開進一條小路。
「啊，過了那邊的公園就到了。」大御坊說。
「那裡是古墳啊。」犀川低聲說。

前方可以看到古老的商店街，大部分的店家都拉下了鐵捲門。

他們在車子在水泥磚牆前停好後下車，車庫旁的樓梯上有一扇門。大御坊按下室內對講機的按鈕，犀川則是抬頭看陰暗多雲的天空。

筒見家的建築屬於一棟兩層樓的木造房屋，加上一個鄰近道路旁的狹小庭院，佔地並不廣，看起來屋齡已經有三十年之久，屋況外觀也漸趨老化腐朽，國立大學教授的薪水並不算高，所以蓋不起多豪華的房子，不過房子座落在那古野市市中心地帶，以現值來算，擁有很高昂的土地價值。

從玄關出來迎接他們到來的人，正是筒見豐彥教授本人。

教授的頭髮全部往後梳，較一般男性爲長，神似紀世都和明日香的精緻五官以及瘦小體格。如果拿掉那副黑邊眼鏡，看起來會更像個藝術家。

「晚安。」意料之外，筒見豐彥打了個普通的招呼。

「老師，這麼晚還來打擾您，」大御坊低聲說：「眞是不好意思……」

「沒關係，進來吧。」筒見很快就返回屋內。三個人也跟在他後面進去。

「這兩位是N大的喜多副教授和犀川副教授，他們是我高中時代的同學。」

喜多和犀川分別報上名並低頭行禮。

「我是筒見，你們好。我太太現在睡得很熟，抱歉沒辦法出來跟你們打招呼。」

「啊，師母她……身體不舒服嗎？」大御坊問：「果然還是因爲那件事……」

「嗯，她是受了一些驚嚇。」筒見用十分普通的口氣解釋。「我們先上二樓吧。」脫了鞋子，大家走上樓梯，筒見家裡完全沒有人在活動的感覺。

「你們別太在意我。」筒見帶他們進到房間裡後說：「其實我現在真的不知該說什麼，我也不太清楚這種感覺是因爲生氣，傷心，還是身體哪裡不對勁所造成的。反正既然無計可施，我唯一能做的，就是只能不去多想些什麼了。」

「看老師情形還不錯，我也就安心了。」大御坊說。

「也許你們會認爲我只是在逞強，老實說，我對於孩子的事，早就採取放棄的態度了。既然他們都已長大獨立，我也要做好有一天會跟他們分離的覺悟。雖然我沒料到她會遭人殺害而死，但今天如果換做是她要移民美國的話，其實也和這結果差不多吧？如今我也只能這麼想了。」他們所在的房間，是一個類似書房的狹小房間。筒見豐彥在窗邊那張舊書桌前有扶手的大椅子上坐下，犀川他們則分別坐在一張低矮桌子旁的沙發及另一把椅子。

「我只有一個念頭……」筒見豐彥點起菸，用低沉的嗓音說：「就是絕不原諒殺明日香的人。每當想到這件事，我就輾轉難眠。現在不知道兇手是誰還好，萬一警察哪天找到犯人的話，我一定會眞的無法入眠吧。也許就是這股恨意支撐我到現在的動力吧。我也覺得我那一直在哭的太太很可憐，但也是無可奈何啊。」

「請問……爲什麼今天要找我們來呢？」喜多問。

「警方都不肯對我做更具體的描述。」筒見豐彥用彷彿在學會上回答問題的態度及用詞，說出那似乎早已預備好的答案。「所以，能不能請你們詳細告訴我那孩子被發現時的情形呢？」

看到他們一起陷入沉默，筒見只好站起來，問他們要不要喝一點酒，然後就從酒櫃裡拿出威士忌和玻璃杯來放在桌上。他自己則是在拿了另一瓶酒和小杯子放上自己的書桌後，再次拿起香菸來抽。

「要我去樓下拿水嗎？」

「啊，不用了，老師。」大御坊搖搖手回答，「您別在意，這樣就可以了。喜多，要喝嗎？」

「我還要開車，免了。」喜多小聲地說。

「回去時就換我來開車吧。」聽到犀川這麼說，大御坊和喜多在杯中倒入四分之一杯的酒。

「犀川老師你不喝嗎？」筒見往自己的杯中倒酒。

「嗯，我不能喝酒，只要能讓我抽菸就好了。」

「你盡量抽沒關係。」筒見擠出有些僵硬的微笑。「對了，第一個發現明日香的是誰？」

「是我。」大御坊回答，「不過是喜多先進去房間裡的。」接下來，大御坊將那時候的情形大致說明了一下。

「可以告訴我明日香在遇害前一天時的情形嗎？」聽完說明後，筒見豐彥用機器人似的語調說。

「紀世都沒有跟您提起過些什麼嗎？」大御坊反問。

「紀世都自從那天以後，再也沒有回過這裡了。」

「他好像是在天白的工房裡吧。」大御坊點頭。「紀世都一定也受到很大的打擊吧。」

「大概吧。」筒見豐彥好像事不關己似地點頭。

在接下來的三十分鐘裡，犀川一直都保持沉默，觀察這個名爲筒見豐彥的男人。他的身上，散發出一種配得上國立大學教授和資深鐵道模型迷這兩個頭銜；和他瘦小體格完全相反的從容氣質。那沒有抑揚頓挫的流暢語氣，證明他在將話說出口前，已經在腦中將全文文法進行過確認，而且還會下意識地選用最適當的詞句。

已三杯黃湯下肚的筒見豐彥，卻不見他臉色產生任何變化。

「筒見老師有想過誰是犯人嗎？」犀川發問。這是他第一次主動開口說話。

「我沒想過。」筒見平靜地回答，「而且這也不是我該想的事。」

「不過，你有想過這件事吧？」

筒見豐彥遲疑片刻後回以微笑。「也許是吧。」

「把小香拉去那種地方，本來就是我的不對。」大御坊歉疚地說：「我沒想到事情會變成這樣，眞的很對不起您。」

「跟你沒有關係吧。」筒見沉穩地回答，「你如果眞的這麼想的話，那眞是白操心了。這個案子跟展示活動並沒有關係。」

「您爲什麼會認爲沒關係呢？」

「喂，等一下，犀川。」在一旁的大御坊伸出手，去碰犀川的膝蓋。「怎麼了？明明就只有你沒喝酒，爲什麼偏偏是你一直在做這種危險發言啊？」

「如果覺得我這樣問很失禮的話，就直接說吧，我就停止。」犀川微稍露出微笑。

「不，我完全不會介意。」筒見還是面無表情的老樣子，慢條斯理地點起香菸。「就算有什麼關係，我也不會知道的。這樣想也許很多餘，不過……我實在看不出把頭砍斷這件事有什麼意義，對此也沒有抱著什麼特別的感情。明日香被砍斷頭的時候已經死了，既然死了，就代表她已經不是我的女兒明日香了。我是這麼想的。」

「喔，您能這麼想，眞是了不起啊。」

「請你別用了不起來形容我。」筒見嚴肅地說完，又飲盡杯中的酒。「我們研究者會有理性思考事物的習慣，就算被別人批評是找藉口或冷血動物也不會改變。不過，當然啦，我們也是有理由才會這麼做的。我們相信這不只是拯救人類和社會最好的方法，同時也是替自己著想的方式。我的想法只有這樣。」

8

結束談話之後，筒見帶他們去書房隔壁一間比較寬敞的房間裡。那裡有一半以上的空間是被鐵路模型造景箱佔據。迷你的車站和樓房矗立在迷你的山巒和峽谷間，並有好幾條鐵軌穿梭其中；蓋著工廠和倉庫的平坦地帶上，則有一台台色彩鮮豔的貨物列車停在輕便鐵道上。

這副景象在犀川眼中看來，就像是五十年前的美國風光。那個鐵路模型造景箱的另一邊整面都是玻璃櫃，有三分之一都是放置蒸氣火車的模型，其它的部分則是放電氣化火車、柴油火車、客車、貨車等等，其中也有幾輛是沒上色的金色蒸氣火車。

大御坊似乎很常來這個房間，喜多則明顯是第一次來，只見他雙眼發亮，驚嘆連連，像是要盡量讓這些景象烙印在眼裡一樣地全神貫注看著每一樣模型。

比起鐵路，犀川對那些迷你的建築物模型更有興趣。它們在經過褪色處理和染上適度的污漬後，表現出像實物一樣的風化感，跟景色完全融為一體，看得出來作者是故意要把它們塗成這種破舊模樣的。無論是車子、人群、小巧的樹木或河水的流動，都精細入微到令人嘆為觀止的地步。因為鐵軌上的列車是停止的，所以現在模型取得著一種微妙的平衡。但如果只有鐵路部分是動態的話，應該會使其它靜止的東西顯得更不自然吧。

筒見豐彥始終都很熱心地向喜多說明火車列車的製作過程，導致他們並沒有時間看到火車在那迷你模型世界裡奔馳的景象。三人在玄關對筒見豐彥低頭行禮告別時，時間正好是晚上八點半。

「肚子好餓喔。」喜多將車鑰匙遞給犀川後說：「去附近吃個東西吧。」

當犀川打開喜多車子的駕駛座車門時，一個青年朝這裡走近。

「啊，筒見。」大御坊見人便高聲叫喚。筒見紀世都穿著一件長外套，本來垂著的頭，在聽到大御坊的聲音後抬了起來。

「我們剛才一直在你家打擾呢。」

「你們好。」紀世都面無表情地回答後，瞥了犀川和喜多一眼。

「我覺得你最好還是回去看看老師吧。」大御坊說：「師母好像也身體不適呢。」

「嗯，這個我知道。」他回答之後就背對他們走上了階梯，進去沒多久又默默地折返回來。

「大御坊先生。」筒見紀世都走到大御坊前，停下腳步。

「什麼事？」

「你會見到西之園萌繪小姐嗎？」

「小萌嗎？會啊……。」大御坊回答後，瞄了犀川一眼。「他是萌繪的指導教授犀川先生。」

「我是犀川。」犀川隔著車頂向他輕輕點頭。

紀世都繞過車子，走到犀川那裡。他的動作輕到不像在走路，比較像在平行移動。

「你是醫生嗎？」紀世都的眼神彷彿停留在犀川的腳。

「不是。」

「這個，」他從外套口袋裡拿出一個白信封。「請幫我直接交給西之園小姐。我因爲不知道她的地址，正不知該怎麼辦呢。」

「是信嗎？」

「是信沒錯。」

「知道了，我應該今晚就會拿給她。」犀川接過這個幾近正方形的信封，筒見紀世都便轉過身去，沒跟任何人的眼神對上，再次默默地走上階梯。三人坐進車內。這次換喜多和大御坊坐在後座。

「你爲什麼總是要坐在我旁邊啊？」喜多笑著說。

「犀川，那個給我看。」大御坊將手伸向駕駛座，犀川將剛剛收下的信封遞給他。

「信封口還黏起來了。討厭啦……難不成是情書嗎？」大御坊將身子向前挪，凝視著犀川的臉。

「爲什麼筒見教授的兒子要給西之園情書啊？」喜多追問。

「因爲呀……」大御坊喜孜孜地說：「昨晚小萌有到他的工房，跟他單獨見面喔。」

「咦！創平，你知道這件事嗎？」喜多大聲叫嚷起來。

「我有聽西之園講過。她好像還因此吃了一頓苦頭，結果今天整天都在爲那件事而煩惱呢。」

「天啊！到底發生了什麼事？」

「是道歉信嗎？」大御坊搖著信封說。

「喂！趕快告訴我啦！」

「話說回來……」犀川開動車子時喃喃自語：「爲什麼他認爲我是醫生呢……」

9

西之園萌繪將雙手向上延伸，作了個懶腰。她起身想泡杯咖啡時，經過雙手一直在鍵盤上忙碌的金子，發現他的電腦螢幕上停留在文書處理軟體的視窗。牧野洋子則是趴在桌子上睡著了。

「啊……已經十點了。」萌繪看了手錶說：「金子，你是在打畢業論文嗎？」

「嗯，是以前文獻章節的總整理。」

「你動作還是一樣很快啊。」萌繪在咖啡機裡倒入開水時，身旁的門突然打開，走進來的人是濱中深志。身爲博士班兩年級生的他，是比萌繪他們大很多屆的學長。

「哇，眞幸運，我也要一杯咖啡。」濱中看向萌繪說：「難得西之園學妹會這麼努力，該不會明天要下大雪吧？」

「我數據已經全部弄好了。」萌繪邊放好過濾網邊說：「接下來只要畫成圖表就好了。之後，就要麻煩濱中學長借我巨集（註二）囉。」

「嗯，好啊。」濱中在椅子上坐下，往房間其它位置瞧一瞧。「咦？牧野學妹是睡著了嗎？」

「嗯，我想那應該不是演技吧。」

「對了，犀川老師到哪裡去了？我剛好有事情要找他談。」

「他大概去吃飯了，應該會再回來了吧，因爲車子還停在下面……」

被吵醒的牧野洋子抬起頭，看到濱中，就調整了姿勢。金子則是停下手，點了根香菸。

這時走廊上傳來腳步聲。

「啊，是犀川老師。」萌繪說。

「光聽腳步聲就知道？」濱中不置可否地笑了起來。打開門探頭進來的人卻是大御坊安朋。

「嗨，小萌。」

「喔，你好啊。」萌繪露出微笑。「犀川老師呢？」

「他現在進去對面的房間了。」大御坊關上門，在房間裡四處張望。「這房間還滿乾淨的嘛，我本來以爲學生的房間會更亂的說，就像我們當學生的時候一樣。」濱中深志、牧野洋子和金子勇二，都用僵硬的表情盯著大御坊。萌繪發覺到之後，猜想應該是因爲大御坊的打扮跟常人不同的緣故。

「他是我的表哥。」

「我想就算說我是創作人大御坊安朋，你們應該也不知道吧，畢竟我理科方面的讀者只佔了幾個百分點而已。你叫什麼名字？」

「我嗎？」濱中面紅耳赤地站起來。「我姓濱中。」

「濱中什麼？」

「深志。」

「深——志？嗯……這名字好像很美味的樣子。要不要我有空帶你去哪裡玩呢？」

「這……」濱中不停搖頭。「『去哪』是指哪裡？」

「遊樂園或是溫泉之類的。」

「那就不用了。」

「眞可惜啊。」大御坊莞爾一笑，轉而看金子。「你叫什麼？」

「在下只是個無名小卒罷了。」

大御坊聽了，邊笑邊用手指對著空中畫圓圈。「嗯嗯，眞有趣的說法……及格。算了，總之，要請你們多多照顧我重要的小萌喔。」

「安朋哥，我剛好在泡咖啡，」萌繪說：「請你喝完再走吧。」

「不用了，我馬上就要回去了。」他走回萌繪身邊。「這封情書，給你的。」萌繪看到大御坊遞給她的信封時，嚇了一跳。

「那是什麼？」

「我就說是情書了啊。是筒見紀世都給你的。」

「筒見先生的信？」萌繪瞇起一隻眼睛。「給我的？」

「嗯，他拜託我轉交給妳。不，事實上本來是拜託犀川的。犀川他當時似乎受到很大的打擊，臉色都發青了呢。」

「咦？犀川老師？眞的嗎？」

「是假的……」大御坊聳聳肩。「拜拜囉。」

萌繪正想著要怎麼回話，大御坊就已經走出房門離開了。

咖啡機開始發出聲音。

「他眞的是萌繪的表哥嗎？」牧野洋子往萌繪的身邊靠了過來。「他和犀川老師是朋友嗎？」

「聽說他們國高中都是同班同學。」

「那大御坊是他的筆名嗎？」

「不，是本名。」

「爲什麼要做那種奇怪的打扮呢？」濱中邊從餐具櫃裡拿出杯子邊問：「那應該算是美國西部風格，還是鄉村風格呢……」

「他就是那種個性啊。」

「用句遣詞也很怪。」

「爲什麼只有我的名字他沒問呢？」洋子問萌繪。

「也許是他因爲對女性有所顧忌吧。」

「有所顧忌啊……」洋子皺起眉頭。

連金子也去拿了杯子來。每個人都人手一杯咖啡。金子接近萌繪時，什麼也沒說，只有露出不懷好意的笑容。想到那句算是他的玩笑話傑作——「在下只是個無名小卒罷了」，萌繪又忍不住想發笑。

萌繪拿著杯子，回到自己窗邊的書桌前，用剪刀剪開信封上端後往信封裡瞧，裡面放著一張折成四折的列印白紙，上面的字，都是用噴墨印表機印的。她一抬起頭來，發現牧野洋子和濱中深志都朝她這邊看。

「喂，眞的是情書嗎？」洋子問。

「開玩笑的啦。」萌繪微笑地這樣回答後，低下頭開始讀信的內容。

你應該知道吧？
大地才不是圓的。
被切割出來的四方形視野有死角。
有間紅磚蓋的工廠吧？
上圓下方的窗子被分成一個個格子，
綠色油漆不知爲何斑駁脫落。
有根煙囱高高突起吧？
橫越過數不清的鐵路後，

總會看到有輛柿子色的箱型車停在那裡，
穿紅裙的女子舉起一隻手；
一對胖嘟嘟的爺爺和奶奶互相依偎，
身體一半以上緊黏在一起。
再往左看，
有個掛著生銹招牌的食堂，
房子有點漂浮起來的感覺。
面前筆直的坡道，
陡峭到讓人無法走上去。
兩側全是低矮的樹木和大石塊。
這一切，全都是大地的裝飾品。
有間白色的教堂吧？
就連那扇能看見鐘的窗户，也是圓與方的組合。
我得朝著教堂爬上斜坡才行。
看，那邊有棟奇怪的小屋吧？
明日香的頭，就在這間小屋裡。
而且砍下頭的，現在就在頭的旁邊。
你問爲什麼要在旁邊？

這是爲了保險起見。

拜拜。

萌繪前前後後讀過三遍。一抬起頭就看見拿著杯子的牧野洋子站在眼前，直直地瞪著她。

「讓我看。」洋子喝著咖啡，另一隻手往萌繪的方向伸出來。「上面寫些什麼？」

「不行。」萌繪搖頭。「對不起，這我不能給妳看。」

「果然是情書啊。」洋子睜大雙眼。「妳還好吧？真搞不清楚。萌繪妳的表情超嚴肅的呢。」

「嗯……」萌繪不禁點頭。

「是誰給妳的？你們好像有提過是個叫筒見什麼的人。」

「他是公會堂那個被害者的兄長。」萌繪回答。

她的頭腦完全麻痺，知覺也幾乎陷入一片恐慌之中，現在的她知道自己的外表其實正在故作鎮定——是魔法吧，筒見紀世都的信就是施法的咒語。

對萌繪而言，那是無以復加的恐懼，但是她完全不知道爲什麼會感到恐懼，腦袋已經停止運轉了，恐怖的感覺卻還是確確實實的存在著。

萌繪直接起身走出房間，橫越走廊敲了下門，不等應門聲的出現，便衝進犀川的辦公室。

10

「老師！」

裝在犀川房門上的關門器已經漏油損壞，沒辦法完全吸收反彈的力量，會使得門未經充分減速就砰然關上。靈敏的西之園萌繪迅速地衝到了犀川的桌子，犀川看了看手錶。

「沒想到還滿花時間的。妳一共重看了幾遍？」

「三遍。」萌繪說完，就把手上的信封交給他。

「我可以看嗎？」

「請看。」

犀川接過信封，在拿出信之前先點了根菸。讀信的時後萌繪一直站著，讀了一遍後，他嘴角稍微揚起地抬頭看她。

「你覺得怎樣？」萌繪身體向前傾後發問。

「沒什麼。」犀川緩緩吐出煙，做出很簡單的回答。

「這應該不是『沒什麼』的事吧？」萌繪的音調稍微提高。

「不然妳希望我怎麼回答？」犀川不以為然地笑著說：「難不成要說我眞是晴天霹靂或是感慨萬千嗎？」

「老師，我沒有時間聽你開玩笑。問題在於最後那八行啊。」萌繪瞪著犀川。「那上面有寫著，『明日香的頭，就在這間小屋裡』。」

「喔，是有寫啊，我又不是不識字。」
「上面還有說，砍頭的人現在就站在旁邊呢。」
「不是這麼寫的吧。」犀川搖頭。
「咦？」萌繪歪著頭。
「上面只寫『砍下頭的』，而不是『砍下頭的人』。」用指尖轉著香菸的犀川緩緩地說：「那也有可能是指當作斷頭工作的斧頭啊。」
「筒見紀世都先生知道那棟小屋！」萌繪用控告似的語氣說：「說不定他還知道犯人是誰！」
「嗯。」犀川點頭。「也許吧，妳先坐下吧。」
「小屋在哪裡？」
「直接去問作者本人如何？信的內容很明顯地是希望妳會為了求取情報而跟他接觸。」
「是呀……」萌繪點完頭，作一個大大地深呼吸，才在桌旁的椅子上坐下。「最後還有寫到，砍頭的理由是為保險起見。」
「上面不是這麼寫的。」犀川又搖頭。
萌繪伸手拿起信紙，再讀了一次最後的部分。

明日香的頭，就在這間小屋裡。
而且砍下頭的，現在就在頭的旁邊。
你問為什麼要在旁邊？

這是爲了保險起見。

拜拜。

「有寫啊。」萌繪抬起頭。「頭放在那裡是爲了保險起見。」

「是啊，但那並非就是砍頭的理由。上面只有寫頭在那裡是爲了保險起見而已。這有點變成國文問題了。」犀川靠在椅背上翹起腳，使椅子發出傾軋的聲音。「而且沒有使用動詞，就只有『在那裡』而已，就文意來說實在有點奇怪。另外，妳一開始所指出的『砍下頭的』這個代名詞，認爲是指兇手，如果是這樣的話，那就變成兇手是爲了保險起見而待在那裡了。西之園同學，想必妳的國文文法一定不怎麼樣吧？」

「文章的前半段有指出這棟小屋的位置。感覺上好像是在位於高處的白色教堂附近。」

「爲什麼不乾脆明白地寫出來呢？」犀川緩緩地呼出煙。「明明應該是要寫來傳達某件事給別人知道的信，爲什麼要故意弄得這麼難懂呢？」

「因爲如果馬上讓人馬上看懂就糟糕了吧。」萌繪回答，「信上一定不會寫明要你去問筒見紀世都先生本人的。」

「或許是他想直接來問妳也說不定。如果不能馬上讓人知道的話，應該再晚一點交給妳吧。那麼他急著把信交給妳就說不過去了。」

「嗯……」萌繪歪著頭。

犀川拿起桌上的杯子站起來，走到咖啡機那裡，萌繪視線也跟隨著他的腳步，犀川的表情幾乎沒有變化，但視線微妙的振動證明他正在進行複雜的思考。萌繪深信只有自己發現到這一點，感到十分自傲。

犀川喝了一口咖啡，才慢條斯理地回到座位。當他思考的愈多，動作就會變得愈遲緩，這也是萌繪發現的法則。

「老師，難不成這只是惡作劇信嗎？」萌繪試圖誘導他的思考。

「那種可能性，在跟妳開始討論的時候，就已經排除在外了。」犀川立刻回答，「把那種可能性先擱在一旁，應該是現在進行討論的前提吧？」

「是。」萌繪聞言微笑。「你說的沒錯。」

「聽好了，這封信就是希望妳不要馬上理解，才會寫得這麼難懂，另一方面，對方又將提示限制在妳努力思考就能確定場所的最小範圍內，說不定妳只要動身去找就可以輕易找到了。奇怪的是……爲何他要特意寫成沒辦法馬上看懂的內容呢？再說，如果這件事不能馬上知道的話，他又爲何要那麼急著把信交給妳呢？」

「啊！」萌繪聳起肩膀。「是因爲他後來就沒辦法交給我了，所以才必須趕在現在吧？」

「沒錯。」犀川稍稍露出微笑。「也就是說，這就是『爲了保險起見』的動作吧。」

「這就是……保險？」

「那間小屋的實際所在處，恐怕光靠信裡的訊息是無法確定的。不過只要妳實際去了那個場所，就會明白到信裡所說的是怎麼一回事。這封信就是爲了達到這種效果，才會被寫出來的。由文章的表現來看，似乎是預告妳會在不久的將來，親眼看到那個地方的事情。」

「老師的意思是，我會在那裡發現到明日香小姐的頭囉？要等到那個時候，我才能正確無誤地斷定出紀世都先生在信中所指的地方在哪裡。」

「沒錯……就是限定在那個時候才有用的情報。然後呢？」

「那麼，筒見紀世都先生要等到那個時候，才要公開承認自己早在很久以前就知道頭在那個地方？」

「是啊。」犀川歪著嘴角說：「因爲等到事情變成那樣才說就沒有意義了，所以他之所以要通知身爲第三者的妳，很明顯地是要爲自己所知道的事實先預留個記錄。那就是他用保險這個詞所要表達的意思。」

「他的目的是什麼？」

「最有可能的，應該就是他認爲自己到時候已經沒辦法講吧。」犀川以口就杯。

「沒辦法講是什麼意思？」

「就是指他人不在這裡，或者是死了。」犀川表情很平靜直視著萌繪。

「這樣嗎……」萌繪用力點頭說：「他認爲自己可能會被殺，所以才把這封信交給我。他知道殺明日香小姐的兇手是誰，所以才故意留下訊息，暗示自己萬一也遇害的話……寫信的原因就是這個。太棒了！就是這樣！老師太厲害了！絕對是這樣沒錯！」

「或者那只是裝模作樣好讓妳得意忘形的惡作劇而已。」

「筒見先生才沒辦法計算到我會這麼想的，反正現在也幾乎是老師在思考了，總覺得我好像成了傳達神明旨意的巫女了。」

「我有個問題想問。」犀川聳聳肩膀後說：「剛才的推論跟現實相符的機率，應該只有百分之五吧？」

「我覺得有五成左右。」萌繪稍微抬起下顎。

「其中相差的百分之四十五，就是妳和我對這問題期待度的不同。」

「那老師另外的百分之九十五，又是什麼可能性呢？」

「那只是首單純的詩，或只是想引起妳注意的惡作劇。不管是哪一個，都已經非常成功了。」

「筒見先生不像是會做故意引起女孩注意這種事的人……」

「妳也不是普通的女孩啊。」

「他的個性該怎麼說呢，要比一般人更超然。老師跟他見過面就會了解。」

「我已經見過他了。」

「不，應該要再多交談一下……」

「這也是妳個人的觀感而已，之中也已經存在了百分之四十五的誤差。」犀川又點上一根新的菸。

「老師剛才有說過我……不是普通的人，對吧？」

「如果他眞知道自己妹妹的頭放在哪裡的話……」犀川吐出煙後，無視於萌繪的話繼續說：「爲什麼不去聯絡警方呢？」

「因爲他想包庇兇手。」萌繪預料到犀川會問這個問題，馬上用準備好的答案回答他。

「爲什麼要包庇他？」

「因爲筒見先生不希望他成爲犯人。」

「是家人、朋友或戀人嗎？」

「是的。」萌繪愼重地點頭。

「是跟他關係密切，卻又讓他覺得生命遭受威脅，甚至可能會殺害自己的人？」

「嗯。」雖然有點沒自信，但萌繪還是點了頭。

「爲什麼筒見紀世都先生會知道這一點呢？」

「這我就不知道了。」

在這時陷入沉默的犀川，很疲勞似地低頭閉著雙眼。他一隻手放在額頭上，細細的白煙則從另一隻手上的香菸飄向空中。

「筒見豐彥老師現在情況怎樣？」按耐不住的萌繪，以問題打破沉默。

「喔。」依舊低著頭的犀川回答，「雖然他樣子並沒有想像中的憔悴，但看得出他很努力地在接受明日香小姐的死。」

「紀世都先生應該也跟你們一起吧？」

「沒有。我們要打道回府時，他才剛好回家，所以我們是在他家前面碰到的。自從案發以後，筒見教授和紀世都先生好像不太常見面說話的樣子。」

「代表他是在去見父親之前把這封信交給老師的囉？」

「沒錯。」犀川突然抬起頭，看著萌繪說：「妳是在懷疑筒見教授嗎？」

「是的。」萌繪輕輕點頭。「他對紀世都先生來說，是親近的家人，又是自己畏懼的對象，所以才會在去見他之前，準備好一封信以防萬一。」

「可是我認爲，他是偶然才遇到我們的。」

「也許紀世都先生知道安朋哥今天會去他家拜訪。」萌繪說完便直盯盯地看著犀川。「筒見教授除了是明日香小姐的父親以外，另一個被害人上倉裕子也是筒見教授任教大學的學生。」

「妳的腦袋裡，似乎都會自然而然地產生這種異於常人的想法啊。」犀川叼著香菸說：「應該是妳那偏頗的讀書傾向所造成的吧。」

「不過，筒見教授有不在場證明。」

「哦……怎樣的不在場證明？」

「星期六晚上，安朋哥和筒見教授一起待在他家裡。當然啦，公會堂距離M工大很近，所以他也是有可能抽得出時間犯案。關於這一點，我下次會再跟安朋哥確認看看的。」

「那是妳剛才才想到的吧？」

「嗯，沒錯。」萌繪露出微笑。「事實上，我之前一直懷疑是河嶋副教授。」

「是這樣啊。」犀川又吐了一口煙。「妳的思考方法類似於牛頓法，就是將數字不停代入方程式裡，再確認兩邊的值是否相同。」

「我的確是用這種先假設答案再逐項解決的方式。」萌繪聳聳肩說：「以前在計算國中數學的方程式時，我都認爲這是實際上效率最好的方法，不過一定要限制答案是完全整數才行的通。」

「計算太快的話，反而會讓效能變差。」

「那封信是不是交給警方比較好呢？」萌繪問。

「的確是應該這麼做。」犀川點頭。「可是無法得知他們會有多認眞看待就是了。筒見紀世都先生知道妳跟警方關係密切嗎？」

「他以爲我是護士。」

「難怪我會被當成醫生。那他爲什麼以爲妳是護士？」

「這我就不便透露了。」

不知是否是被煙燻的，犀川瞇起了眼睛。

「西之園同學，妳知道這是什麼嗎？」犀川從桌上的文件上拔下一個用鐵絲彎曲而成的小迴紋針。

「那是迴紋針吧？」

「爲什麼要生產這個呢？」

「咦？你是指什麼？」

「迴紋針啊。」犀川露出一本正經的表情。「你不覺得很奇怪嗎？既然世界上迴紋針愈來愈多，紙本也不斷增加，應該總有一天會達到需要的總量，也就是飽合量的上限才對。那到底迴紋針要生產到何時才行呢？」

「等一下，老師……」萌繪歪著頭。「這是新的玩笑嗎？」

「在思考事情的時候，我常常會無意識間把這玩意弄壞，因爲我有忍不住想把它扳直的壞習慣。像這樣無法再使用的迴紋針數量，跟工廠新生產的量，可以剛剛好打平嗎？難道社會上有很多像我一樣愛破壞迴紋針的人？」

「老師……」萌繪大大地眨了眨眼睛，然後嘆起氣來。「我只是不想把我扮成護士去醫院見寺林先生的事告訴老師而已。」

「這樣啊……」犀川張開一隻手的手掌，讓萌繪看迴紋針。「妳看，太好了，妳將一個迴紋針從被弄壞的命運中拯救出來了。」

「拿迴紋針當人質，眞卑鄙。」

「因爲我是不擇手段的人。」

「好吧，我也把剛才那僅佔百分之五的悲觀推論，跟鵜飼先生說看看好了。」萌繪起身準備離去。

「那是樂觀的百分之五。」犀川表情不變地喃喃說著。

11

西之園萌繪回到犀川辦公室對面的學生實驗室，坐回自己的座位後，又再次開始面對電腦工作。只需要一直重複移動滑鼠點右鍵的單純動作，但思考機能幾近停擺，就算是在認眞思考事情的時候，身體的運作也是接近停止的狀態，她不禁懷疑自己是否已經感到疲倦了。畢竟光是使用滑鼠就可以讓她頭腦罷工的情形，還是滿少見的。

牧野洋子在十一點時喃喃說了一句「我要回去了」，便穿上外套離開了。可能是兼數份打工的原因，洋子比萌繪更容易累積疲勞，和從來沒有工作過的萌繪相比，洋子對打工實在可以稱得上是得心應手的程度了。

不久之後，國枝桃子助教和犀川副教授輪流探頭進房裡叮嚀要小心火燭以後也回家了。教職員跟學生不同，最慢要在早上十點前到校上班，所以到了一定時間就會回家。至於學生在研究室待到三更半夜，則是大學中的一般常見的情況。

完全沒有睡意的萌繪覺得工作眞是不可思議的東西，著手之前是痛苦萬分，開始之後又欲罷不能。因爲過於掛念著自己進度落後的事情，所以當工作一點一點確實地被消化掉時，心情也逐漸暢快，但工作就愈難做個段落。房間裡十分安靜，只聽到金子勇二規律的打鍵盤聲。

「大小姐，妳最好該回去了。」金子邊打著鍵盤邊說。

萌繪看了手錶一眼，確認時間已經將近十二點半。這是金子第二次做出這個提議了。萌繪的手離開滑鼠，大大地嘆了口氣。「嗯，快好了……對了，金子同學你呢？」

「我要做到早上，反正明天沒什麼事，而且晚上比較安靜，能集中注意力。」

「那我也來熬夜好了。」

「妳還是回去比較好。」

「不要緊的……我今天身體狀況還不錯。」

萌繪在去年六月熬夜畫製圖的作業時貧血昏倒。在今年春天的聚餐上也昏倒，被救護車送到醫院。剛好金子這兩次都在場，所以萌繪認為金子的擔心，大部分來自於這個原因。

金子的視線終於離開電腦螢幕盯著萌繪。他習慣不管做什麼動作時，都露出一副覺得很麻煩的表情。

「回去啦。」

「我趁這個機會拜託你一件事好了。」

「什麼事？」

「希望你別再叫我大小姐了。」

「那要改叫什麼？」

「西之園。」

「我知道了。」金子點頭。

「謝謝。」

「不管怎麼叫，也不會改變什麼吧。」

「那效果是會累積的，就像是拳擊的刺拳一樣。」萌繪回以微笑。「因爲金子同學都直接稱呼洋子爲牧野，一點都不公平。」

「像妳那樣輕易地用公平和不公平的字眼來評斷，我是不會被打動的。好吧，就讓我也來說點藉口吧……大小姐妳還不是一樣……明明都叫她洋子，卻不叫我勇二，不是嗎？」

「叫我西之園。」

「我們還沒有做出結論。」

「你好詐喔。我已經有跟你道謝了耶。」萌繪搖頭。「我會叫她洋子，是因爲我們是同性。

我總不能直接叫你勇二吧？這樣大家會誤會的。」

「牧野和大小姐也許是同性沒錯，不過妳們之間還有更大的不同，就我來看動物之間的不同是類似的道理。」

「什麼意思？」

「就像在母象和公象旁邊，又有一隻長頸鹿一樣。在這種情形裡，哪兩隻動物會比較相近呢？」

「這樣說太沒禮貌了吧？……我跟洋子到底是哪裡不同？」

「這個嘛，既然妳們兩個都是哺乳類，也不是說完全沒有相似的地方。眞要說的話……是生態不一樣吧。」

「就因爲如此，稱呼才會不一樣嗎？」

「這樣說下去太牽強了，所以還是別追究了吧。」金子突然露出不悅的神情說。

當萌繪正要說「犀川老師還不是公平地叫大家西之園同學、牧野同學、金子同學嗎？」從萌繪的包包裡，傳來手機的電子鈴聲，她只好先將手機拿出來接聽。

「是諏訪野嗎？」萌繪將手機貼近耳朵說。

「喂，是西之園小姐嗎？」

「你是？」萌繪有些吃驚。

「我是寺林，在醫院跟妳見過面的寺林。不好意思，這種時間打給妳……」寺林的聲音很小，感覺好像是故意壓低嗓門的。「請問妳現在方便嗎？」

「嗯，沒關係的。」萌繪看著金子回答。「你是在醫院打的嗎？」
「是在醫院的附近……」
「附近？」
「是的……我剛剛偷跑出來。」
「爲什麼要偷跑出來？」
「因爲我沒辦法再待下去了。先別說這個，請問……我可以拜託西之園小姐妳一件事嗎？」
「什麼事？」
「可以借我錢嗎？幾千圓就好了。」
「借錢？」
「嗯……因爲我沒錢坐計程車，回到公寓又有警察在……」
「寺林先生，你到底打算要做什麼？」
「拜託妳，我沒有其它人可以拜託了。我現在就要錢，以後不管要我還幾倍，我都會還的。」
「好吧，我知道了。你現在在哪？」
「在千早交流道的護欄下方。」
「千早的護欄？是有公園的地方？」
「嗯，其實打這通電話的一百圓，也是陌生人給我的。雖然都很丟臉，但我身上眞的半毛錢都沒有。」

「好，我現在馬上趕到那裡。」

「我欠妳一份人情。」

萌繪掛斷電話後起身，將未完成的檔案存檔後關閉電腦，再穿上外套背好包包準備離去。

「妳要出去？」金子問。

「嗯，有點事。」

「妳去千早的交流道幹嘛？」

「我沒時間跟你說。」萌繪走向房間門口。

「大小姐，等一下。」金子也站了起來。

「叫我西之園啦。」

「我也一起去。」

「咦？」萌繪停下腳步回過頭去。「爲什麼？」

「這種時間妳打算一個人去嗎？」

「是啊。」

「我要一起去。」金子將掛在牆上的皮外套拿下來。「這實在太危險了……」

「謝謝你的關心。」萌繪露出微笑。「我不要緊的。」

「這就是妳跟牧野不一樣的地方啊。」金子望著萌繪並揚起嘴角。

第五章　多夢的星期三

1

半夜十二點半，萌繪跑下樓梯打開研究大樓前廳的玻璃門，走到中庭後快步跑向自己的車子。當她打開駕駛座旁的車門時，金子勇二向她走近。

「我說我不要緊的。」萌繪抬頭看著他說。

「妳這傢伙萬一發生意外，我可是會被老師罵到臭頭的。」

「我記得你從來沒有用『妳這傢伙』叫過我呢。」

「妳根本就是歇斯底里。難道妳看不出來自己已經亂了陣腳嗎？稍微冷靜點好不好？」

「我很冷靜。」萌繪嘆了口氣，一個字一個字慢慢地說：「我很感謝你為我擔心，可是我真的不要緊啊，我只是要去見個人罷了。」

「在這種時間？對方是誰？」

「是個叫寺林的人，我跟他很熟的。」

「那個名字我有聽過……他不就是那件案子的嫌疑犯嗎？」

「你的記性眞好呢。」

「因爲我最近裝了雙通道記憶體。」

「原來你是因爲這樣才失控了啊？金子同學。」

萌繪說完坐進車內發動引擎，打上車燈後看到金子無奈地退下後，就直接開走了。當從中庭開到柏油路上時，她又看了看後照鏡，發現金子已經不見人影了。

深夜的道路非常空曠。萌繪雙手握著方向盤，像在搖擺身體一樣地輕鬆穿過彎度度不大的S形道路。當從兩檔換到三檔時，引擎發出她最喜歡聽的那種有點靦腆的聲音。

寺林高司說他是從醫院裡偷跑出來的，他究竟是怎麼逃過警方的監視？警方會不會已經察覺到了呢？如果會的話，那他們約好的千早交流道跟鶴舞的N大學醫院距離太近，很容易會被發現的。如果不會的話，那她是不是應該跟警方連絡才對呢？明明手機就放在副駕駛座上的包包裡，爲何卻不肯聯絡警方呢？她想她希望在那之前見到寺林，先問他這麼做的理由。雖然只是憑她毫無根據的直覺，萌繪深信寺林高司並沒有殺害筒見明日香。從以前到現在，她只要出現像這樣的靈機一動，都是屢試不爽，從不出錯的。

一回過神發現時速已經將近九十公里。當她從經由交流道的單行道開到大馬路後，又更加用力地踩下油門，就快到達約定的地點了。

千早是個巨大的交流道。兩條大道在一百公尺的馬路上交叉成放射狀五叉路，形似漢字的「大」，佔地廣闊到足以進行軟式棒球賽。這裡上空的最上方有都市高速公路的高架橋橫越過，中間是天橋和中央線的高架橋，正下方則是一個中央有球場的小公園。公園和球場就位在道路中央分隔島的部分，也就是東向和西向的車道之間。這條百公尺的道路，算是那古野市的有名景點之一，值得注意的是，所謂的「百公尺」指的不是長度，而是寬度。

到達中央線的高架橋通過之處，也就是交叉路口稍微再往東一點的地方，萌繪將車開過護欄底下將車停下，停放在步道旁。她小心翼翼地觀察了周圍的狀況後才下車。在一片寂靜的街道上，每輛車都不約而同地疾駛而過，僅留下呼嘯風聲和些許風壓帶起髮絲輕拂臉頰。

瞧了紅路燈一眼她才走過斑馬線，來到中央分隔島上的公園。因爲有打燈的關係，所以公園並不暗，但白色的燈光帶給人一種冷漠的感覺。在橫跨天空的巨大高架橋下，靜悄悄的噴泉和游民的紙箱屋，都像是把僅剩的溫暖全部吸收掉一樣，使光線和空氣變得格外冰冷，讓她不由得豎起外套的領子。

有個騎著自行車的男人往萌繪這邊接近。靠近一看，才知道是個警察。

「妳怎麼了？」這個年輕警官依舊跨坐在腳踏車上，開口問萌繪。

「沒什麼，只是在找我掉的東西。是早上在這附近不見的。」

「什麼東西？」

「錢包。」

「那輛車是妳的嗎？」警察指向道路對面。「妳沒喝酒吧？」

「那是我的車，我沒有喝酒。」

「你最好放棄早點回家吧，這種時間別一個人到處遊蕩。」

「我知道。」萌繪點頭。「我馬上就回去了。」萌繪往相反方向走了幾步，還是沒看到任何人。

中間隔著高架橋粗壯橋墩的另一邊是非常地陰暗，有如巨大垃圾的紙箱和毯子在那以一種不可思議的秩序被隨意放置。看到這個景象，她確信一定有人躲在裡面。另外在網球場高大的鐵絲網護欄旁，有間小型的公共廁所。曾出現一轉眼就消失的光點。

萌繪環顧四周，佇立了好一會兒。

到底是怎麼了？她將視線停留在手錶時，發現距離寺林打電話的時間，過了十六分鐘之久。難道他等不及先走了？

她決定先回到車上。當她在斑馬線前等紅綠燈時，有輛白色轎車在她面前緊急煞車，然後搖下黑色的車窗玻璃。

「小姐一個人嗎——」副駕駛座的年輕男子用開朗的聲音故意拉長語尾說：「要不要上車呀？」駕駛座上的男子也往她這邊瞧。

幸運的是，這時剛好亮起綠燈，於是萌繪無視他們的搭訕，邁開步伐繞過車尾，頭也不回地衝過斑馬線。白色轎車發出低沉的引擎聲，很識趣地開走了。

當萌繪正直直走向自己的車子時，聽到有人在叫她。

「西之園小姐。」

萌繪往聲源的方向回過頭去，無法確實得知地點。她只好邊豎起耳朵仔細聽，邊緩緩地朝可能的方向走近。在拉下鐵門的老商店旁的陰影中，赫然出現頭上還纏著繃帶的寺林高司。

「請妳假裝成要買果汁的樣子。」寺林低聲說。

萌繪眼前有一台燈光很亮的自動販賣機。寺林身上穿著樸素的外套，只有褲子是淺色的，萌繪仔細一看發現那其實是醫院的睡褲。

「我怕警方正在某處監視著妳。」

「我想應該是沒問題才對。剛才巡邏的警察已經走遠了，而且他的樣子也不像是在找人……」萌繪觀看左右兩邊的遠處，確認都沒有警方的蹤影。

「抱歉，西之園小姐，沒想到妳居然肯答應我這個唐突的請求……」

「你打算要去哪裡？」

「這個……請借我五千圓就好。對不起，拜託妳了。」

「總之，先上我的車再說吧。」

「我不能這麼做。」

「別說了，趕快來吧，在這種地方我沒辦法好好說話。」

「我知道了。那麼……請妳先回車上發動引擎，等到下一次綠燈時，我會馬上坐上妳的車，到時請立刻把車開走。」

「你不用擔心，我想這附近應該沒有警察才對。」

「爲了以防萬一，還是謹愼點比較好。」

萌繪回到車上繫好安全帶，發動引擎等待。當路口的紅綠燈燈號改變，寺林即從黑暗中飛奔而出，迅速地鑽進副駕駛座，車子立即開走。透過後照鏡確認完後方來車後，就斜斜地穿過道路猛然右轉，不管紅綠燈的指示一口氣橫越四個車道，強行插入對面車道的車流中，踩下油門加速往前行駛。此時終於把安全帶繫好的寺林，仍舊頻頻往後方張望。

「啊！摩托車還是追來了！」寺林大叫。

行駛在道路上的車輛數量不多。萌繪的車前只有幾輛計程車，車後也只看見五六輛的車燈亮光而已，至於寺林口中的摩托車，她就是沒有空檔從後照鏡進行確認。

萌繪只好更用力踩下油門，在車道間數次蛇行。約一公里後，她俐落地在一瞬間內掉頭轉向左後方，迅速切換到左邊車道。

「抓好！我要轉彎了！」她這樣大叫後，便緊急踩下煞車。

當車子在很短的緩衝距離內迅速減慢時，輪胎配合方向盤的轉向發出短促的傾軋聲，再次左轉衝進一條稍窄的小徑。萌繪的腳跟一口氣踩下油門，接著又一瞬間離開離合器放空檔，又踩下離合器引擎即爆發似地加快運轉，在下一刻右轉過一個小交叉路口，讓車尾左右搖擺了兩次。車子就像水流過水管那樣，順暢地穿過了住宅旁的狹小巷弄。這時，她的視線終於移向後照鏡。

沒看到任何車燈，她轉進左邊的一條小路後，便停下車子，隨即熄掉車燈，屏息靜待，車子的引擎以低速持續空轉著。

什麼變化都沒有，萌繪這才做了個深呼吸。

「沒有追過來啦。」

「是沒有追過來。」副駕駛座上的寺林點了點頭。「不過，的確有警察。」

「不，我沒有看到。」

「應該是一開始時因為不能左轉，就只好直接騎過去了。」

「摩托車最大的弱點，就是不能倒車。」

「好了，西之園小姐，已經夠了，就讓我在這裡下車吧，妳能借我錢就很感謝了。我不想再給妳添更多麻煩，所以妳還是不要跟我扯上關係比較好。」

「你要到哪裡？」萌繪停下引擎，用手撥開頭髮。「寺林先生，你的傷勢還好吧？」寺林突然陷入沉默。

即使車內非常暗，只有遠方路燈的光芒，但仍依稀看得到寺林那張長滿鬍渣的臉部輪廓，和他臉上的表情。他神經質地推了推眼鏡，看不清的臉想必是非常蒼白吧。而他凝視萌繪的雙眼，卻意外地沉穩且富有知性。

萌繪在心中，把他和犀川的身影重疊在一起。

「不管怎麼說……這是我個人的問題。至於傷勢如何我也不能說。雖然很對不起警方，但我眞的有事情非做不可。我沒有證據可以說動警方，但又怕萬一眞出了事就來不及了，所以算我求妳，不要過問什麼，只要借我五千圓就好，可以嗎？」

「請你把理由說清楚，沒聽到理由，我是不會借錢的。」

2

同一時間，鵜飼大介抵達鶴舞的N大學附設醫院。當他正要回家的時候，剛好接到來電，就直接驅車趕到這裡。大學醫院的停車場裡，已經停了三台警車，上面的紅色警示燈無聲地不停迴轉著。

看到近藤刑警的圓臉後，鵜飼馬上快步向他走近。

「啊，鵜飼先生。」近藤輕輕點頭，兩手在皺緊眉頭的臉前合掌。「眞的是非常對不起！」

「什麼時候發現的？」

「打電話給你的三十分鐘前。」

鵜飼接到電話是在剛過十二點不久的時候。這通電話告知他本來在六樓個人病房受到嚴密監視的寺林高司從醫院失蹤的消息。

「十一點半的時候，有人誤觸火災警報器，使得警鈴大作。事後得知只是住院的國中生在惡作劇，但因爲當時造成了一場大騷動，所以我們後來……想說去寺林的病房看看。」

「爲什麼？」

「因爲我們奇怪那一場騷動居然沒把寺林吵醒，於是決定去探查一下。結果往房裡一看，發現他已經金蟬脫殼了。」近藤用孩子般的高音調說完，就故意誇張地聳起肩，嘆了口氣。

「你不是應該一直待在他房前看守嗎？都到哪摸魚去了？」

「我才沒有好不好。」近藤表情嚴肅地爲自己辯解。「他是從窗子出去的。」

「窗子？你說從窗子……可是那裏不是六樓嗎？」

「窗外有個幅度滿寬的平台，他可能就沿著那個走到逃生梯……」近藤抬頭看著建築物，用手指指了指逃生梯的方向。「窗子是打開的，所以一定是這樣沒錯。」

「還眞虧他敢走在那種地方。」鵜飼也跟著抬頭，佩服似地說：「那根本是玩命嘛。」

「嗯，在電影上雖然常出現，可是沒想到現實中竟然有人眞的這麼做。」

「他的服裝呢？還是穿著睡衣嗎？」

「嗯，我想應該是睡衣沒錯。除了睡衣外……事實上還有別的……我們剛才得知有醫生放在更衣間的外套不見了，是那個醫生要回去的時候，發現本來應該放在櫃子裡的外套不見了，跑到護士站裡詢問，還因此引起值班的醫生一陣騷動。那個更衣間在五樓，寺林從逃生梯走下一層樓就能到了。置物櫃裡除了那件外套被偷之外，其它東西都在。」

「寺林大概是幾點逃出去的？」鵜飼點菸。「什麼時候人就不見了？」

「正確時間雖然不知道，不過至少能確定快八點時人還在病房裡，因為護士進去時有看到他。」

「之後呢？」

「我們一直以爲他之後就待在病房裡，所以並不知道實際情形……我們也沒料到他會從窗子逃走。」

「這麼說來他可能已經逃得遠遠了。」鵜飼嘆息說：「唉……眞不知道三浦先生會怎麼指責……」

「我們還是在附近佈下了搜索網。」近藤老實地說：「怎麼樣？他果然是犯人吧？」

「他的公寓呢？」

「那裏是我們第一個去搜查的地方，他似乎沒回去過。現在那裡也有人在埋伏監視。至於M工大的實驗室和上倉裕子的公寓，我們也都佈置了人手。」

「寺林還會去其它地方嗎……」鵜飼露出思考的模樣。「他有打過電話去哪裡嗎？」

「昨天白天的時候，他有跟護士借好幾次的電話，我們並不知道對方是誰，只知道好像跟工作方面有關係而已。」

「如果他穿睡衣的話，在電車上會很顯眼的。難道他是搭計程車嗎？」

「西之園小姐不是有個姓醍醐什麼來著的表哥作家嗎？」近藤說：「他應該跟寺林很熟識吧。」

「你是說大御坊安朋嗎……」

「對，是大御坊沒錯。」

「是啊。」鵜飼點頭。「我們跟他聯絡看看好了。」

3

從破鑼嗓子出來的歌聲，被狹窄的房間壓縮後，成爲更難以入耳的沉重悶響。

大御坊安朋和喜多北斗坐在高高的吧檯旁，注視著杯中逐漸溶解的冰塊。精緻的玻璃盤中裝著便宜的花生和巧克力，他們連動都沒動過。

忘情唱著歌的人，是個四十幾歲的中年男性。嘈雜的歌聲打斷了大御坊和喜多的對話。大御坊對自己爲何得在這種糟糕的環境中喝酒一事感到不可思議，卻始終沒有思考過解決的對策。

有個身穿旗袍，濃妝艷抹的女人在吧檯裡吞雲吐霧。大御坊雖然曾經將ＤＶ的鏡頭對著她約三秒鐘，但電源其實並沒有開啓。在剛才從她那裡拿到的名片上，用片假名寫著「草薙……」，感覺上好像是魚類、海藻或高山植物的名稱。

「嘿，老師你也來唱嘛。」叫眞紗的女人將臉湊近喜多說。

「不行。我已經把今年的份都唱完了。」喜多大聲回答，「再唱下去的話，魔法就要解除了。」

「不然那邊的帥哥呢？」眞紗一隻手指向大御坊。

「也不行。」喜多回答。

「又是一唱歌，魔法就會解除了嗎？」眞紗笑著問：「這個人其實是青蛙吧？」

「不，別看他長這樣，他好歹還是個人，只不過他的歌聲超越一般常人罷了。」

「我呀，除了香頌以外的歌是不唱的。」大御坊裝作沒聽懂他們的意思。

「咦？」她閉上一邊的眼睛，豎起耳朵。

「我呀，除了香頌以外的歌是不唱的。」大御坊大聲地重複一次。

「唉呀，香頌耶……好想聽喔。」

大御坊拿起ＤＶ，將鏡頭對準眞紗，她則是將臉貼近鏡頭，從口裡呼出白煙。大御坊便又將鏡頭緩緩地轉向喜多。

「你可別唱啊，你敢唱，我就馬上回去。」喜多說。

「那個借我，我來拍你們。」看到眞紗伸出手，大御坊將ＤＶ遞給她，剛好放在玻璃杯旁的手機響起了電子鈴聲，大御坊拿起手機貼近耳邊。

「喂？」

電話那頭聲音混合著雜音，本來就已經讓他聽不太清楚了，再加上演歌秀又剛好唱到大家耳熟能詳的主旋律部分，讓那個中年人更是唱到聲嘶力竭，大御坊只好無奈地走出去。

他來到大樓的樓梯間，在欄杆對面閃耀的霓虹燈彷彿近在眼前。

「喂？」

「喂，是大御坊先生嗎？」

「是的。」

「我是愛知縣警局的人，敝姓鵜飼，抱歉這麼晚還打擾你。」

「有什麼事？」

「請問一下，您現在是在家裡嗎？」

「不是。我現在是在榮町這邊。」

「是這樣啊……」電話那頭傳來鵜飼刑警的嘆氣聲。

「發生什麼事了？」

「是有關寺林高司的事。他從醫院逃走了……」

「咦？逃到哪裡？」

「我們正在找。他不經允許擅自離開醫院，讓我們非常困擾，大家現在正在到處找他。」

「天啊，他傷口已經好了嗎？不然怎麼可以這麼勉強呢？」

「他既然有那種力氣跑出去，可見傷勢應該沒什麼大礙了。大御坊先生，你有想到任何他可能會去的地方嗎？」

「我跟他沒那麼熟。嗯，對了，他的公寓呢？」

「嗯……如果他有跟您連絡的話，能不能請您馬上通知我們呢？」

「我知道了。」

「抱歉，麻煩您了。」

「不會，你們也辛苦了。」大御坊用禮貌性的語氣回應。

「那我掛電話了，再見。」電話被掛斷了。

外面的冷空氣，稍微減輕了大御坊的醉意。從這裡幾乎聽不到隔音門另一頭演歌秀的噪音。當他從高及胸口的欄杆上探出頭往下俯瞰道路，計程車像一串念珠般前後相連，道路上駐留了很多人；有一起遊蕩的男人們、也有形色匆匆的女子……在自己視線範圍內的人才會動，才算有生命意義的，而範圍以外的人便全都靜止不動嗎？大御坊常會忍不住思考這個問題。

喜多一出來，差點就跟他相撞。

「嚇我一跳！」喜多說。

眞紗的白皙手臂纏繞住喜多的脖子，整個人像小學生書包一樣掛在他背上。

「唉喲，阿大，趕快阻止老師啊！他竟然說他要回去了！不覺得他很無情嗎？」

「阿大？」喜多哼哼冷笑。「你什麼時候變成阿大啦？」

「聽說寺林逃出去了。」大御坊對喜多說：「剛才的電話就是那個鵜飼打來的。該怎麼辦啊？」

顧慮到眞紗就在旁邊的關係。大御坊沒用到醫院或警察這些詞。

「還能怎麼辦。」喜多吃了一驚，稍微思考片刻後說：「他是爲了提醒你寺林可能會找你，才打過來的嗎？」

「嗯……」大御坊若有所思地看向上方。「他也不可能會來找我啊，究竟是跑到哪裡去了？」

「你們都說些什麼啊？鵜飼是女的嗎？」叫做眞紗的女人笑著說：「討厭啦，兩個人都這麼嚴肅幹嘛。唉，喜多老師，再等我一下嘛，人家馬上就下班了，我帶你去個好地方，一起吃宵夜吧！」

「他會不會去筒見紀世都那裡？」喜多甩開眞紗的手臂。

「不……說不定……他是去找小萌了。」

「西之園？你怎麼知道？」

「憑直覺……」大御坊微笑著，隨即用拇指轉著手機的旋轉鈕。

「老師！喜多老師！」叫做眞紗的女人大叫：「那個人你就別管他了嘛。」

4

萌繪的雙人座跑車，發出低沉的水平對向引擎聲，一路朝東方前進。由於他們刻意避開大馬路的緣故，前後都不見其它車燈。安分地縮在副駕駛座上的寺林高司，將他之所以逃走的原因斷斷續續地告訴萌繪。

內容幾乎支離破碎，若從正面的角度解釋，意思大致上是在強調筒見紀世都目前生命所受到的威脅。可是當被問到有關威脅的形式、外力介入的程度、以及危險會自何處降臨等等問題時，他只是拼命搖頭，一個字也不肯說。那麼，他到底又是從哪裡得知這個消息的呢？

在萌繪反覆提出很多次同樣的質疑後，他好不容易肯正面回答。

「紀世都昨晚送模型雜誌來給我，我們卻不能直接見面。警察只從他手上接過雜誌，就趕他回去了。」

「嗯，紀世都先生的確是有這麼說過。」

「他有在那本雜誌上寫字，我到今天傍晚才發現到他給我的留言。」

「什麼留言？」

「那個……我看不太懂。」

「你有帶在身上嗎？」

「嗯，我有帶。」

萌繪將車子靠左停下，然後接過寺林從口袋裡掏出的小紙片。那是張有光澤的雜誌用紙。因爲是從雜誌書頁上撕下的一角，所以有一角成直角狀，上面看得到一部分的圖片和幾行橫向印刷的小字。在接近紙角的留白部分，有非常細小的藍色原子筆筆跡。

如果我死了，

請塗上金屬藍到翡翠綠的漸層色。

底色要上灰色。

「這是紀世都先生的字跡嗎？」

「是他的沒錯。」寺林點頭。「還有另外一張。」這次是寫在有點泛黃的劣質紙上，看得出來同樣也是從雜誌頁上撕下的一角。

我知道那傢伙。

那傢伙也知道我知道這件事。

「從這裡可以知道，紀世都知道砍斷明日香的頭的人是誰，兇手也知道他已經發覺了……」

「嗯……」萌繪抬起頭，看著寺林。「也就是說，這跟我所收到的信意思是一樣的。」

「咦？西之園小姐也……接到紀世都留下的訊息？」

「那上面有寫說，這是爲了保險起見，也就是他有什麼萬一時的保險。他通知你和我的用意，就是基於這種理由。」

「妳是說，他已經被兇手盯上了嗎？」

「是的，絕對沒錯。」

寺林曾多次強調筒見紀世都想追隨亡妹而死的意願。如果單純就這點來看，聽起來傾向於是紀世都要自殺。不過要是把雜誌紙角上的留言和萌繪拿到的信放在一起思考，腦海中就不禁浮現出他寧可一死也要跟兇手對峙的景象。萌繪心想，寺林在心中一定也跟她有著相同想像的畫面吧，萌繪將兩張紙片交還給寺林後，再次發動車子。

犀川曾經說過，「他可能認爲自己到時就沒辦法說了」。他死了以後，那保險又是爲何而存在呢？難道有什麼事想控訴的嗎？一定得再去跟筒見紀世都見面才行，那是目前的當務之急。

突然響起手機的鈴聲，在認出鈴聲是屬於放在儀表板旁的手機後，萌繪便放慢車速，伸手拿起手機接聽。

「喂，是小萌嗎？」

「是安朋哥啊。」

「妳在哪裡？家裡嗎？」

「不，是在開車。」

「和誰一起？」

萌繪瞄了副駕駛座上的寺林一眼。只見他一直搖頭。

「我一個人。」慢了半拍才回答的萌繪，心裡祈禱著大御坊千萬別發現這之間微妙的停頓才好。

「這麼晚了會一個人開車兜風？好啦，我又不是警察，妳不用瞞著我吧。」

萌繪又再一次轉向旁邊時，只見寺林面有難色沉默不語。

「對不起，我其實跟寺林先生在一起。」萌繪老實地回答。

「你們要去哪裡？」

「去找天白的工房找紀世都先生。」

「這樣啊……那裡沒有裝電話呢。」大御坊說：「剛剛警察有打電話給我。妳幫我跟寺林說，叫他早點回來比較好。他還好嗎？沒對你亂來吧？」

「嗯，他非常紳士呢。」萌繪微笑地說：「要叫他聽電話嗎？」

「拜託妳了。」

萌繪將手機轉給寺林，重新專心開車。這時她發現有些不對勁。後照鏡裡，映照出一個讓她不得不在意的車燈。那不是汽車，而是摩托車，距離相當遠。她試著一下加速一下減速試探，對方的車燈始終離得很遠，完全沒有靠近的意思。

「嗯……抱歉讓你擔心了。好的……」寺林用虛弱的語氣回答，「我很擔心紀世都，所以一定要去看看，嗯……」

在十字路口左轉後，她猛踩油門，加速衝上有點彎度的坡道，想要把映照在後照鏡上的車燈甩得遠遠的。不過那輛摩托車距離雖然拉遠了，卻還是緊追不捨。

「好的，我跟他談過並了解狀況後，就會回醫院。咦？不……我跟警察說過了，還是不行啊……因爲他們懷疑我和筒見就是殺人犯啊。」

車子在閃爍的黃燈旁右轉。被黑暗逐漸吞沒的柏油路前方，是墳場那一帶。

「嗯，好的……我知道了，不要緊的。我馬上就會讓西之園小姐回去的。嗯，眞的是很對不起。」寺林將電話掛掉。

「警察好像在找寺林先生呢。」萌繪說。

「只要能見到紀世都就夠了。」寺林回答。

穿過墳場的路上很暗，不時出現被霧氣包圍而朦朧發光的路燈。模糊的光線讓萌繪的距離感有點錯亂，使得明明是在上坡的她產生了正在下坡的錯覺。

車子開到上坡道的盡頭後，繞過一個大彎道，伴隨著低沉的輪胎聲開下鋪有止滑磚的下坡道。

車子上下震盪很激烈的關係，後方的視野變得有限，現在是什麼都看不到。寺林仍頻頻注意後照鏡。

「紀世都先生的工房後面有沒有小路可以開進去？」萌繪問：「前面的路可能都有警察在監視著呢。」

「說的也是。不然我們停在前方的路上，沿著空地的斜坡下去吧。那裏應該不會有警察才對……這條路會穿過稻田吧？」

「嗯。」

「那……再開一會兒，右邊就是。」車子來到有人行道的道路上，左右都看不到路燈。只有充斥寂靜的成排住宅。

「請往右開。」寺林下了指示。

萌繪卻停下車一直盯著後照鏡看。

「怎麼了？」寺林問。

「啊，沒什麼……」

等看見後照鏡邊緣有一個若隱若現的車燈後，她才將方向盤轉向右方繼續開車。果然還是跟上來了。是警察嗎？要是警察的話，應該會更靠近才對。

那個人追著她的車，卻不出面阻止。是想知道他們打算去哪裡嗎？只要不妨礙行動，為了自己的安全起見，有警察跟著比較放心。所以她決定對寺林隱瞞被跟蹤一事。她一開始的確是不想被打擾，一方面是因為想聽寺林的說法；一方面則想清楚他打算做什麼和為何這麼做的理由。關於這一點，她目前已經有了相當程度的收穫。如果可以的話，她想讓寺林依照自己的想法放手去做。難道警方已經看透他們一切的行動嗎？也許是他們想旁觀寺林接下來的行動，所以才會故意放過他的吧？

當車子開進寺林指示「在這裡左轉」的小路時，又遇上一個很陡的斜坡。這一帶似乎是新開發的住宅區，有許多剛整理完；只插上牌子的空地，以及小果園和田地。還有零星蓋好的中層小樓房，周圍有很多車子都停在道路上。

細細的雨絲打在車子的擋風玻璃上。萌繪將雨刷設定成間歇模式，擋風玻璃又回復到原本的透明度。本來一直以為外面有霧的她，才發現原來是玻璃起霧所造成的錯覺，而且此現象同時也讓她知道車外空氣溼度大和氣溫較高。

萌繪的車上沒有裝時鐘，本來應該裝數字盤時鐘的地方，被改造成別的儀表，雖然看了一眼手上的手錶，卻因為今天是戴便宜的ＳＷＡＴＣＨ，數字盤暗到看不到時間，她只能猜測出來約一小時了。

「請在那裡停車。」寺林說。

萌繪將車停靠在左側石牆邊。是蓋在斜坡上的住宅區，石牆上又有一道磚牆，裡面則是棟木造公寓，有樓梯的入口處胡亂停放著幾台機車和腳踏車。在萌繪的右手邊，也就是道路另一邊，有白色的欄杆，欄杆對面因爲地面較低而無法看見有什麼建築。他們將車停在大斜坡的中段後，萌繪就拉起手煞車並熄火。

「謝謝妳，眞不知道該說什麼道謝才好。等我情況穩定後，一定會報答妳的，西之園小姐。」

「我也要去。」萌繪打開門出來到車外。

從副駕駛座出去車外的寺林露出有些困擾的表情，默默地關上車門，萌繪隨即用車鑰匙將車門上鎖。

「我只是要跟他說話而已。」寺林繞過車頭走近萌繪低聲說：「如果他沒事的話，我就會到此爲止。」

「好。」萌繪將視線往上抬盯著他的眼睛看。

附近的路燈，在寺林蒼白的臉上造成強烈對比的陰影。寺林凝視萌繪一會兒，點了下頭後，立刻向前邁開腳步，橫越道路，並動作輕盈地跨過欄杆。

萌繪連忙追在他後面，寺林飛快地跑下雜草叢生的斜坡，跟在後面的萌繪差點要跌坐在黑漆漆的斜坡上。途中曾一度停下腳步，回頭仰望位於上方的道路，已經看不到欄杆了。只有一片多雲的天空映入眼簾。但是，她仍依稀能聽到摩托車騎上坡道向這裡接近中的細微聲響。

5

大御坊安朋和喜多北斗正坐在擁有一個很亂來的司機的計程車上。但他的駕駛技術非常高明。在頻繁到令人頭昏眼花的變換車道和驚險到叫人捏把冷汗的連續闖紅燈下，使得他們兩人跟目的地之間的距離正迅速確實地減少中。

坐在旁邊的喜多，側靠著車窗並閉上眼睛，好像無視於大御坊這個人的存在。

「喜多？」大御坊從外套口袋中拿出ＤＶ，將鏡頭對著他。

「什麼事？」喜多半轉向他，皺起眉頭睜開雙眼。

「沒事。」爲自己拍到喜多睜開眼睛的那瞬間的大御坊，帶著滿足感把電源關閉。

「客人，要再繼續直走嗎？」司機問。

「嗯，就繼續這樣直直地直直地一路往前衝吧。」

「好。」司機很爽朗地回答。

跟司機慢郎中似的語氣形成對比的，是車子狂飆的速度。開過了大交叉路口後，車子在空蕩的道路上攀升車速。

「大御坊，打電話給創平。」喜多低聲說。

「咦？」

「就快到了耶。」

「犀川不可能出來的啦。這麼晚了……他，應該在讀書吧？」

「說西之園有來，他就會來了。」

「喔喔，原來如此，我就這麼說吧。」

大御坊將DV放進口袋裡再掏出手機。此時計程車正發出輪胎的傾軋聲，在十字路口左轉。

6

犀川正坐在餐桌旁看書。是一本書跟他的研究沒有任何直接關聯，介於民俗學和語言學之間，以初學者爲對象的內容，單調到完全不需動腦，非常適合作爲就寢前的準備。

犀川將一小時前泡好的咖啡還沒喝完的部分倒入杯子放入微波爐加熱，不禁猜想著將來一定不用隔離箱和電磁波，只需用某種更具方向性的強波集中一點照射便能將咖啡加熱，這樣一來他就可以不用再走到廚房用微波爐加熱，就能享用熱咖啡了。

將加熱定時器旋轉到九十秒的位置。正想點根菸時，電話聲響了起來。

時鐘告訴他現在時間是一點三十分。他一邊在心中揣測這至少有八成機率是打錯的電話，一邊跑去把它接起。

「喂，犀川嗎？我大御坊啦。」

「你好。」

「我現在跟喜多在一起……」

「是喔。」

「你在做什麼?」

「跟你講電話。」

「對了,你現在可以出來一趟嗎?我們現在正前往筒見紀世都的工房,說不定還可以看到那個寶特瓶火箭發射秀呢,嘿,你不覺得很有趣嗎?」

「我可沒喝酒喔。」

「我和喜多也沒醉好不好。」

「沒喝醉的人爲何還要強調這個啊?」犀川突然想到有關說謊的心理理論。

「小萌也跟我們一起喔。」

這時,微波爐剛好發出東西熱完的鈴聲。犀川稍微沈默片刻。

「可以叫西之園同學聽電話嗎?」

「不行,她在另一條路上。」

「你們最好別讓她喝酒啊。」

「要不要來啊?」

7

西之園萌繪緊跟在寺林高司之後，從約有一公尺高的石牆上一躍而下，正好踩在昨晚她停車的柏油地面上。左邊更裡面的地方，有棟類似石板倉庫的建築物，就是筒見紀世都的工房。因爲霧雨而變得潮濕的空氣，浮游的細小水滴造成光的不規則反射，使人看不清楚遠方的景物。四周感受不到風的流動，整個空氣是完全靜止，當她滑下斜坡時，斜坡上的雜草把鞋子給弄濕了，不過就算完全站著不動，現在過量的溼氣也還是會弄濕她的皮膚，只是還不至於讓人感到寒冷。

寺林高司停下腳步，俯瞰著從這裡一路往南通到下面大馬路上的直線斜坡。他位置的視野，只能看到朦朧的路燈光芒。

「警察應該就在下面這條路上吧。」寺林小聲說：「他們以爲要過來這裡一定要經過這個坡道上來才行。」

「安朋哥他馬上就來了。」

寺林點了頭後邁開步伐，快速走到筒見紀世都的倉庫入口前，握住並轉動門把。門並沒有上鎖。那扇鋁門就這樣直接打開了。沒有開燈的室內顯得很暗。

「他不在嗎？」萌繪跟著寺林後面。「紀世都先生今晚是不是回鶴舞的家了？」

萌繪記得大御坊和犀川有跟她說過在筒見家前碰到紀世都的事情，而且他就是在那邊將那封有問題的信交給他們的，因此她猜想紀世都今晚也有可能就直接留在家裡過夜了。

「筒見！」寺林從入口走進黑暗的室內，大聲叫喚。
沒有人回答。
「筒見！」寺林回頭看人還在門外的萌繪後說：「看到門開著，我還以爲他人在……」
萌繪也從敞開的門探頭進室內探望，只見寬廣的室內完全是一片伸手不見五指的漆黑，只能勉強看見門口附近的地板。
「寺林先生。」萌繪叫了寺林一聲後，走進門內。「你知道電燈的開關在哪裡嗎？」
「不知道。」寺林在黑暗中回答。
「他好像不在家啊。」
「嗯……好像是不在，妳不覺得門沒鎖很奇怪嗎？他也許只是去附近的便利商店買東西而已吧……」
「在這種時間？」萌繪覺得有點古怪，昨晚紀世都進門前的確有開鎖，可見得他是有鎖門的習慣才對。而且昨天冰箱裡還有一大堆的罐裝啤酒。
寺林在入口附近的牆壁上摸索起來。
「找不到嗎？要不要我回車上拿手電筒？」
「西之園小姐，妳有帶打火機嗎？」
「沒有，請等一下，我回車上去拿。」
當萌繪說完走出門外時，眼前突然出現出現一個高個子的男人，讓她嚇得倒抽一口氣。
「西之園小姐？」寺林的聲音從室內傳出來。不知是否是聽到她短促呼吸聲的關係，寺林也從門裡走了出來。

「金子同學……」萌繪終於認出對方。

「晚安啊。」金子勇二瞪著走出來的寺林。

「請問，他是西之園小姐妳的……朋友嗎？」萌繪回過頭去，看到的是寺林緊張的表情。

「是同學。」萌繪再次看向金子。「他姓金子，騎摩托車跟蹤我們的人就是他。」

「我騎了很久呢。」金子悄聲說。

這時，斜坡上方傳來類似車子停下的聲音。在萌繪他們剛剛經過的石牆上，還有一面很陡的空地斜坡，聲源就是在斜坡更上面，剛好也是萌繪停車的地方。因爲濃霧的影響，別說看見車子了，就連車燈也看不清，只有關上車門的聲音依稀可聞。

「對了……金子，你有帶可以照明的東西嗎？」

「有啊……」金子從皮夾克的口袋裡掏出金屬外殼的打火機。

「太好了，我們就用這個來找電燈開關吧。」寺林很客氣地說，並向金子解釋。「這裡是我朋友的家，我們只是想看看房子裡的情形而已，因爲我總有不好的預感，所以才會跑來這裡……」

「有需要帶女孩子來嗎？」金子毫不客氣地說。

「不，我……」

「是我自己要跟來的。」萌繪在金子面前搖搖手。「這是我自己的選擇自由，所以請你不要對他生氣……」

「選擇自由？」金子歪著嘴巴。「妳這個傢伙還眞會給人找麻煩啊。」

寺林再次走進屋內，萌繪和金子互看一眼後，也跟在後面進去。金子一進去，就點亮打火機，照亮三人周圍一帶。在鐵捲門內側，距離搬運入口附近數公尺以外的地方，站著一個眞人大的人偶，而比它更裡面的地方，也有幾個人影並列著。人偶的表情比昨天晚上看到的時候更來得陰森恐怖。隨著金子手部的動作，它們的影子在牆壁和地板之間迅速移動著……打火機火焰的搖晃，讓影子也跟著搖晃，一點聲音也沒有。

比起電燈的開關來，萌繪更在意陳列在房間深處的人偶，視線一直無法移開那些人偶——當然，沒有一個是會動的。

「啊，就是這個。」寺林在從門口稍微往右邊再進去一些的地方找到開關，順手按了下去。可是房裡卻沒有亮。

「這就怪了……」寺林喃喃說著：「難道弄錯了嗎……」

金子走到寺林身邊，用打火機照亮開關，兩人一起低頭靠近查看。此時，門外傳來人走動的聲音。逼近的腳步聲使得站在門外的人影逐漸清楚。

「是小萌嗎？」大御坊用非常活潑的語氣說。

「安朋哥！」

大御坊走進室內。

「現在是……什麼情形啊？一片黑漆漆的，到底怎麼了？」

又有一個高個子的身影站在門邊。

「喜多老師？」萌繪不禁疑問新加入的男人究竟是誰，現場的光線太暗讓她看不清楚對方的臉。

「眞可惜我不是犀川啊。」喜多大聲地說：「西之園，妳人在哪？」

「寺林人呢？」

「啊，我就在這裡。」寺林回答，「好奇怪，燈竟然點不亮……」

「那邊拿打火機的人是誰？」

「我只是個無名小卒罷了。」

「喔喔，就是那個小萌的男朋友吧。」

「不是啦，安朋哥。」

「可是，他是男的，也是朋友，不是嗎？」

房間電燈突然亮了。一幅令人難以置信的景象呈現在他們眼前。

「這、這是……什麼啊！」大御坊大叫。

房間被照亮了……不是！是四周在發光。

發出無數微小的光芒，就像螢火蟲一樣。

又彷彿宇宙的星辰一般……

每一個每一個，都恰似沒有面積的點。

細小的光芒，微弱的光芒。

有紅、有藍、有橘、有黃、也有綠。

發出彩色的光芒。

金子將打火機熄掉後，更加深沉的黑暗襯托出更爲鮮明的星辰。

「好漂亮……」萌繪驚呼。

即使伸出手，也觸碰不到這些細小的光芒，令人完全掌握不到距離感。

萌繪小心翼翼地伸出手，一步又一步地往前進，心想應該前進數公尺了吧。當她終於碰到光源時，發現那是小型的發光半導體，常被用在電子儀器上當作指示燈的那種。

「筒見先生，你人在吧？」萌繪對著黑暗中大喊。

「筒見！是我，大御坊啊。」

像是要回應他們的叫喚聲似地，有人放起了音樂來。那是萌繪所沒聽過的曲子。旋律很寧靜，音量也很低。

萌繪慢慢地往後退。當她輕輕碰到某個人時，回過頭去，卻看不清對方的臉。

「是我啦。」是喜多的聲音。他碰了萌繪的肩膀一下。

「筒見！是我，我是寺林啊。」寺林大聲叫著。依照聲源來看，寺林的位置好像比萌繪更前面。

「寺林，夠了，筒見只是想讓我們看這個而已。」大御坊用爽朗的語氣說：「我們就慢慢地看吧。啊，誰可以幫忙關一下那邊的門嗎？完全變暗會更漂亮喔。我要用DV把這個拍下來。」好像是金子去把門關上。

這樣一來的宇宙就是完整無缺的了。用香頌作爲背景音樂，聽到像是有人在輕聲呢喃的歌聲。唱著法文的歌詞。

緊急在後面的是一道閃光。一瞬間的閃光，從這個有著無數星辰閃耀的小宇宙某個角落迸射而出，在視網膜上留下數秒鐘刺眼的殘像。星群在這虛幻的白光當中被吞噬，映入眼簾的是像飄散的煙霧般又似星雲般蒼茫且奇幻的景象，以特殊的方式運行著，感覺上就像是眞的一樣。

在別人眼中，也是看到一樣的景象嗎？萌繪在心中產生疑問。他們跟自己所看到的是同樣的東西嗎？

又有另一道閃光一閃而逝。星雲的殘像在萌繪面前出現。彷彿一觸可及的錯覺令她下意識地伸出手。

「是筒見在唱歌。」大御坊小聲地說。

非常自然的旋律，所以萌繪一直沒發覺這件事。那輕柔的聲音，像是在哼唱一樣。唱歌的人，的確是筒見紀世都沒錯。這歌聲跟昨晚一樣沒有抑揚頓挫，聽起來像某種傾訴的話語。沒修過法文所以聽不懂的萌繪，決定稍後再問大御坊。

「眞的是好美喔。」萌繪對站在她身旁的喜多說。

「嗯……」喜多回答，「來這一趟眞有價值啊。」想到喜多不知道是不是用自己名字在開玩笑（註三）的萌繪，忍不住覺得可笑。

每二十秒鐘一次的閃光，以好像經過精準計算的間隔閃過，讓眼睛沒有適應的時間。現在她只知道自己正前方站著寺林和大御坊，左後方門邊站著金子，喜多則站在她的正後方。

「如果換成是創平的話，那就好了。」喜多的手碰觸萌繪的肩膀，在她耳邊輕聲細語地說。喜多老師的說話語氣和平常不同，一定是對女性用的秘密武器吧。一想到這裡，萌繪又不禁想笑。

「不……」萌繪忍著笑回答，「哪有這回事……」

「小萌？」大御坊走近他們，臉龐旁邊有個代表DV正在錄影的發光小紅點。

「這麼暗的地方能拍嗎？」萌繪問。

「妳在說什麼傻話啊，這看的比人眼還清楚呢。它現在也拍到妳的臉囉，再笑一個。」

萌繪露出微笑。「這樣嗎？」

「天啊！天啊！喜多，你趁亂在搞什麼？快把你那隻手拿開。」喜多聞言，就將手從萌繪的肩膀上移開。

「筒見！」寺林在萌繪的前面叫著：「已經夠了！我想跟你講話，可以把燈打開了嗎？」

「從現在開始才是最有趣的。」唱歌的聲音這樣回答。

那是筒見紀世都的聲音，響徹房間的每個角落，隨後他又繼續唱著歌。

金子走到萌繪身邊，笑著說：「這還滿有意思的，光看就值回票價了。」

「你喜歡？」萌繪問。

「是啊。」

漫長的曲子終於結束了，應該已過了十分鐘以上。換成清脆的金屬撞擊聲，房間隨之迅速變亮，微小的光芒一個個依序亮起。

那不是燈光！而是正在靜靜燃燒著的火焰。

「蠟燭嗎？」萌繪下意識地問。

放眼望去到處都是可能被某種電子裝置點燃的蠟燭，數量大概有三十根，甚至更多。許多一直隱藏在黑暗中的造型物，也紛紛現身。本來平面的房間，突然變得立體，產生影子，光線不停地在房子之間重複折射。蠟燭的火光一直延伸到房間深處微微晃動著。可是到處都找不到紀世都的蹤影。

「是在二樓吧。」萌繪說：「這些都是從樓上操作的吧。」

這時轉換成另一首曲子。這首香頌跟剛才那首非常相似，不過節奏比較快。

筒見紀世都又開口唱歌了。雖然的確是男性的聲音沒錯，聽起來卻很像沙啞的女性音。他那優美的旋律繼續漠然地像在訴說什麼似地唱歌。

「安朋哥，那歌詞是在講什麼？」萌繪問站在一旁手拿ＤＶ的大御坊。

「這個嘛，算是情歌吧。」大御坊簡單地回答，「像『我唯一的歸處，就是妳的胸口』之類感覺的詞吧。」

「是真的嗎？」

「真的啦。」

現在只有蠟燭在發光，剛才的彩色指示燈已經消失，也不再有閃光閃爍了。蠟燭沉穩且有機質的光，看起來既像黃色，又很蒼白。這裡的五個人，和房間裡擁擠的人偶群一樣停止了動作，全部變成為了遮蔽光線形成剪影而存在的物體，這是一幅能突顯出物體之存在感的景象。

抬頭一看，柔和的光線直達天花板，在縱橫交錯的排氣管、管線和繩索之間造成微妙震動的反射光。火焰的搖晃，是因爲氣體在經過氧化和遇熱膨脹後，產生比重上的變化，導致空氣流動所造成的。這種現象一定也跟人類的情感一樣，就算個人情感的本質不變，本身也會因爲周遭的影響而產生變化，造成立場動搖的外表印象吧。

萌繪心想這跟自己戀慕犀川的心情，屬於同樣的邏輯。

「犀川等下就會來了。」大御坊對萌繪耳語。

「咦？老師嗎？」她大吃一驚。

約零點五秒的一瞬間，恐怕就是精神抑制肉體反應時所需要的緩衝時間吧，她爲了胸腔迅速膨脹的快樂而感到痛苦，身體上的變化，好比是用電子控制的安定裝置一樣，能在短時間內復原。跟身體相比，在感情上反饋的思考機制，則是緩慢到令人昏倒。有好一陣子，萌繪心裡想的全都是犀川的事。

耳邊傳來門被打開的聲音。萌繪很迅速地回頭觀望。

「大家好啊。」是犀川的聲音。

「老師！」

「因爲沒有門牌，我正在想該怎麼辦呢。」犀川說。

他停下腳步眺望房間裡的景象約三秒鐘後，看著萌繪的臉。

「這是什麼？」犀川問：「某種宗教嗎？」

「你只要閉上嘴仔細看就好了。」喜多低聲說。

金子走過來，向犀川低頭行禮。

「喔，是金子同學啊……怎麼這麼巧。」犀川說：「你對這也有興趣嗎？」

「這倒不是。」金子咧嘴而笑。

犀川轉身看了一眼寺林高司的背影後，再次轉向萌繪低聲問：「那個人頭上纏著繃帶，該不會就是寺林先生吧？」

「嗯，他是從醫院偷溜出來的。對了……犀川老師，外面有警察在嗎？」

「下方道路上是有停著一輛警車。」

寺林終於轉過頭來。

「看來是我搞錯了。我放棄，你們就帶我回醫院吧。」

「什麼事都沒發生很好啊。」萌繪微笑說：「而且可以看到這麼棒的餘興表演，我眞是賺到了。」

「那這是什麼樣的餘興表演？」犀川問。

「是光與音樂的藝術。」萌繪說明。

「我倒認爲是表現宇宙和人世間的模型。」寺林說。

犀川默默不語，又再次環顧了整個房間一遍。

許許多多微小的火焰。淡雅的香頌流洩在空氣中，還有各種大小形狀不一的人偶——犀川雙手插在口袋裡，佇立了好一會兒。他想講的話，同時也浮現在萌繪的腦海裡。

「還不錯呢。」萌繪將臉湊近喜多說。

「是很不錯。」遲了片刻後，犀川也說了同樣的話。

「呵。」萌繪看了下喜多老師的臉，發現他睜大雙眼，用誇張的表情表達他的反應時，自己不禁以莞爾的微笑予以回應。

「我把剛剛發生的全都拍下來了。」大御坊將鏡頭對著萌繪。「小萌的表情很棒喔。」

8

第二支曲子結束時，突然發出巨大的機械聲。萌繪記得自己聽過這種低吼的馬達聲。那是牆上的空氣壓縮機所發出來的。震耳欲聾的噪音跟之前優美的旋律形成了強烈對比。

「是火箭啊！」萌繪驚呼。「會弄髒衣服的！」

「就算弄髒也是值得一見。」因爲馬達聲很吵，大御坊只好大聲的說話。

工房裡還是一樣陰暗，僅靠微小的蠟燭燭光，無法看清楚房間更深處有什麼東西，大概是那隻刺蝟正在做發射火箭的預備工作，房間中央開始出現連續的閃光。

「如果有帶傘就好了。」萌繪跟著犀川一起後退，直到背部貼靠在牆壁上。

其餘的人此時也跟著後退，大御坊則是抓緊攝影機，站穩腳步準備要紀錄這場瘋狂的表演。

「如果不亮一點，就看不到了。」犀川喃喃說著：「筒見紀世都先生人在哪裡？」

「一定是在二樓。」萌繪回答，「那裡要爬梯子才能上去。我想他一定是用遙控器從上面操作的。」

馬達聲開始變化，迴轉好像很痛苦般地稍微降低了速度，應該是因爲空氣壓力已經到達極限的關係吧。

「要來了！」大御坊大叫。

有一支瓶子首先飛了出來。沉重的破裂聲後，出現像是劃過空氣，有如輕吹口哨的細小聲音。接著換從上方發出聲音。應該是寶特瓶撞到天花板所造成的，附近隨即傳來水灑落下來的聲音，空氣壓縮機的馬達嘎然停止。

接下來的數十秒，火箭連續地發射升空，他們只聽得見聲音，看不到火箭本身。到處都有光和影在跳動。天花板傳來像大雨灑落般嘩啦嘩啦的水聲。蠟燭的火焰啪的一聲猛然變大，屋內變得非常明亮。

一股刺鼻的臭味鑽進鼻腔裡逼使大家回神。有人發出驚呼聲。

萌繪這時察覺到情況不對。

「這不是水啊！」大御坊大喊著。

左邊突然有巨大的火焰發出燃燒的聲響。房間一瞬間亮的刺眼。

「起火了！」寺林也大叫起來。

「這是汽油啊！」大御坊衝過來。

「這是酒精，」犀川說：「不是汽油。」

光線已經亮到可以看清楚整個房間內的程度了。從四周竄出火舌。

「筒見！」寺林跑向前叫喚著。

「他是在二樓吧？這可不是開玩笑的！」大御坊繞著圈子說：「滅火器在哪裡？自來水呢？」

「自來水二樓有。」萌繪吼著。濃烈的臭味讓呼吸變得困難。萌繪心想，不快點出去的話，就有危險了。

「二樓我去吧！大家快逃！」喜多脫掉外套。「梯子在哪？」

「那邊！」萌繪向喜多指引方向。喜多往萌繪所指的方向跑去，金子也緊跟在後。

「西之園同學，快打電話報警。」犀川走到萌繪旁邊。

犀川脫掉外套打熄距離他們最近的小火舌，大御坊和寺林見狀也脫掉外套開始作一樣的動作。萌繪則是獨自衝到外面去。她將手伸進外套口袋，摸索著手機，可是卻找不到……手機還放在車子內的儀表板那裡！

「起火了！來人啊！」她用盡全力大喊：「救命啊！」

到底該衝下坡道到大馬路上，還是爬上斜坡回到自己的車子裡呢……萌繪用力地深呼吸，再次衝進屋內。火勢愈來愈大，到處都是陷入一片火海。

「老師！安朋哥！危險啊！趕快出來外面！大家快逃啊！」

她跑向位在房間右邊深處的喜多和金子。屋內小火舌冒不停冒出飛過管線。連用樹脂做的人偶也開始燃燒起來。飄散著濃煙的空氣使得他們頭頂上什麼都看不見。

「西之園，沒有梯子啊！」在裡面的喜多回頭對她大叫：「梯子在哪裡？」

「找到了！在這裡！」金子的聲音從屋子更裡面的地方傳來。

萌繪抬頭仰望二樓的地板，發現梯子居然沒有掛在通往二樓的洞口。金子則在二樓下面更深一點的地方，看到被收起來的鋁梯斜靠在牆上。於是抬起梯子回到他們附近。萌繪再次抬頭望著二樓。

「筒見先生！」萌繪盡全力地大叫。

就在這個時候，一道閃光映入萌繪的眼簾，有某種東西在發光！那道刺眼的閃光，比之前餘興表演時的亮度更亮。它穿刺過室內密佈的煙，一瞬間內映照出附近的牆壁和天花板，形成燒灼似的白光。就像閃電一樣，跟那道閃光一起出現的，是有如電鈴般短促低沉的聲響，和緊接在後的爆炸聲。

「那是什麼？」喜多往上看了一眼後說。

犀川和大御坊都跑了過來。

「剛才那道光是什麼？」大御坊大喊。

「這場火已經沒救了，動作快一點。」犀川說，從金子手上將梯子抓過來。等確定地板的位置後，他就將梯子架好。耳邊突然傳來氣體漏氣的聲音，他的腳邊一瞬間變成白色。

「哇，這是什麼！」金子驚呼。原來是寺林拿了滅火器來。

「就是那裡，讓開！」寺林大喊。他將滅火器對準梯子附近的火苗。

當白煙噴灑下去時，火焰有局部變弱的跡象。

喜多爬上梯子後，犀川也跟著上去。二樓的煙非常大，兩個人都迅速彎下腰往樓下探頭呼吸。

「上面也燒了嗎？喜多，你要滅火器嗎？」大御坊問。

「不用，只是煙太多看不清楚而已。」

房間另一邊發出某種東西的爆炸聲，過了一會兒後，火焰一口氣噴到上天花板上。寺林將滅火器對準附近的火焰，打算確保大家撤退時的安全。萌繪則仰望二樓。

「大御坊！在那裡扶著梯子！」喜多大聲說完後，就開始不停咳嗽。

萌繪心一橫，就抓著梯子也爬了上去。

「不行啊！小萌！那裡很危險，拜託妳快下來呀！」大御坊喚著她。

在梯子上爬得愈高，空氣就愈灼熱。當她終於站上二樓的地板時，發現一站起身根本無法呼吸之外，就算彎腰壓低身子，視野也幾乎被濃煙給遮蔽。

「老師！」

已經看不到犀川和喜多的身影了。萌繪憑著昨晚的記憶，朝客廳的地方前進。

她低著頭慢慢向前推進。當通過書櫃旁邊時就看到了桌子。那是昨晚自己當椅子坐的地方。桌子上還擱著幾個空啤酒罐。

「西之園同學，」犀川冷靜的聲音近在咫尺。「來這裡，小心一點。」喜多也在附近。

她看到兩個副教授的臉。他們就站在浴缸附近。白色陶瓷浴缸旁的地板都被水濺濕了。看到那個景象時，萌繪驚訝地停止了呼吸。

與其說是恐怖……倒不如說是美麗。她的手忍不住地想伸向浴缸。

「危險！」喜多用嚴厲的語氣說：「不要伸手！」

聽到喜多的話，萌繪的手連忙縮回。

「沒關係的，那裡的電源已經被切掉了。」這次換犀川說話。「已經太遲了。」

「回頭吧，這已經沒救了。我們根本沒時間把他搬出去。」喜多說。

萌繪交互看著犀川和喜多的臉好幾次。終於開始呼吸的她，吞了口口水。

爆炸聲又響起了，一樓的火勢之大，連二樓都看得到。

「犀川！喜多！我們撐不下去了！」樓下傳來大御坊的聲音。「快點下來啊！」

有人靠近萌繪的背後。原來是金子。他也壓低身子走到了萌繪的旁邊。

「不行，下面的人撐不住了，老師們快逃吧。」金子對犀川和喜多說：「好了，西之園，妳也快過來！」

金子抓著萌繪的手，想把她拉走。可是，她眼睛卻始終凝視著浴缸裡的景象，一動也不動。她將手探進水裡，水還是溫的。有個人泡在浴缸裡。

人……泡在浴缸裡的人，是筒見紀世都。是人嗎……他頭部靠在浴缸的邊緣，眼睛還是睜開的。從他微微開啟的嘴巴以下，都沉在水裡。

包括那白色的肩膀和手臂，都泡在水裡。不論是他的胸口或足部，都是一片慘白。全身都是白的、詭異的白、白色的唇、白色的眉，連頭髮也是白的。並非皮膚原有的膚色，而是眞的純白。

萌繪戰戰兢兢地將手伸向紀世都的臉。那觸感，就像塑膠做的一樣。

筒見紀世都的容顏、筒見紀世都的身軀，那容顏、那身軀，都被塗成徹底的白，彷彿是被上色的人偶模型一般。

9

第一個走下梯子的是萌繪，緊接在她後面的是金子。寺林將用盡的滅火器丟在一旁。

「犀川老師！喜多老師！」萌繪對著二樓大叫。

「喂——」背後傳來人的呼喊聲。有人站在門口那裡。

可能是剛剛聽到萌繪的呼救聲而跑來探個究竟的人吧。倉庫裡面已經是一片火海了，熱氣沸騰到好像連臉都要燒起來了。類似爆裂聲的聲響斷斷續續地傳出，每一次聲響出現，都更加助長屋內的火勢，也許是延燒到油漆之類的物品吧。這也使得二樓部分的木頭地板被由下往上的大火猛烈竄燒。

「老師！快點下來！」金子見狀，在樓梯爬到一半時就大叫。

喜多和犀川終於折返回來，也爬下了梯子。有兩個男人從門口進來，靠近他們。

「這房子救不了了！快點到外面來！」這樣大叫的人是鵜飼刑警。還有一個穿制服的警察一起，兩個人都用手帕遮住口鼻。全部的人都朝出口衝了過去。途中還有全身被火焰包圍的人偶，砰然一聲倒了下來。

「老師，筒見先生呢？」萌繪在快到出口前停下腳步，轉過頭去。

喜多抓住萌繪的手臂，硬生生的把她推出門外。當全部的人出來到室外時，殿後的犀川便將出口的鋁門給關上。

「呼……」犀川大大地喘了口氣。「大家都到齊了吧？」

「筒見先生還在裡面……」萌繪小聲地說。雖然她很清楚這是無可奈何的事。

「他已經死了。」犀川面無表情地說。

「這也是沒辦法的事。」喜多在一旁喃喃地說：「要搬出來太困難了。」

外面依舊被霧氣靜靜地包圍，到處是一片朦朧。即使如此，這還是她第一次覺得空氣竟是如此透明的感覺。吸進胸口的新鮮空氣是如此冰冷，給予肺部有如被戳了一刀的刺痛感。

萌繪發現自己的雙眼正流著眼淚，她理所當然地解釋成是因爲被煙燻到而本能產生的淚水，而她的眼睛現在非常疼痛。

「消防隊馬上就來了。」鵜飼說：「這裡很危險，請趕快遠離這裡。」

大家都陷入沉默，只是注視著那扇緊閉的鋁門。現在看來平靜到彷彿一切事情都沒發生一般。有時候可以聽到倉庫中發出有東西被燒彈開的聲音，映照在鋁門霧玻璃上的紅色火光，像是聖誕樹上的燈飾一樣漂亮。

注視著大門的每個人的臉上看起來也是滿臉鮮紅。

「筒見他是怎樣的死法？」大御坊終於開口發問：「是自殺的嗎？」

「我不知道。」犀川回答。令萌繪不敢相信的是，犀川居然拿出香菸並點了火。「他死在浴缸裡，水裡還有電線。」

「我們差點就把手伸進去了，眞危險。」喜多說。他也拿出香菸叼在嘴裡。

「自殺？」萌繪問：「可是……他的臉是全白的……」

「剛才如果搬出來的話……說不定還來得及。」犀川邊抽菸邊說。

「是樓梯的話也許還有辦法。」喜多說：「可是梯子就不行了。」

「眞是無視於建築基本法啊。」犀川面不改色地說。

「剛才好危險啊，萬一地板塌了，你們該怎麼辦？現在那裡應該已經燒掉了吧。」大御坊高聲說：「連小萌都跑上去，害我急得不知該怎麼辦呢。」

「那個地板用的是防火建材。」犀川嘆氣時，順便吐出一口煙。「所以我才敢上去。」

「你連這種事都先確認了？」喜多在一旁問。

「是啊。」

「有這種事你要告訴我啊。」

消防車的警笛聲逐漸向這裡靠近，警察從坡道趕過來。斜坡上的欄杆旁已有很多看熱鬧的民眾聚集圍觀。黑煙不斷從倉庫屋簷的排氣口裡冒出，又隨即融入黑暗的天空中而被同化了。警示燈不停閃爍的大型消防車，從坡道開了上來。

「請大家退後！」警察邊跑邊叫。

倉庫前忽然擠滿了人。穿著銀色滅火裝的男人們，迅速地牽引著水管。萌繪一行人則跨上石牆，站在斜坡中間。第一個打開入口鋁門的消防隊員被猛烈的火勢逼得倒退幾步，門上的玻璃因而碎掉了。消防員便將管口先對準火舌不斷竄出的入口。在下方的道路上，一輛輛鳴放著警笛聲的消防車陸續趕到，也可以看到有消防隊員邊拉長管子，邊沿著坡道往上衝刺的景象。

萌繪陷入沉默，她確信筒見紀世都已經回天乏術了。昨晚哭泣的筒見紀世都已經死了。甚至連遺體都被火燒個精光。

站在她附近的，是犀川、喜多、金子、大御坊四人，至於寺林高司，已經被鵜飼刑警帶往在坡道下方的道路上，停放的三輛警車。

濃霧稍微散開了，當第五台消防車抵達時，入口附近的火勢已經受到控制，有很多消防隊員從入口衝進屋內，還有三根水管也從狹窄的門口被拉進去，還有人是從建築物前面將水噴進冒出黑煙的排氣口裡，像是要從屋外冷卻倉庫本身。倉庫後面也有水管延伸出來。

「這裡有後門嗎？」萌繪問大御坊。

「沒有……入口只有那裡的鋁門和鐵捲門而已。」

「既然他一直泡在浴缸的水裡，說不定能得救呢。」喜多邊抽菸邊說：「我所謂的得救……只是說屍體不會被燒掉而已。」

「爲什麼他會變得全白的呢？」萌繪說出她的疑問。

「全白？」大御坊反問。

「他的身體和臉上，好像是有被油漆塗過。」

「那附近有噴槍。」犀川轉向他們。「至少那不是普通的化妝就是了。」

「你所謂的噴槍，就是用來將顏料噴上物體表面的工具嗎？」大御坊問。

「沒錯。」喜多回答。

「他怎麼可能在自己身上噴漆？」大御坊皺起眉頭。「他爲什麼會做這種事……」

「光是這麼做，就是自殺行爲了。」喜多說。

「他是怎麼自殺的？」萌繪追問：「是將電源開關打開再進去浴缸裡的嗎？」

「我覺得應該是相反。」喜多說：「如果先打開電源的話，保險絲可能會早一步斷掉，而且當他還沒完全泡進去時，光是把腳伸進去就被電死了，不是嗎？」

「嗯，我也這麼覺得。」犀川表示同意。「他是先進去浴缸後，才導電進去的。」

「可是，電源總開關不是在牆壁上嗎？」昨晚有看到的萌繪說：「那電線是從哪裡牽來的？電源鈕是在附近嗎？」

「電線的話，應該是用不透明膠帶貼在浴缸上的沒錯。」喜多說明，「不過電源鈕的確是在牆壁上……」

「那他到底要怎麼自殺？手搆不到吧？這……會不會是他殺啊？」

「妳在說什麼傻話啊？二樓不是就只有筒見一個人在嗎？」大御坊的DV鏡頭依舊朝向火災現場。「小萌，妳想太多了。」

「二樓說不定有別人躲在那裡啊。」萌繪回嘴：「犯人也許來不及逃跑呢。」

「那是用遙控的吧。」犀川吐出煙，臉上雖然沒有表情，但感覺得出他心情不好。「他將大的開關關掉，只開空調。延伸到浴缸裡的電線，是從空調拉出來的，有兩百瓦的電量。他最後大概是用遙控打開空調的主電源吧。總之全部過程就是他先將電線分配好後，將牆壁上的總電源打開，泡進浴缸，接著用遙控器操作的吧。」

「可是，筒見先生他沒有拿遙控器啊。」萌繪邊回想邊說。她記得看過筒見紀世都的白色手上空空如也。「而且也沒有掉在附近啊。」

「我國中時，曾經有一次在做眞空管揚聲器實驗的時候觸過電。」犀川凝視著萌繪，歪著嘴角說：「那時變壓器升壓到兩百五十瓦。因爲安培數小的關係，我只有一瞬間嚇了一跳，其它地方都毫髮無傷。不過……當我回過神來時，手上的尖嘴鉗卻不見了。我到處去找，最後居然是在隔壁房間找到的，是我在觸電的瞬間，把尖嘴鉗拋出去，它才會飛到那邊的。」

「創平……你可以再講得更簡潔一點吧。」喜多笑了。

「我只是舉實例來說明而已。」犀川回應。

「你的意思是說紀世都先生的遙控器，被拋到很遠的地方囉？」

「是有這個可能。」犀川點頭。

救護車停在下方的道路上。救護人員抬著擔架沿坡道上來，正待在火場附近待命中。

救火的過程並不順利。倉庫本身沒有燃燒，但爆炸聲和物品崩壞的聲響此起彼落。從入口被牽引進去的三根水管，現在被拉得更裡面，而且已經有五名消防隊員進入建築物裡面了。因爲鐵捲門沒辦法升起來的緣故，鋁門口就成了唯一的通風口，而這一點具有控制火勢蔓延的作用，也算是這場火災不幸中的大幸吧。消防隊員頻繁地交替出入，每個出來的人，都重複著大大的深呼吸。

大御坊已經停止攝影。

「我去看一下寺林。」他說完就走下了斜坡，從石牆上跳下，經過消防隊員旁邊沿著坡道而下，似乎是打算要走到下方道路上的警車那裡。

「結果，就變得跟信上說的一樣了。」萌繪喃喃地說。

「妳是指筒見紀世都給妳的那封信嗎？」喜多問。

金子默默地面向這邊。

「紀世都先生也有留言給寺林先生。」萌繪說明。「他打算在這裡自殺。我想……那場表演一定是他準備在死前給我們看的吧。」

「然後就把身體塗成白色？」喜多說：「眞是的，藝術家這種人只會給人帶來麻煩啊，傷腦筋。」

「如果是這樣的話……」犀川用指尖轉著香菸。萌繪靜待他接下來的話，但他卻在此打住了。

「如果是這樣的話，會怎樣呢？老師。」萌繪問。

「就應該會有更正式的邀請函才對。」犀川歪著嘴角。

原來如此，是指信的事情嗎……萌繪思考著犀川話中的含意。

犀川將手插在口袋中。他和喜多現在之所以都沒穿外套，應該是因爲外套都在倉庫裡被燒掉了吧。至於金子和萌繪，前者穿著皮夾克，後者也一直沒脫下她的外套。

「犀川老師，喜多老師，你們不冷嗎？」萌繪問：「如果需要的話，我的車就停在上面，可以進去躲一躲……」

「不用了。」喜多搖頭。

「我也不要緊。」犀川回答，「其實外套部分還好，倒是那盒放在口袋裡還沒開封的香菸比較可惜。」現在抽的應該是放在襯衫胸前口袋裡的吧。犀川身上穿的是胸前開襟的羊毛衫。

「不過，剛才還眞是危險啊。」喜多喃喃地說：「我自從那次以後，就沒再遇過火災了。」

「我這是第三次遇到了。」犀川說。

「我可以回去了嗎？」金子終於開了口。「我從今天早上打工，到現在都沒休息……」

「喔，你當然可以回去啊。」犀川隨口回答，「要走的話，就趁現在趕快走比較好。」

「那我就告辭了。」金子看向萌繪。「我先走囉，西之園。」

「謝謝你，金子同學。」萌繪向著背對她走上斜坡的金子說。

「他是你研究室的研究生？」喜多問。

「是大四生，跟西之園同年級，是個很可靠的人吧？」

「他因爲擔心我，所以一路騎摩托車尾隨我過來。」萌繪在一旁補充。

「西之園同學有讓人不得不擔心的功能存在。」犀川喃喃地說：「妳都沒自覺嗎？」

「我有。」萌繪點頭。「到現在才有。」

「西之園同學，妳有聽過他姊姊的事嗎？」

「金子的姊姊？沒有，是什麼事呢？」

「他的姊姊已經去世了，聽說……」犀川將臉轉向倉庫，避開萌繪的視線。「她跟西之園老師都是同一班飛機的乘客……」

「咦？眞的嗎？」萌繪雙手掩口。

西之園萌繪的雙親，在她唸高中時死於一場墜機意外。發生在飛機準備要降落那古野機場的時候，當時機上的四百名機組員和乘客幾乎無一倖免。雖然她知道在那古野市附近有很多罹難者家屬，但她從以前到現在，從來沒想過要去注意其它的人。

「那一天剛好是他出國留學的姊姊學成歸國的日子。」犀川說話時，眼神依舊沒看向萌繪。

萌繪聽到這身體不由自主地發抖起來，眼淚也莫名其妙地出現，她認爲這既不是悲從中來或感同身受的情緒，對於父母的意外身故，她早在心中作好調適，深信這就跟應仁之亂（註四）一樣，只是過去歷史的某個片段而已。

難道是被煙燻到的眼睛還在痛嗎？

萌繪稍微遠離犀川和喜多，回頭仰望斜坡的上方。有很多看熱鬧的人站在欄杆旁往下俯瞰，但萌繪站的地方很暗，所以不用擔心被人看見她哭泣的臉。再說所有的人都是注意倉庫的滅火過程。她能感受到很多視線的主人正滿心期待地想看到像火勢變猛、發生爆炸、建築物轟然倒塌之類有如電影般的場景。他們跟她在十六歲的那個夏夜裡所承受的數不清的野蠻視線，是沒什麼兩樣的。

她的眼淚已經不再流了，在她體內某處的最後一點殘雪，現在應該已經溶化了吧。

已經不要緊了！已經不要緊了！已經不要緊了……她嘴裡反覆唸著這樣一句，同時做了深呼吸。

原來，金子一直都知道她父母是死於這場意外的。西之園這個姓氏不僅顯眼，而且由於她父親是N大的校長，在發生事故時電視上以極大的篇幅報導，所以金子應該還記得才對。而萌繪本身並沒有看過旅客名單，就算見過，也應該不會記得金子這個姓氏。

怎麼會這麼不公平……萌繪再一次回過頭去。一想到金子在身陷火場和剛才道別時，都直呼她「西之園」，她就覺得有些開心。仔細想想，金子勇二是重考兩年才考進N大的，萌繪自己則是因爲受到父母雙亡的打擊而休學一年，所以金子比萌繪要大上一歲。換句話說，遭遇到那場事故時正好是他在準備大學聯考的高三時期。

「我好像跟妳說了些無聊的事。」犀川走近萌繪低聲說：「抱歉。」

「不會啦。」萌繪搖頭。

「想抽菸嗎？」

「不，我現在……只想沖個澡，然後上床睡覺。」

「眞難得妳會這麼消沉。」

「我也是有這種時候的。」

「以妳來說，這算是很冷靜的自我判斷了。要不要我說個笑話給妳聽？」

「嗯，當然好。」

「在十字路口的轉角處，有一家加油站。那裡有個美女工讀生，常常讓駕駛們看得出神，在十字路口發生車禍。某一天，一個暗戀那女孩的青年邊騎著摩托車，邊往旁邊偷瞄，結果他在十字路口跟別輛車發生擦撞，摩托車側倒在地上。當他跟著打轉的車一起滑進加油站裡時，雖然已受了重傷，但一回過神卻發現朝思暮想的美女，正站在他的面前。妳認爲，青年接下來會對那女孩說什麼？」

「在救護車到之前嫁給我吧。」萌繪回答。

「錯了……」犀川邊點菸邊搖頭。「把油箱加滿。」

萌繪嘻嘻竊笑。

犀川則面無表情地在抽菸，但他的心情好像也變好了。

「是很有趣沒錯，」萌繪聳聳肩，做了個深呼吸。「不過那是因爲我的防守線後退了……」

犀川轉頭看她。「妳認爲案子解決了嗎？」犀川說完，呼出一口煙。萌繪歪著頭凝視犀川的側面。

喜多這時走向他們。

「唉……眞是的，我酒完全醒了，現在好想吃拉麵喔。」喜多舉起雙手，伸了個懶腰。

「犀川老師，」萌繪靠近犀川。「請問……」

「筒見紀世都先生是自殺的。」犀川喃喃地小聲說：「是他在公會堂殺了妹妹明日香，而且M工大的兇手也是……」

「是這樣嗎？」才聽一半，萌繪就忍不住發問。

「我是在想，警察應該會這麼認爲吧……」犀川用指尖轉著香菸。

「我認爲就是這樣。」喜多在一旁插話。

「不對。」犀川搖頭。「他不是自殺。」

「可是老師剛才不是說過，紀世都先生是自己操作遙控器讓水通電的嗎？」

「我的意思只是說這也有可能而已。」

「難道不是嗎？」

「妳有看到……」犀川呼出煙。「那個用來噴白漆的噴槍呢？」

「有啊，應該是在浴缸的對面吧？」

「喔……」

「我有看到。」喜多說。

「那個噴槍被使用過很多次，已經不新了。因爲是平常慣用的噴槍，所以上面才沾著很多顏色的油漆，而顯得很髒。奇怪的是，把手上卻沒有任何白色油漆的痕跡。」犀川看向喜多。「應該是這樣沒錯吧？」

「沒沾到會很奇怪嗎？」喜多說。

「這正好是奇怪的地方。」犀川搖頭。「如果是他自己把顏料噴到身上的話，那就奇怪了。他兩手不也都是白的嗎？難道他噴了其中一隻手後，還要等它乾才會噴另一隻手？」

「是有其它人幫他噴的吧？」

「沒錯。那個人大概就是打算要殺他的兇手吧。把全身噴上顏料這件事，本身就是會危害生命的行爲。既然皮膚不能呼吸，不就跟被燒燙傷一樣了嗎？」

「可是，紀世都先生那時候有唱歌……」萌繪說到這裡時，才發現到有地方不對勁。「那難道是……錄音帶嗎？」

「當你們到這裡的時候，他恐怕早就死了，至少已經失去意識了。我想二樓應該還有另一個人才對。」

「那兇手要從哪裡逃呢？」

「當我們爬上梯子時，兇手就可以從另外一邊下去。」犀川回答，「就算沒有梯子，只用一根繩子也下得去，反正濃煙能幫他做掩護。」

「那傢伙就是在那個時候將水通電殺了筒見嗎？」喜多皺起眉頭說。

在爬上梯子時所看到的那道閃光……難道就是筒見紀世都生命的終點嗎？

「兇手是爲了爭取時間，才會故意把梯子拿掉的。」萌繪喃喃地說。

「到下面去吧，還是跟鵜飼先生他們說明一下經過比較好。」犀川這樣說完，就立刻邁開腳步走了。

萌繪和喜多也跟著他走下斜坡，從低矮的石牆上一躍而下。萌繪一邊走過消防車旁邊，一邊看著手錶，發現時間已經超過凌晨三點了。

10

小雨已經停了，大部分的霧也已散去。在道路旁的人行道上，停著三台警車和兩台箱型車。正中間的警車後座，坐著大御坊安朋和寺林高司。當萌繪他們從旁邊經過時，大御坊還朝她揮手。在他們所站的不遠處，可以看到便利商店明亮的燈光。三浦刑警就站在箱型車的旁邊。

「你們好。」三浦不經意地用手推了下銀框的眼鏡，不過仍看不太到他的眼睛。「大家到齊了啊。」

「莫名其妙就到齊了。」犀川低頭行禮。

在箱型車裡，有幾個鑑識課的男警員似乎正在待命中的樣子。萌繪到處尋找著鵜飼的身影。坐在大御坊和寺林所在的警車副駕駛座上的，是近藤刑警。至於鵜飼則是不見人影。

「聽說筒見紀世都就死在裡面？」三浦用慢條斯理的口氣，開門見山地說，「實際看到他的，是犀川老師和喜多老師嗎？」

「我也有看到。」萌繪回答。

「希望火能在他被燒成灰之前被滅掉。」三浦往坡道上看後說：「是自殺嗎？」

「不知道，他好像是死於觸電。」犀川回答，「至少周圍的狀況很明顯地被佈置成像是觸電死的就對了。」

「聽說他身體被塗滿白油漆……」三浦說。那是他聽大御坊說的。「我有點搞不清楚事情的狀況，可以請你們說明一下嗎？」

犀川和喜多於是便將他們在煙霧瀰漫的二樓所目擊到的狀況，輪流說明給三浦聽，其中有時萌繪也會插一下話。不過，他們所看到的還是很有限。

「當時那裡沒有其它人嗎？」

「關於這一點……」犀川面無表情地說：「我不敢向你保證一定沒有。當我們上去二樓時，濃煙已經充滿整個房子，實在沒辦法將二樓全部看個仔細。」

「可是，老師你們不是爬上通往二樓的唯一樓梯嗎？」

「說是這麼說，可是我們不能斷言另一邊沒有梯子或繩子。」犀川說：「大家當時都擠到右手邊的梯子旁，所以就算有人從左手邊梯子下去，然後從出口逃出，也是很有可能的。」

「可是，鵜飼有去看你們啊。」三浦低聲說：「事實上，早在這之前，這裡的道路上就一直有警方在監視，而且鵜飼也只比犀川老師慢幾分到達現場。」

「不，鵜飼先生來的時候，大家就已經都逃出來了。」犀川很乾脆地否認。「雖然可能只有一點點的時間，但的確是有犯人可以逃走的空檔。只要爬上斜坡的話，就可以走到上面的道路不是嗎？」

「我們從這裡也可以看得到喔。」三浦抬頭往上面看了一眼。

「現在是可以看到，但是之前霧不是更濃嗎？」喜多說：「再說，犯人可能以倉庫作掩護爬上去的。我想，應該不管從哪裡都可以逃走吧。話說回來，那傢伙應該是也冒著很大的生命危險吧。我們架梯子的地方附近因爲有用滅火器，所以還能勉強忍受，可是另一邊的火勢就很可怕了。對了，那時還有東西被燒到彈飛出去吧？」

「嗯，其實我不認爲人可以從那邊下去。」萌繪點頭。

「梯子是在哪裡？」三浦問。

「在房間右手邊深處應該算是二樓下面的地方。」

「是上去二樓的人，從二樓把梯子推倒的嗎？」

「不是。那梯子是收好後才被放在那裡的。」喜多回答後歪著頭。「對了……這樣說來，在二樓的人是不可能辦得到的。」

「如果有兩個人就可以了。」三浦斜眼看喜多後說：「正如犀川老師所說的，除了那個梯子以外，說不定還有其它能讓人上下樓的方法。但這些都不是什麼大問題，更重要的是……」三浦銳利的視線轉向萌繪。「你們爲什麼要聚集在這裡？可以告訴我原因嗎？」

「大御坊沒說嗎？」

「寺林先生之所以從大學附設醫院逃出來的理由，我們到現在還不能理解。寺林先生說他是因爲擔心筒見紀世都先生的安全，才會這麼做，可是一個人只爲了擔心朋友，竟然就膽敢在半夜躲過警方監視，只穿件睡衣就跑來這裡，不覺得這行爲模式很不合常理嗎？」

「那是眞的。」萌繪回答，「是我開車載寺林到這邊來的。」

「他是坐西之園小姐妳的車子？」三浦微微張開口：「這我是第一次聽到。怎麼寺林先生從沒對我們提起這件事……」

「那是因爲……」萌繪挑選著適當的用詞。「在看完筒見紀世都先生給我的信後，我有一種不好的預感，才會擔心起他的安危。而寺林先生在紀世都先生帶來醫院給他的雜誌上，也發現他所寫下的留言，還拿給我看過。」

「妳收到的那封信，可以讓我看一下嗎？」

「好，不過放信的包包在車上。」

「你們是擔心他會自殺嗎？」

「他也可能會被某個人狙擊。」萌繪的眼神依舊看著三浦回答，「信上的內容讀起來像在暗示明日香小姐頭所在的地點。」

「原來如此。」三浦用力點了下頭。「那妳和寺林先生是在哪裡會合的？是他打電話給妳吧？」

「是的，所以我就開車去大學醫院旁邊接他。就是在千早的交叉路口旁。」

「那件事，寺林先生也沒說。」三浦邊推眼鏡邊說：「他說他是搭計程車一個人來的。」

「我想，他大概是爲了不給我添麻煩，所以才會說謊的吧。」萌繪看往警車那邊。

「打電話給大御坊先生的人，應該就是妳吧？他好像也是爲了顧慮到妳才說謊的。」

「不。」萌繪搖頭。「是安朋哥他打電話給我的。」

「對了，我之前一直跟大御坊一起行動。」喜多回答，「我們本來是在榮町的簡餐餐廳喝酒，喝到一半時警察打電話給他，說寺林先生從醫院裡逃走了。後來，是大御坊猜想寺林可能會聯絡西之園，而打電話給她的。」

「你們知道寺林先生他爲何要這麼做呢？」三浦追問。

「請你去問他本人吧。」喜多抬起下巴回答。

「那犀川老師你呢？」三浦問一直保持沉默的犀川。

「是大御坊打電話給我，我才坐計程車來的。」依舊看著坡道上方的犀川回答，「我只聽到地址，不知道實際位置在哪裡，才只好坐計程車的。」

「爲什麼會想來？」

「一時著魔而已。」

「一時著魔？」三浦重複犀川的話。

「也可以說是誤上賊船。」犀川回過頭，對三浦稍稍露出微笑。「就某種意義而言，我們會聚在這裡純粹是出於偶然。如果寺林不偷溜出醫院，西之園同學就不會接到電話，繼續待在研究室整理資料，大御坊和喜多也不會來這裡，那現在就是我正好眠的時候了。」

「就算眞是如此，那又怎樣呢？」三浦瞪著犀川。

「也許，筒見紀世都就不會死了。」犀川揚起嘴角，瞇起雙眼。「換句話說，今晚的表演就會延期了。」

「這話是什麼意思？要自殺的人會這麼做嗎？」

「這我就不清楚了，畢竟我不是這方面的專業。可是我這麼想應該是不會錯的。我不認爲費了那麼多工夫準備的他，會甘願在沒有任何觀眾的情況下死去。既然那是他的作品，他應該會想讓別人看到才對。前提是要他眞的渴望讓別人看到，這麼一來就代表在還沒達到這個目的之前，他是不會死的。眞要自殺的話，那也是他親自確認完觀眾接觸這個作品的反應之後的事了。」

「你意思是說他並不是自殺的？」三浦問。

犀川並沒有回答三浦的問題，只是點起一根菸，抽了一口，然後緩緩地把煙吐出來。

「我只是將想到的事情隨口說出來而已。」犀川回答，「沒有經過整理，眞是抱歉。」

「大家不是都親眼看過筒見紀世都先生所佈置的那些機關，而且他本人還以同樣的導電裝置自殺了，難道不是這樣嗎？」三浦又重複一次同樣的問題。

「等滅完火後，再去調查燒焦的痕跡，應該會知道的更詳細吧。」犀川回答，「不過，就我所看到的，應該不像是自殺。」

喜多便向三浦說明噴槍的事，就是噴槍的握柄上沒有沾上白漆這一點。

「只是憑這樣的理由？」三浦聽完說明後反問犀川。

「是的。」犀川點頭。「剛剛我也說過吧，我們這些觀眾沒有拿到邀請函，只是偶然間才聚集在這裡的。如果我們不來的話，他就沒辦法發表那個作品，而自殺戲也就得延期了。既然如此，那他怎麼可能在身上塗滿油漆等我們呢？」

「原來如此……」三浦點頭。「犀川老師所說的理由，我總算有點了解了。但換個方式想，他會不會本來就有即使客人沒來也要自殺的決心呢？也許他本來就有縱使沒有觀眾，也要一個人看著最後遺作而死去的打算吧，不是嗎？」

「嗯嗯，的確是有可能。」犀川輕輕點頭。「又沒有人否定這種可能性。」

「筒見紀世都應該就是公會堂斷頭案的兇手吧？」三浦低聲說：「是他殺死自己的親生妹妹，然後切斷她的頭的。根據我的推斷，他的動機一定就跟他的藝術一樣令我們難以理解吧。」

「如果是他的話，他應該可以挑更安全的地方，而不用特別選在像公會堂四樓這種危險的場所來犯案了吧？」犀川揚起嘴角。「比方說，像這裡的工房怎樣？若是在這裡殺明日香，不是就很簡單了嗎？」

「如果說是他想在公會堂那種公眾場所展示他的犯行呢？」三浦說完，輪流看著他們三個人的臉。這種動作代表他對自己的看法很有信心。

「這我也思考過了，很有意思的論點。」犀川聳聳肩膀。「他的目的不是在那顆頭，而是想要以無頭的人當作是自己的作品。這個點子是滿有趣的。眞沒想到三浦先生也會有這樣的突發奇想啊。」

「在M工大殺死上倉裕子小姐的人，也是筒見紀世都先生嗎？」萌繪問。

「恐怕是吧。」三浦面對地面點頭。

「那動機又是什麼？難道筒見紀世都先生認識上倉小姐嗎？」萌繪問。

不回答的三浦抬起頭看向天空。雨後的天空展現出更深沉的黑，上面點綴著點點繁星。透骨的寒意讓萌繪不禁將雙手插進了外套的口袋裡。三浦瞥了萌繪一眼後，才低聲回答，「我們會再調查的。」

11

直到凌晨四點過後，大火才完全熄滅。被抬出來的筒見紀世都的遺體蓋著床單，萌繪只能透過床單看到大略的輪廓。有很多消防隊員和警方相關人員陸陸續續進入紀世都被燒毀的工房，但萌繪他們仍無法進入。

寺林坐著警車回醫院了，而大御坊也順便搭了便車。在獲得三浦刑警的准許後，萌繪他們三人也可以回去了。

「犀川老師，要我送你回去嗎？」萌繪說。

「我會設法搭到計程車的。」喜多揮揮一隻手後，隨即就邁開腳步準備離去。

「喂，我跟你一起走。」犀川向他說。

「笨蛋。」沒有停下腳步的喜多轉頭對犀川撂下這句話後，就快步走遠了。
「雖然對喜多老師不好意思，」萌繪喃喃地說：「不過我的車子之所以只有兩人座，就是爲了這種時候。」
「那傢伙所說的『笨蛋』兩字，涵蓋的意義非常廣啊。」犀川說：「就跟『謝啦』或『改天見』之類的意思差不多。」
他們走上坡道，經過還沒開走的消防車旁，再次跨上石牆。工房的門依舊敞開，有電源線經過門口被拉入室內。現在裡面發出的燈光，應該就是警察帶進去的照明燈吧。燒焦的臭味還殘留在空氣中，附近的地面上也都是一個個小水窪。
萌繪連想從門外探頭進去都遭到了三浦的禁止，但她很想親眼確認喜多和犀川所說過的噴槍，也很想調查看看用不透明膠帶固定在浴缸上的電線和空調的配線。現在到底還有多少證據逃過一劫呢？二樓的地板是否有崩塌呢？從門口瞥一眼時所看到的室內景象，很悽慘。裡面到處都散落著燒成焦炭的黑色固體，無論是筒見紀世都那些詭異的人偶，演出那場璀璨小宇宙的發光二極體裝置，還是發射寶特瓶火箭的機器，似乎都已經付之一炬。
爲什麼要燒得精光？是爲了燒掉遺體嗎？即使在火中被氧化了，也算是一個人嗎？在灰飛煙滅的過程中……究竟被毀壞到什麼地步，才不算是一個人？
「妳想睡了嗎？西之園同學。」犀川停下腳步問。
「不會，沒關係的。」
「如果這場騷動能到此爲止，就只剩下調查工作了。眞希望案子能就這樣順利解決。」

「嗯，不過……那也要找到明日香小姐的頭才行。」

「是啊。」犀川立刻回答，「就只有這一點，我還不了解。」

「咦？」

「沒有……我自言自語罷了。」

犀川開始爬上斜坡，萌繪則是跟在他的後面。在雜草之間，有條細長的小路。上面的道路旁，還是有很多看熱鬧的民眾，不過人數也已經比之前減少很多了。

當跨過護欄踩上柏油路面時，他們看到鵜飼刑警站在電線桿的附近。那裡有整晚不熄的路燈，光線非常明亮。鵜飼正跟兩個老人熱絡的交談著。

「鵜飼先生。」萌繪走近他後，出聲向他打招呼。

「喔，是西之園小姐和犀川老師啊，你們好啊。」鵜飼低頭行禮。

和鵜飼談話的老人，雖然有著一副結實的身材，但幾乎童山濯濯的頭向前突出，形成彎腰駝背的姿勢。看到苦著一張臉，不甚愉快似地癟著厚嘴唇的他，令人懷疑他是不是不高興呢，或是在他的人生裡，早已失去「高興」這兩個字。

「這位是長谷川先生。」鵜飼介紹這位老人給犀川和萌繪認識。「他是那裡的房東。」他邊說邊指向上方。

因爲被石牆和磚牆擋住的關係，所以只能看到對面公寓的屋頂。附近的階梯前，停著自行車和輕型摩托車。之前隔著護欄眺望火災現場看熱鬧的年輕人，大部分都是那棟公寓的房客。

萌繪雖然對老人微微點頭示意，但對方卻看都不看她一眼。

「事實上，下面的倉庫，也是長谷川先生借給筒見紀世都先生的喔。」鵜飼說明。「聽說從兩年前一直借到現在。對了……長谷川先生，這兩位是N大的犀川老師和西之園小姐。發生火災時，他們正好跟筒見先生在一起。」

「你們是那孩子的朋友？」長谷川老先生終於將視線投向萌繪身上。

「還稱不上朋友，充其量是朋友的朋友而已。」萌繪回答。

「他死了嗎？」長谷川問萌繪。

「長谷川先生，那個我們還不能斷定。」鵜飼在一旁插話。

「我又不是在問你。」長谷川依舊直直地盯著萌繪說：「小姐，妳就說吧。」

「他已經去世了。」萌繪很坦白地說。

「是嗎……謝了。」仍然苦著一張臉的長谷川輕輕點頭，視線停著數公尺以外的路面好一會兒。「他本來是個很有才能的年輕人啊。」

「您是在什麼機緣之下，才會借倉庫給筒見先生的呢？」犀川邊點菸邊問。

「能不能也給我一根？」長谷川向犀川伸手。

「好啊，請。」犀川從口袋掏出香菸遞給這個老先生。

長谷川斜斜地叼著香菸，靠近犀川點起的火將菸點上後，深深地將第一口菸吸進肺裡，又大大地張開口把煙呼出來。他在這個時候牽起眼角的皺紋露出牙齒。乍看之下不知道是什麼表情，不過這就是他笑的方式。

「那是他爸再三拜託我的。」長谷川終於開口回答。

「是筒見教授嗎？」犀川問。

「是啊……他是我國中的學弟。」長谷川又呼出一口煙，露出不知道是因爲香菸好抽，還是因爲對話很有趣的微笑。「因爲之前租的人不租了，本來我打算要拆掉，沒想到他竟然要借，眞是個奇怪的孩子。」

「請問……您該不會就是那位做飛機模型的長谷川先生吧？」萌繪試探著問。她曾經聽過筒見紀世都和大御坊安朋提過這個名字。

「沒錯。」長谷川眼角垂下，露出於之前迥異的表情。

「您是固體模型師嗎？」她也記得這個。

「妳居然還知道這個……就一個女孩來說還滿厲害的。」雖然他話中帶刺，但萌繪還是維持一貫的微笑。

「只要提到模型師，沒有人不知道長谷川先生您的。」她說著恭維話。

「哦……」長谷川皺著眉頭，發出沉重的鼻息聲，很明顯地看得出來他因此而龍心大悅。

「您認識M工大的河嶋副教授吧？」

「喔，我當然認識啊。」

「您對於星期六時……發生在河嶋研究室的女學生命案有何看法？您認識那個學生嗎？」

「那個案子我在報紙上看過了，還沒直接問過河嶋他本人，那個學生我也不認識。」長谷川再次叼著香菸，讓香菸頭發出紅光。「我不予置評，不過最近治安還眞是不好。先別說這個了，紀世都他那在公會堂被殺的妹妹的頭找到了沒？反正那一定是做那些奇怪玩偶的人幹的好事。」

「您是指人偶模型吧？難道您認爲犯人是模型迷嗎？」萌繪故意用誇張的語氣說。

「那才不是模型呢。」長谷川張大口吐完煙說：「模型的『型』，跟人形（註五）的『形』，字不是不同嗎？」

「那有什麼不同？」一隻手轉著香菸的犀川問。

「只有人類作的東西，才能成爲模型，以動物和植物爲對象的都不行。」

「爲什麼？」犀川立刻問。

「那是……不言自明的事吧。」長谷川又恢復到不愉快的表情。「縮小的動物和人只能算是玩偶而已，不是模型。聽好了，模型所要模擬的，不是外表的形體，而是創造的精神和行爲，簡單來說，就是要模擬出人類對於生產的欲求和付出的勞力。經由這個過程，就可以汲取出原型創造者的精神。如果只是重複一樣的製作步驟，便淪爲單純的複製品了。而且爲了要更聚精會神，就得盡量將製作時間濃縮才行，這樣才能夠『模』擬出原『型』來。所謂的型，就是製作系統的象徵，而不只是單純模擬縮小的形體而已。要『模』擬原『型』，才稱得上是Model，也就是模型，可是不了解這一點的卻大有人在。太拘泥於形體的就只能製造出充滿貧乏想像和空洞妄想的複製品罷了。」

「我懂了。」犀川用興致盎然的表情點頭。

「有可能這麼簡單就懂了嗎？」長谷川輕蔑地哼哼笑著。

「简見紀世都先生難道就不是拘泥形體嗎？」萌繪問：「他的工房裡有很多人偶呢。」

「妳在說什麼？紀世都這孩子才不是那種墮落的人啊。」語氣強硬的長谷川瞪著萌繪。「雖然他周圍的模型師們，都以那是藝術爲藉口對他敬而遠之，可是他們都錯了，那才是模型的精髓，他才稱得上是眞正的模型師。」

「剛才長谷川先生不是說過人偶不算是模型嗎？」萌繪吐槽。

「妳錯了。」長谷川瞇起眼睛，用嘴唇夾住變短的香菸。「妳看不出來嗎？紀世都所做的根本不是人偶。那是機器人的模型，人造人偶的模型。人類要製造人類的精神，就是他的『型』。」

萌繪努力克制想笑的衝動，她對於自己認眞聽老先生說話這件事感到後悔，因爲他的言詞間充滿矛盾。如果按照他的說法，那寺林高司所做的人偶模型，也都不是眞實存在於這個世界的人。不管是卡通角色也好，科幻劇人物也罷，都是虛構的人物或外星人，那跟人做人造物品的模型，是一樣的道理。

「那麼，不管是人在未來會製造的東西，或是像突變體的東西，也都可以成爲模擬的對象囉？」犀川問。

「嗯。」長谷川大大地點了下頭。「就是要那種模擬製作物體的製造過程，才能稱得上模型。」

萌繪有些驚訝。犀川問題裡所包含的意義，是她所沒有想到的。

「不好意思。」鵜飼帶著不好意思的神情打斷他們。「我可以再問您一些事情嗎？長谷川先生。」

「要問什麼？」

「那間倉庫在做東西時，聲音會傳到這裡來嗎？」

「有時候多少會聽到。」

「昨晚呢？」

「這我就沒聽到了。晚上九點時，我有帶狗出去散步過，也沒發覺到有什麼動靜。」鵜飼拿出手冊，開始紀錄。

「鵜飼先生，我們就先告辭了。」萌繪邊看著手錶邊說：「可以嗎？」

「喔，當然可以。」鵜飼低頭致意。

兩人也低頭回禮後，便往停靠在石牆旁的車子前進。

「那個人眞有趣。」走到一半時，犀川突然低聲說道。

萌繪打開車門坐上駕駛座，被座椅冷冰冰的感覺包圍住。犀川稍後也坐上副駕駛座，並立刻繫上安全帶。她讓引擎先暖機，雖然眼前的擋風玻璃白茫茫一片，不過她仍然沒有啓動雨刷。

「哪裡有趣？」

「他自有一番道理這一點不是很趣嗎？」犀川在頭上交叉雙手。「所謂的道理，本來就是有兩個功能，其中一個功能就是將自己的行爲、選擇或判斷正當化。在這種情形時，通常都是先有行爲或判斷，然後再爲了加強自己的立場而建構出道理。」

「道理除了這種功能外，還有其它用途嗎？我很少看過有比行爲或判斷先成立的道理，如果眞有這種道理的話，那可以稱得上是偉大的理論了。」

「妳說的對。」犀川露出微笑。

「那，你所說的道理的另一種機能是什麼?」

「就是擊退其它的道理。」

12

送犀川回到公寓後，再回到自己家時的萌繪，發現已經是凌晨五點了。

雖然她最想問犀川關於「人」這個單位的定義，卻始終無法說出口。這個疑問的意思和意義，她都還不太明白。只好選擇保持沉默……她實際上是知道的。

淋浴完躺在床上的萌繪，翻來覆去的輾轉難眠。往脫下來的洋裝上仔細一看，發現有幾個小小的燒焦痕跡，沾在頭髮上的怪味已經用洗髮精洗掉了，仍舊無比鮮明的是腦海中的一切記憶。

她闔上眼瞼筒見紀世都所創造的小宇宙隨即浮現腦海。輕柔的香頌歌聲猶在耳邊，星雲也有如閃光的殘像般映入眼簾。

人偶……純白的人偶。紀世都沉在水面下的白色胸口和手臂，惟獨睜開的雙眼像黑洞一樣，形成異樣的光景。在前一晚兩人獨處時還在鼓動的生命，現在卻已成爲徒具外表的空殼

——這樣也算是一個人嗎?

可是即使只有形體或殘像，也還不是最糟的情況。她腦海裡浮現那個白色人偶被烈焰纏身

的景象。

要用怎樣的標準，才能界定出一個人？就算僅止於殘像，只要能看到形體也好，好想再看到他們……發覺自己差點要回想起父母的她，連忙關掉思緒的電源。

不能去想到！不能去思索！

那白色的軀體不知道有沒有被燒掉？燒得精光的衣服、徒留外形的灰燼、白色的牙齒、燒熔的皮膚……

不能去回想！

只剩下手臂還能算一個人嗎？只剩下頭顱也算一個人嗎？被火燒熔了呢？只剩下骸骨呢？如果化成灰的話，究竟要超過幾分之一，才算是一個人？還是其實一開始就沒有所謂完整的人？打從一開始，這個單位就只是個幻覺嗎？

她始終都以爲自己是一個完整的人……即使是對周遭的人，也都能用人這個單位來計算。

1是什麼？死了就算0嗎？

體育館裡成排的白床單，天花板爲什麼會這麼高？爲什麼有籃球的籃框呢？捲起白床單卻找不到爸媽。連他們身上的一小部分也看不到。

一定是搞錯了！搞錯了！搞錯了！

絕對不承認！不承認！不承認！

快點拉下鐵門！關起來！關起來！

她逃也似地拉下了好幾道鐵門，想關上記憶的房間。屏住呼吸開始計算。在腦中的黑板上，拼命算著圓周率的平方，求到小數點後面二十位。明知毫無意義，卻仍死命地求那個平方根。身體仍不停顫抖，在淚眼朦朧中她才進入了夢鄉。

過了星期五的中午她才清醒，起床時感到輕微的頭痛。她換上衣服走到樓下的餐廳裡。

「早安，大小姐。」諏訪野從廚房出來向她低頭行禮，都馬跟在他的身後。「今天早上您眞是辛苦了。」

「你知道那件事？」

「是的……因爲捷輔先生有打電話來。」

萌繪在餐桌旁的椅子上坐下，都馬便將鼻子靠在她膝蓋上，萌繪順手幫牠拉開旁邊的椅子。都馬趕緊跳到椅子上心滿意足地坐了下來。

諏訪野打開廚房的餐具櫃，好像是準備泡咖啡。

「諏訪野，叔叔是什麼時候打電話來的？」

「大概是今天早上的九點左右吧。我知道大小姐您正在休息，就沒有叫您起來接電話了……」

「沒關係的，謝謝。我等下再打給叔叔好了。」

萌繪的叔叔西之園捷輔，是愛知縣警局本部的部長。身爲萌繪父親的弟弟，樣貌和性格都跟萌繪的父親很像，但仍不完全相同。她的捷輔叔叔如果用一句話來表示的話，就是「老式作風」。他紳士卻也保守頑固，本質上就帶有攻擊性的要素。話說回來，說不定萌繪的父親其實本來也是這樣的。那溫和且新潮的人格，也許只是在女兒面前特別戴的面具，然而有關父親的其它面貌，萌繪完全不知道。

諏訪野在萌繪面前擺上咖啡杯。

「謝謝。」她微笑以對。

「犀川老師當時也是跟您在一起嗎？」

「嗯。」

「要吃點什麼東西嗎？」

「不用麻煩了，我只要喝杯咖啡就好，馬上就要去學校了。」她邊看時鐘邊回答。這時已經快下午一點了。「我還有其它電話嗎？」

「不，沒有了。」

這杯咖啡對萌繪來說是很適當的溫度，所以她馬上就可以入口，頭腦一下子就變得十分清楚，頭痛也消失的無影無蹤了。諏訪野泡的咖啡的神奇功效就好像施了魔法一樣。看到他滿臉擔憂的表情，萌繪又再次對他露出微笑。

諏訪野便行了個禮就走出房間。都馬似乎也發現她沒打算要吃東西，就跳下椅子到窗邊有陽光照到的地方躺了下來。

她腦子裡在思考著案子的事——睡覺前的那股憂鬱已經完全消失了——如果筒見紀世都不是自殺的話……殺了筒見紀世都的那個人，他（她）也是殺害筒見明日香和上倉裕子的人嗎？就先把這當作前提來思考吧，至於目的或動機，暫時就擱在一旁好了……那個人在公會堂前跟筒見明日香會合後，一起在不被警衛發現的情況下偷偷走進建築物裡，接著在走上四樓的途中將她殺死，隨即又襲擊了寺林高司。這時是星期六晚上快八點的時候。兇手將筒見明日香搬進準備室裡將她的頭砍下來，然後從寺林身上奪走鑰匙，提著裝有明日香頭顱的模型箱走出房門，將準備室鎖上。當兇手一走出公會堂，就開著寺林的車前往M工大，這時是八點半。

後來，兇手在實驗室勒斃上倉裕子，接著在實驗室內洗手吃便當。吃完後便鎖上實驗室的門，再次回到寺林的車上，把鑰匙圈留在車內。最後……兇手拿著明日香的頭顱，不知道走到哪裡去了。也許兇手的車子，就停在大學附近吧。恐怕事實就是如此。那個人一定是用那輛車運走頭顱的。

有幾個需要注意的重點，兇手在公會堂裡用來切斷明日香頭顱的工具，是一開始就預先準備好的，而且連準備室的鑰匙也事先打好備份。寺林在那裡出現只是一個偶然，兇手本來是打算用那把備份鑰匙侵入準備室的。這也代表公會堂的殺人案是預謀性的犯人。

另一邊的M工大又是怎樣呢？爲什麼上倉裕子的頭沒被砍斷？難不成這本來就是不相關的另一件案子嗎？

萌繪搖了下頭，嘆了口氣。

筒見紀世都確實是知道些什麼，如果他不是兇手，那他可能因爲知道兇手是誰或某些關鍵線索，被犯人得知而被殺人滅口。

如果筒見紀世都是被謀殺的話……那他讓萌繪和犀川他們看到的最後燈光秀又是爲了什麼呢？是兇手想讓他看起來像自殺，好讓他背負這些殺人案的黑鍋嗎……如果是這樣的話，這形式也未免太迂迴了。

不能拘泥於形體？

她想起那個名叫長谷川的怪老人所說過的話。雖然沒什麼脈絡可循，可是她感覺到在這個不可思議的聯想中，似乎含著某種意義。不拘泥於形體的犯罪？所謂的形體又是什麼？

13

「形體簡單來說，就是數字的集合。」犀川邊用指尖轉著香菸邊說。

「數字？」萌繪反問。

「只有數字會殘留在歷史裡。」犀川說：「沒有留下來的，是那數字代表的含意，也就是數字和本體的關係。」

「我完全聽不懂。」萌繪搖頭。

「不是有個詞叫形式化嗎？道理是一樣的。形體只剩下數字，失去了跟實體的關聯性，換句話說，形體就是沒有意義的概念。」

時間是下午五點半，地點在犀川的房間。西之園萌繪正坐在犀川桌旁的椅子上。兩個小時前，她在走廊對面的實驗室裡整理數據。聽到犀川通知說鵜飼刑警就要來了，便中斷工作飛奔過來。

「形體可以還原爲數字。不管是圖像或影像，都可以還原。前者可以當作文獻來保存，後者也可以重複播放。能夠複製的，都可說是形體。」犀川繼續說：「可是人能在形體的複製品上看到什麼，取決於這個人身處的時代和本身的能力。只會拘泥於形體表面的人，是無法得到某些情報的。這觀念就是那位長谷川先生所說過的創作形體的意志，也就是『型』。創作者本身雖然在那個形體上看到某種不同的精神，但精神卻無法傳達給複製形體的人。於是人們摸索出抽象的手法，將之前無法傳達的情報，無法成爲形體的感覺，設法表現出來，而成爲所謂的抽象藝術。不過本質上的精神終究還是無法完善傳達的，因爲在傳達的過程中，這最重要的情報總是最有可能會被忽略拋棄。這一點對人類的歷史來說，實在是個非常大的障礙。」

「這個障礙有被除去了嗎？」

「還沒有。」犀川搖頭。「電腦方面的技術應該總有一天能解決部分的問題吧。簡單來說，我們不足的地方，是在於記憶體、解析度和處理速度。」

「作模型跟這個……有什麼關係？」

「模型的哲學應該只有長谷川先生在闡揚，而並非一般性的觀念吧。」犀川打趣地說：「只是，他的話非常切中核心。他想表達的，應該是人爲了重現創作的行爲、創作的意志、創作人創作時的眼睛、創作人的手，所以才要模仿的意義。模型的意義在於重現創造形體的行爲過程和動機本身。這也正是人類想留給子孫的最大財產。」

「這跟這次的案子有關係嗎？」

「我本來就沒有這樣說過吧。」犀川再次搖頭。「可是那種展開和傳承，不管對誰而言，應該都是很有價値的吧。一般來說，只要有良好的視力，不管是什麼物體都能看得到。我們爲了看到某種東西而培養出的優秀能力，可以讓其它東西看得比以前更清楚。在本質上是正確的系統，應用範圍是很廣的。」

「能舉個例子說明可以怎麼應用呢？」

「可以擴展想像的幅度。」犀川呼出一口煙。「該舉什麼例子呢……好吧，比方說，當我們星期天看到一具無頭屍時，我們一開始執著於形體而爭論不休。拘泥於形體的人，會從外表來認定身體和頭分開必然有其意義存在，結果就只能在屍體為何被弄成這種狀態的地方上鑽牛角尖，腦中所思考的不外乎是犯人之所以想要頭，或想要明日香小姐的頭顱的原因。」

「難道……還有其它方向可以想的嗎？」

「如果是拘泥於形體的人犯下這件案子的話，這樣想倒還說得過去。可是換作是不拘泥於形體，就像長谷川所形容的眞正模型師是犯人的話……」犀川在菸灰缸中捻熄香菸，重新交疊雙腿。「那麼他，我沒限定是男性……其實對砍下來的頭和無頭的身體完全沒有興趣。對他來說，重要的是砍下頭或接上頭的那一瞬間，還有觀察實行這個過程的自己是抱持著何種心態。」

「老師……請問你所謂的接上頭是什麼意思？」

「小孩子常會把娃娃的頭拔掉，然後再裝上。其實他們不是針對娃娃或頭，而是單純覺得這動作很有趣，並且喜歡那種觸感而已。這裡的重點來自於那份將分解的東西又組合起來的樂趣。比起破壞分解東西，人們本來就喜歡經由建構組合來追求精神上的安全感。所謂的破壞行為理論，其實本質上只不過是因為討厭別人的道理而用來擊退它們的另一個道理罷了。為了讓自己或同伴能夠接受，破壞一定得經過前置處理而成為某種新造型才行。我這番論調好像已經偏離妳的問題了。」

「把頭砍掉，然後再組合？」

「我只是說可能而已。」犀川露出微笑。「希望妳別忘記今天這番話的前提。只是我在打比方罷了。除此之外，爲了替無法輕易被眾人所了解的東西塑造形體而必須從事破壞的例子也是很多。」

「請問……就塑造形體的定義來說，想替人類塑造形體，就會做人偶的例子也能適用嗎？」

「那就變成拘泥於形體了。」

「唉，好難喔。」萌繪搖頭。「老師，你這番理論太複雜了，而且我不覺得這跟案子有什麼關係。」

「我本來就不認爲這跟案子有關。」

「可是，這不是對所有對象都能通用的道理嗎？」

「前提是要有某種程度的能力。」

在敲門聲後，鵜飼大介的壯碩身體走進房間裡。

「打擾了。」鵜飼滿臉堆著笑，低頭行禮。

「鵜飼先生，怎麼了？」萌繪半站起來問道。

「這個嘛……」鵜飼脫掉外套，看似勉強地把身體硬塞進萌繪身旁的椅子。「我們現在正二度搜查筒見紀世都的倉庫。看來……又得花滿多時間了。」

「紀世都先生的遺體呢？」

「那邊我們也正在進行。」鵜飼從口袋裡掏出手帕，擦拭額頭上的汗水。「遺體的狀態似乎比我們想像的還要好。這一定是因爲他泡在浴缸的水裡，才能完好無缺。二樓的地板也沒有燒毀，所以證據也意外地被保留下來。」

「死因呢？」

「是被電死的。」鵜飼圓睜雙眼看著萌繪。「西之園小姐，不然妳認爲是什麼呢？」

「那死亡時間呢？」

「咦？可是……」鵜飼歪著頭。「筒見紀世都不是你們的面前自殺的嗎？」

「那不算是在我們面前，我們又沒有直接親眼看到。」萌繪口齒清晰地回答。

「並沒有什麼可疑的地方。他就是在那個時候死在那裡的。」

「會不會是在更早之前就已經死了呢？」她又再次追問：「也有可能是被灌了安眠藥之類的……」

「不可能的。我們沒檢驗出任何藥物反應，也沒有其它會致死的外傷，屍體十分完整。」鵜飼歪著身軀面向萌繪。「他的死亡時間也是在那個時候。筒見紀世都九點離開他在鶴舞的老家後，似乎就直接回去那裡的倉庫了。對了，犀川老師你們昨天不是有恰巧遇到他嗎？」

「那是在八點半的時候。」犀川回答，「他只有待那麼一下子啊。難道他沒有跟筒見教授談些什麼嗎？」

「嗯……他們好像沒有見到面。在犀川教授你們離開後，筒見教授一直都一個人關在書房裡喝酒，醉的很厲害，他說紀世都並沒來書房找他。至於筒見夫人在一樓的臥房睡得正熟，也不知道紀世都是在家中的哪個房間裡。當時教授是因爲聽到下樓梯的聲音，跑出書房往樓梯下面一看，才看到人在玄關正要回去的紀世都。筒見教授在證詞中表示那時是九點左右……不過……這也沒什麼參考價值。」

「那麼，紀世都先生是開自己的車回到天白的工房囉？」萌繪問。

「嗯，他似乎是自己開小型箱型車回去的。那輛車就停在西之園小姐妳停車的地方附近，當然我們也已經徹底調查過了。」

「昨晚你們沒跟蹤我嗎？」

「呃……這個嘛……」鵜飼含糊其詞。如果不是沒跟蹤的話，那可能就是有跟蹤，只是跟丟了。

「那麼，紀世都先生是在九點半時回到工房的吧。既然我們去到那裡的時候已經將近一點……那就代表他等了超過三個小時的時間。」

「他是在那一段時間內，將身體噴上油漆，然後佈置好那些道具的吧。」鵜飼苦笑。「那難道就是所謂的死亡儀式嗎……」

「那他會不會是在那段時間內遇害的？」萌繪試探性地問：「如果這樣的話，死亡時間的推定會發生不一致嗎？」

「該怎麼說呢……這我就不知道了。因爲我們的判定也不可能精準到分秒不差的地步，所以也不能否認有這種可能性。先不說死因，他皮膚上既然噴了油漆又泡在水裡面，就等於是處於燙傷的狀態，所以時間上的推斷誤差也應該滿大的。不過……爲什麼妳會這麼想呢？一般應該都會認爲是筒見紀世都在公會堂殺害他妹妹的吧。」

「為什麼？」

「啊，對了……」鵜飼突然張開口。

「怎麼了？」萌繪歪著頭。

「抱歉，我剛剛完全忘記有這件事。」鵜飼露出微笑。「筒見明日香的頭已經找到了。」

「咦！在哪裡找到的？」萌繪抓住椅子的扶手，以克制自己差點要跳起來的衝動。

「當然是在筒見紀世都的倉庫啊。」鵜飼彷彿理所當然似地點點頭。「那個頭的……呃……情況更糟，完全被燒成焦炭了……我們現在正在進行確認……不過應該八九不離十吧。我想鑑識的結果今天內大概就能出爐了。」

「是在倉庫的哪裡？」犀川用冷靜的表情邊點菸邊問。

「在一樓的深處，是我們在勘驗火場的時候發現的。」鵜飼回答，「頭顱表面附著的微量溶化塑膠，也許是放在壓克力盒裡的關係所造成的吧。如果是這樣的話，那就符合西之園小姐所做的假設了。」

「既然是在那個房間裡找到的……」萌繪感覺到自己的聲音有些顫抖。「那就代表你們果然還是會懷疑他囉？」

「別說是懷疑了，我們警方根本就是一面倒的確定他就是兇手。」鵜飼點頭。「公會堂的命案，已經差不多等於結案了。當然我們還得再做更詳細的調查，才能知道這跟M工大命案之間是否有關聯，不過……這感覺上也是很有可能的。」

那天晚上的筒見紀世都，一瞬間突然浮現在萌繪的腦海裡。那個先是發射寶特瓶，然後又哭又笑的青年藝術家，當時是爲了給房間深處那個只剩一顆頭的妹妹觀賞，才會這麼做的嗎？他說過，那是爲了追悼妹妹。可是，如果眞是這樣，那又爲什麼會讓萌繪輕易進入房間裡呢？從那天紀世都在二樓洗澡喝酒的模樣，實在難以想像他妹妹的頭就在那正下方。

「一定是有人把明日香小姐的頭帶到那裡去的。」萌繪努力用平靜的語氣說：「那個人這麼做，就是爲了要嫁禍給紀世都先生。」

「妳說那個人是指誰？」鵜飼問：「妳意思是指兇手另有他人嗎？」

「那還用說。」萌繪點頭。她對自己的意見有自信，儘管還沒建構出自己的一番「道理」出來。

「如果是栽贓的話，不是應該要留下更明確的證據嗎？這其實是引述三浦先生的看法啦！」鵜飼邊抓頭邊說：「三浦先生是說，如果用僞造筒見紀世都的遺書之類的方法的話，那麼栽贓的意圖就更確實了。」

「他大概是因爲以爲犯人『拘泥於形體』吧。」犀川低聲說。

第六章　懸疑的星期四

1

在被燒毀的工房中，警方還是找不到公會堂四樓準備室的鑰匙，也沒有發現像是用來砍斷明日香頭顱的斧頭。經過現場勘驗的結果，證實奪走筒見紀世都生命的是導電浴缸的電線，正如犀川所說的一樣是直接連結空調，至於主電源，則被認爲可能是用紅外線遙控器來開啓的。不過那個遙控器卻是遍尋不著。在倉庫一樓有許多被燒成灰燼的美術作品上都有使用到電子零件，但大部分也都已付之一炬。塑膠類的物品都因爲高溫而完全溶解。

寶特瓶火箭裡事先裝有酒精，然後在房間裡到處發射，至於點火裝置就是蠟燭的火，所以由此可見這場火災當然不是意外，而是經過計算的蓄意縱火。在警方的認知中，這是一場依照筒見紀世都的遺志，連同他的自我毀滅一起演出，以整個場地在最後化爲灰燼下結束的藝術表演。

公會堂斷頭命案的犯人是被害者的親哥哥這件事並沒有被報導出來。現場的蒐證依然繼續進行，數量龐大的證物才剛開始著手進行分析。現在最當務之急的事，就是要找出這宗斷頭命案的殺人動機。畢竟這可不是一句這是精神異常的人所犯的異常案件，就能簡單帶過的。除了該領域的專家意見是不可少，警方必須要更精確地掌握到被害者和兇手的人格特質和生前的生活情形。

另一方面，針對M工大的上倉裕子命案，搜查的意見分成兩派，爲了這到底是筒見紀世都犯下的，還是完全不相關的兇手所犯下的個別案件，而彼此爭論不休。

主張是同一個犯人的一派，所根據的是時間和場所的接近，部分共通的人際關係，以及命案現場實驗室的鑰匙同樣來自寺林口袋這三點。和這一派對立，主張兩個案子是毫不相干的另一派，根據的則是筒見紀世都與被害者上倉裕子之間無明顯的直接關係，和殺人手法不同這兩點。不管是哪一派，筒見紀世都本身的死，都是他們尋求結論的最大阻礙。

對於回到醫院的寺林高司，調查員們也是百思不得其解，其中甚至連寺林其實是筒見紀世都的共犯，頭部遭到重擊則是因爲內鬨之類的意見也出現了。不過如果寺林眞是筒見紀世都的共犯，那筒見應該會確實地置他於死地，而不會只讓他昏迷才對。寺林頭部遭人重擊這一點的確不是在演戲，而是事實。這樣一來，他昏迷一整晚也是事實，所以別說是斷頭案了，就連M工大的實驗室命案也不可能是他幹的。這種共識在警員之間傳了開來，讓他們對寺林的態度也產生了微妙的改變。

在星期四的上午十一點，西之園萌繪去鶴舞的N大附設醫院拜訪寺林高司時，他位於六樓的個人病房前也已經沒有看到警察在看守。

「你好。」萌繪敲了門後往門內一探頭，卻看到寺林的床旁坐著另一名男子。

「西之園小姐，妳好。」那個男子站起來低頭行禮。

當看到他那張長滿鬍渣的臉，以及個頭雖小卻肌肉結實的身材時，萌繪就馬上想起了他的名字。

「你是地球防衛軍那古野分部的武藏川先生吧？」

「太感動了，沒想到你還會記得我。」男子露出僵硬的微笑。「聽到筒見他遇到這種不幸……我就跟公司……不，跟地球防衛軍請假，特別來探望他。」

「西之園小姐，昨天眞的是非常抱歉。」寺林躺在床上說：「請問……筒見他現在情形如何？今天早報上有報導說明日香的頭找到了，可是卻沒有更進一步的消息了。剛才刑警先生們也有來過，對於這和公會堂案子之間的關聯，他們對我卻是隻字未提。」

「嗯……我想這應該是因爲他們還完全處於一頭霧水的狀態吧。」萌繪將皮包放在長椅上後說：「寺林先生，你有給警察看過那些筒見先生給你的留言嗎？」

「我當然有跟他們說，那時我把紙放外套口袋裡，沒想到結果不小心被燒掉了。」寺林面有難色地說：「那本來是別人的外套，我那時把它脫掉拿來滅火……西之園小姐，妳記得留言的完整內容嗎？」

「這樣啊……」萌繪微笑說：「那麼一來，看過實物的人，就只有寺林先生和我了。」

「沒錯。」

「這也是沒辦法的事。」

「那裡被燒掉，對我們來說是一大打擊。」武藏川說：「這實在是重大的損失。在我們這個領域裡，筒見先生是像神一樣的存在，那裡就是他的聖域。筒見先生的作品對我們來說，已經超越人類，擁有神一般的價值了。」

雖然覺得他有點誇張，但萌繪還是點了頭。

「西之園小姐，妳前一天晚上有去過那裡吧？」武藏川問：「筒見先生有說過要幫妳拍照嗎？」

「有……可是被我拒絕了。」

「那還眞是……可惜啊。」武藏川皺起眉頭，臉上充滿惋惜。「我還眞想看看妳的模型喔。」

「他是有說過要從照片中建立起我的立體圖。」萌繪苦笑著說：「連我也覺得有點可惜呢。」

「那、那麼！可以由我來做嗎？」武藏川突然正經地站起來。

「抱歉，我剛剛那句話只是社交辭令。事實上，我根本不覺得有任何可惜之處。」萌繪低頭致歉。「都怪我沒把話說清楚，希望你別因此而感到不快才好。」

「唉……是這樣嗎？眞是不好意思。」武藏川又坐回椅子上。「說……說的也是。妳不必介意，反正我們都已經習慣了。比方是戰鬥機，要取得內部的資料也是很不容易。像這樣收集資料雖然很難，但這也正是它的樂趣所在。」

「請不要收集我的資料喔。」

「不是啦。」武藏川揮揮手微笑地否認。「請妳不要想歪了，我們也是順應社會規範在生活的，絕不會做出什麼逾矩的事。」

「西之園小姐，M工大的案子現在辦得怎樣了？在那之後有什麼新的進展嗎？」已經從床上坐起來的寺林問：「難不成那邊也是筒見犯的案？」

「紀世都先生和上倉裕子小姐認識嗎?」

「呃,我想應該是沒有。」寺林回答,「至少就我所知的範圍……是這樣沒錯。」

「警方應該正在調查那一點吧。」萌繪看向武藏川說:「在紀世都先生身上,找不到任何殺害上倉裕子的動機,這樣一來就沒辦法解釋案子之間的關聯了……」

「我記得,那女孩好像有來參加過一次例會吧?」武藏川回過頭看向寺林。

「有嗎?」寺林反問。

「有啊……我記得,那時候她是在等人吧?」

「啊,是她沒錯,但她已經被殺了。」

「哇,是這樣子嗎……」武藏川驚訝地張開口。「我雖然知道M工大有發生命案,但沒想到死者就是那個女孩……嗯,原來是這樣啊。」

「武藏川先生,你所謂的例會,指的是什麼?」萌繪問。

「那是在什麼時候開的?」武藏川問寺林。

「好像是……五月還是六月的時候吧。」

「那是模型社團的例行聚會。」武藏川看著萌繪。「我記得地點是在瑞穗區青年之家。我們是借用那裡的場地舉辦的。那個時候寺林有帶她來過。」

「不是我啦。」寺林連忙說:「你記錯了,上倉小姐那時是跟河嶋副教授一起的。我記得……他們好像有說過回去時要一起去某個地方的,不是嗎?」

「是這樣沒錯。」武藏川點頭。

「武藏川，虧你還記得她的名字。」寺林微笑地說。

「我啊，只有年輕女孩的名字可以一次搞定，只要記住就不會忘記了。」

「你在看報紙的時候沒有發覺嗎？」萌繪問：「上倉小姐的名字有出現在報紙上啊……」

「是喔……」武藏川撫摸掌滿鬍渣的下巴。「漢字要怎麼寫？」

「上面的上，倉庫的倉。」

「那我看報紙的時候一定是把她的名字讀錯了。」武藏川覺得很可笑似地揚起嘴角。「我當初聽到她的名字時，以爲漢字寫法是『神倉』，所以一直到現在我都是這麼記的。」

「那個時候的模型例會，上倉小姐有去嗎？」萌繪回到原來的問題。

「是啊，她是跟河嶋副教授一起來的。因爲她對模型沒興趣，所以就一個人很無聊地在房間角落等待，對吧？」

「嗯，沒錯沒錯。」寺林點頭。「那個時候，我跟她還不太熟，雖然是唸同一個研究所，可是彼此也只有打過招呼的程度而已。」

「那個例會是主題是人偶模型嗎？筒見紀世都先生當時也在嗎？」

「他有去嗎？」武藏川看著寺林。

「這我就不記得了。」寺林搖頭。「筒見他不太常出席，所以應該是沒去吧？」

「河嶋老師爲什麼會去那裡？」

「那並不是只有人偶模型而已。當時出席的五個社團，也是藉由那次聚會順便籌畫這次公會堂交換會的準備事宜。只有一開始是全體一起開會，之後就分散在各個房間，召開社團個別的例行聚會。」

「是哪五個社團？」

「我們是以人偶模型和機械模型爲主。」武藏川精神奕奕地說明。「此外還有河嶋副教授所屬的飛機模型社，大御坊也有參加的筒見教授的鐵道模型社。」

「遠藤先生也有參加吧？」萌繪問。她指的是明日香自殺的戀人遠藤昌的父親。

「遠藤？妳是指遠藤昌先生吧？是啊，西之園小姐，妳知道的還眞清楚啊。」

「他是醫生吧？」萌繪看著寺林說。就是他告訴她有遠藤昌這個人的。

「是啊，那個人可是大師喔。」武藏川很高興地點頭。「至於另外兩個，分別是軍事模型社和汽車模型社，不過這兩個社團規模都不大就是了。」

「剛才提過的那些人，大家都有參加嗎？」

「妳所謂的大家，是誰？」武藏川反問。

「筒見老師和遠藤老師。」

「那兩個人不可能缺席的。」

「那長谷川先生呢？我當初以爲他是飛機模型師的固體模型師……」

「喔，他是很有名沒錯。」武藏川回答，「不過那個人沒有加入社團。」

「對了，這麼說來，只要那個時候有參加例會的，都知道上倉裕子這個人囉？就連紀世都先生，也是有可能的……」萌繪對自己所說的事感到興奮。「這一點……警方並不知道吧。」

「知道了又怎樣？」武藏川露出覺得不可思議的表情。

「嗯，換句話說，M工大和公會堂這兩件案子的共通關係人其實很有限。」萌繪邊說明，邊看著寺林的臉。「一開始大家只知道寺林先生，所以他才會被懷疑。不過，既然有很多模型相關的人士都跟上倉小姐見過面的話……」

「可是也只有見過面而已啊，應該說是只看過而已。」武藏川表情變得有些陰沉。「西之園小姐，妳的意思是說犯人就在我們之中嗎？」

「不是的。」萌繪搖頭。「我是沒有這個意思，但還是有必要把全部的可能性都確認過一遍吧？」

「是由西之園小姐來確認嗎？」

「抱歉。」萌繪露出微笑。「這基本上的確是警察的工作沒錯，不過……我難道不行嗎？」

「不，也不是說不行啦。」武藏川苦笑說：「只是妳爲什麼又要做那種像是警察在做的事呢？」

「那個是她的興趣。」坐在床上的寺林說：「她甚至還扮成護士……」

「寺林先生！」萌繪大叫一聲，然後豎起食指比在嘴唇前微笑。

「哇，扮成護士做什麼啊？所謂的興趣又是指什麼？請告訴我嘛。」武藏川的臉上浮現出痙攣似的笑容。「只有我是局外人嗎？」

「每個人都有可能是局外人啊。」萌繪馬上說：「總之就是不能說。我們趕快回到正題吧，請告訴我上倉小姐在那個例會的時候情形如何。」

「也沒有什麼，就是靜靜地待在房間角落裏而已。對了，她大概等了有一小時吧。我們那時正圍在桌旁討論公會堂裡社團攤位的位置分配。」

「沒有人跟上倉小姐說話嗎？」

「我不太記得了，應該沒有吧。怎麼了？」武藏川轉過頭去看寺林時，寺林也搖頭。

「你們還有談些什麼其它的話題嗎？」

「這個我早就忘了。」

「她那時穿著什麼樣式的服裝？」

「這個嘛，好像是迷你裙吧。」武藏川馬上回答，然後不好意思地邊抓頭邊解釋。「抱歉，因爲在我印象中只記得這個畫面而已。」

「這個我也記得。」寺林微笑地說：「就是在我們談到要在交換會裡辦角色扮演攝影會時的事啊……」

「喔，我想起來了。」武藏川不自覺地露出恍然大悟的笑容。「對啊，因爲當時在房間裡的人之中，只有上倉小姐是女性，所以大家都忍不住在意起她來。」

「然後呢？」萌繪探出身子說。

「只有這樣。」武藏川開口說完，便繼續保持笑容。

「你們沒拜託她來當角色扮演的模特兒嗎？」

「我們怎麼可能做出那麼沒禮貌的事啊。」武藏川一本正經地回答，「對連認識都稱不上的人，不可能做得出這種沒有分寸的事吧。」

「喂！你們就拜託我耶！」萌繪拉大嗓門。

「啊……說、說的也是。可是，西之園小姐妳是特別的人啊。」武藏川嚇了一跳，很快地搖搖手。「因爲……您是大御坊先生的表妹啊……」

聽到他突然用「您」尊稱自己的萌繪，覺得很滑稽而微笑起來。「所以就可以不用對我講分寸吧。」

「正因爲明日香小姐和西之園小姐都是朋友所認識的人，所以才特別啊。」

「可是，上倉小姐不也是河嶋老師的學生嗎？難道這不算是朋友所認識的人嗎？」

「我們當時本來就已經有共同的默契，要讓筒見明日香小姐擔任模特兒了。」寺林回答，「還有，請妳不要曲解我的意思，其實上倉小姐並不適合，因爲她的類型並不符合造型所需。」

「咦？爲什麼？」

「沒有爲什麼。」寺林說完後點頭。

「那造型適合我嗎？」萌繪抬起下巴。

「適合。」寺林很乾脆地點頭。

「寺林先生，可以請你用更明確的標準來具體說明原因嗎？」萌繪慢條斯理地說。

「這是無法用言語或數字來說明的，特別是在本人面前更不能說。」寺林的表情十分認眞。

在一旁的武藏川用贊同的表情，不停地以點頭的方式來聲援他。

萌繪瞪著他們兩人，心裡打算在接下來的五分鐘裡，都要保持沉默。

2

武藏川跟萌繪一起走出醫院。

「西之園小姐，我們以後還有機會見面嗎？」在道別時，他對萌繪這麼說。雖然語氣聽起來十分客氣，但臉上的笑容像是硬擠出來的，令人有點發毛。

「不，說明白一點，我想我們應該不可能再見到面了。」萌繪溫柔地回以微笑。她之所以這麼直接，是覺得如果言詞太過矯飾，反而會更失禮。

她的回答，好像反而讓武藏川更高興。他莞爾一笑，輕輕揮了手後就走了。武藏川這個態度，是目前為止唯一讓萌繪有好感的，人類的印象眞是不可思議。明明是在生理上無法接受的人，只是做出跟預想不一樣的行為時，看起來就會充滿善意；然而完全相反的例子也是多不勝數。在這一瞬間，標準就好像從正片反轉成負片一樣地轉換了。

萌繪把車子留在醫院的停車場裡，直接步行到不遠的M工大。她一邊眺望著那刻在水泥牆上的八位數，一邊踏進校園。

秋天晴朗的天空讓人感到神清氣爽。在高空中有著像是用噴槍描繪出來的雲朵，雖然冬天已逐漸逼近，但此時卻如春天一樣溫暖。也許是午休的關係，有許多大學生在路上散步。在大樓前的廣場前，也有好幾個坐在長椅上吃麵包看書的青年，在工科大學裡，男學生的人數似乎就特別多。

雖然覺得河嶋副教授可能是在合作社的餐廳吃飯，萌繪仍然決定直接去研究大樓的辦公室拜訪，如果沒見到人的話，她就打算直接打道回府了。她爬上樓梯，走進化學工學系的玄關大廳。陳舊的公佈欄上，貼著大大小小的各式紙片。走廊角落擱著一台很明顯已經壞掉的飲水機。樓梯扶手是木製的，觸感很光滑。在樓梯間的牆壁上，貼著許多音樂或戲劇的海報，產生一種好像被時代遺忘的錯覺。

實驗室的門扉緊閉，前面立著禁止進入的牌子，看來警方還沒有許可開放。

萌繪走到位於實驗室斜對面的河嶋副教授辦公室，敲了下門。

「請進。」她聽到有人應門，便走進房內。

「打擾了。」

這間房間比犀川副教授的房間要大上許多。書桌放在窗邊，百葉窗被拉了下來。在她面前是一組設計簡單的沙發，地上的塑膠地板是藏青色的，剛打過蠟的樣子。

河嶋副教授穿著白外套，坐在書桌旁拿著電話聽筒。他一隻手向萌繪揮了揮，指向沙發的方向，示意要萌繪坐在那裡等。

書桌上有台十七吋的電腦螢幕和雷射印表機。房間左邊是整片擺著高到天花板的書櫃，在書櫃的玻璃門後方，大部分都是很厚的資料夾。用文書處理機所打的彩色標籤貼在資料夾的書背上，成功地給人井然有序的印象。

萌繪在沙發上正襟危坐地等待，河嶋副教授終於講完電話站了起來。

「妳是幾年級的學生?」

「不，我……」萌繪也跟著站起身來。「我不是這裡的學生，我是N大的四年級生。」

「是想旁聽我的課嗎？」河嶋繞過桌子走到沙發旁前，盯著萌繪看。「請坐。」她優雅地在沙發上坐了下來。

「突然來打擾您眞是抱歉，河嶋老師。事實上，我是想來請教您有關上星期六的事情。」

「原來是這樣啊……」河嶋露出困擾的表情。「那眞是傷腦筋啊。」

「我姓西之園。」

「西之園？眞是少見的姓啊。」河嶋的表情變得很快。「難不成，妳跟那位N大的前校長西之園教授有親戚關係嗎？」

「他是家父。」

河嶋睜大眼睛，從鼻子無聲地緩緩呼出氣來，一句話也沒說。

「河嶋老師聽過昨天去世的筒見紀世都嗎？」

「警方的人剛剛才來問過同樣的事。我當然知道啊，畢竟他是筒見老師的公子嘛。我沒見過他。筒見老師那邊，現在情況好像不太好吧。」

「河嶋老師覺得是筒見紀世先生殺了上倉小姐的嗎？」萌繪刻意提出這個唐突的問題。

「這……」河嶋又睜大雙眼，然後像是要掩飾這份驚訝似地回以苦笑。「這實在有點……我不覺得可以跟第一次見面的妳談這種內容吧。妳到底目的爲何？」

「爲了解決這件案子。」萌繪回答。

「爲什麼那是妳的目的？」

「難道老師您不想破案嗎？」萌繪坐直身子，注視著河嶋的臉。

「這個嘛……那不是我的主要目的，畢竟我對這個案子並沒有這麼關心。」
「可是我很關心，姑且不論彼此之間認知的差距吧。請告訴我您的看法吧，哪怕只有一點也好。」
「好吧。」河嶋點頭後，表情變得很嚴肅。「妳是N大哪個院系的學生？」
「工學院建築系。」萌繪回答，「老師，請問您覺得上倉裕子小姐是被誰殺的呢？」
「我沒有任何想法，不過有人告訴過我，兇手可能是一個我負責的在職進修研究生。」
「您是指寺林先生吧？」
「雖然這實在難以啓齒，我本人也是完全不相信，不過就客觀角度來說，目前的狀況對他而言實在是極爲不利。」河嶋交叉起雙臂。「警方大概也是這麼認爲吧。然而對我來說，上倉和寺林兩人同時不在讓我實在忙不過來，研究工作都停擺了。憑妳的頭腦應該也知道，這對研究室而言是多麼大的損失。坦白說，我是不清楚他們到底發生了什麼事，但肯定已經給我帶來麻煩了。」
「那我呢？」
「妳也是麻煩之一。」河嶋笑著說：「難道不是嗎？我並不知道上倉和寺林是什麼關係，也不在乎他們在研究室之外都做些什麼，更不用去了解他們的價值觀和行爲模式。我唯一在乎的，是突然不在的他們對我所造成的困擾而已。負責任是身爲人類最基本的條件。比如說要自殺，如果不早一個星期報備的話，那會對實驗的進度造成影響的。」河嶋說到這裡時又笑了。
「妳會覺得我這樣講很冷淡嗎？如果是這樣的話，就請妳回去吧。」

「不，我不反對這樣的想法。」萌繪搖頭。「不過這不是自殺，而是意外，所以也是沒有辦法的事。人不可能在一個星期前就先預告自己會被殺吧。」

「我不是在追究他們的責任。」河嶋一本正經地說：「我也正在爲這股氣無處可發而困擾著。就算是眞的找出兇手來質問，也是於事無補，只是浪費能量而已。我可不想再因此而損失更多了。」

「您現在也是在浪費能量嗎？」

「是啊。」河嶋輕輕點頭。「算了，也許有時候也要浪費一下才行……」

「河嶋老師在六月時有帶上倉小姐去參加模型社團的會議吧？」

「是啊……的確是這樣沒錯，眞虧妳調查的這麼詳細。」

「那個時候的事您還記得嗎？」

「那一天是星期日。當我正要離開學校時，車子剛好拋錨了，動彈不得。因爲時間快要到了，只好拜託上倉開車送我去。本來我想說回程時坐公車就好，可是既然她說要等我，我就接受了她的好意。等散會後，我們就回去了。」

「上倉小姐只有那一次出現在模型社團聚會嗎？」

「嗯。」河嶋點頭。「妳那是聽誰說的？難不成是寺林嗎？」

「嗯。」萌繪點頭。「公會堂命案的關係人中，好像有很多模型社團的相關人士。」

「警方也正在調查那件案子吧。」

「上倉小姐如果眞要說有什麼接觸的話，應該就是在六月的那次聚會上吧。」

「妳所謂的接觸，是跟誰接觸？」

「就是模型界的相關人士。」

「妳想太多了。」河嶋微笑說：「難道妳也有在作模型嗎？」

「沒有。」

「我想也是。只不過因爲妳是工學院的學生，所以才想說搞不好妳會做。」

萌繪再次環顧房間一遍。這個房間裡完全找不到任何模型，甚至連一張河嶋副教授最喜歡的飛機照片都沒有。

「老師您都是做飛機模型吧？」

「是啊。」

「可是在這房間裡都找不到。」

「因爲這是我工作的房間。我平常不會跟別人談這方面的事，學校裡的老師也幾乎不知道我有這樣的興趣。事實上，我在六月的那場聚會上碰到寺林時，彼此都嚇了一大跳呢。」

「在那之前，您都不知道寺林先生是模型迷嗎？」

「他是四月才入學的，之前我的確是不知道。就連他看到我也是大吃一驚。總之就是這麼一回事，畢竟這跟工作是完全不同的世界。在模型方面，寺林比我的資歷還要長，我反而還要叫他老師呢。」

「聽說寺林先生和上倉小姐在當時還沒有開始交往。」萌繪想起寺林的話。「這樣問雖然也許很失禮，我還是想請教一下，您和上倉小姐當時有交往過嗎？」

河嶋聽了不禁啞然失笑。「妳這問題的確是很失禮。」

萌繪偏著頭，以微笑來靜候他的回答。

「眞不愧是西之園老師的千金啊。」河嶋露出嘲諷的笑容。「不管實際上有沒有交往過，我的答案都是『沒有』，也就是說，妳這個問題是毫無意義的。」

「那老師認識筒見明日香這個人嗎？」

「名字我是有聽過，不過我們沒交談過。她和筒見老師一起參加某個地方的宴會時，我好像有跟她打過招呼……那時她似乎還是國中生吧。」

「她那時就很漂亮吧？」

「妳那問題是多餘的。」河嶋露出微笑。「好啦，妳請回吧，我可是很忙的。」

「您早上的工作已經結束了嗎？」

「呵，」河嶋站起來說：「妳該不會是想說要跟我一起吃飯吧？很可惜，我吃的是便當。」

「那是您夫人做的吧？」

「是啊。」河嶋笑笑地點頭。「有人說過妳是個怪人吧？」

「這是常有的事。」萌繪也站了起來。「只是，我自己並不知道究竟原因爲何，因爲這麼說我的人，往往都比我更奇怪。」

「是嗎？那麼……」河嶋指著萌繪。「下次有時間我再告訴妳吧。」

「告訴我什麼？」

「就是妳到底哪裡奇怪。對了，妳叫什麼名字？」

「西之園……」

「不，我要後面的名諱。」

「萌繪。」

「西之園萌繪嗎……我記住了。下次請用電子郵件問問題吧？」

河嶋從桌上拿起一張名片給她，上面也有印著他的電子郵件住址。

「我知道了，今天眞的是非常謝謝您。」

河嶋走回自己的書桌後面，在椅子上坐了下來。

「那我先告辭了。」

「再見。」

3

下午回到大學實驗室後，萌繪還是老樣子地繼續進行作業。必須處理的數據已經完成三分之一了。照這樣的速度，還要再四五天才能做得完。本來一直在做作業的牧野洋子，到了傍晚就出去當家教了。等到外面變暗下來後，換金子勇二進來房間裡來。他昨天一整天都沒來學校，所以這是自從那場火災騷動後第一次露面。萌繪充滿期待地一直往他那裡看，可是金子的視線卻沒跟她對上，只是自顧自地在自己的座位上坐下。

她唯一聽到的，是金子的電腦啓動的聲音。這樣的沉默持續了好一會兒。

「昨天真是謝謝你了。」萌繪下定決心先開了口。

「什麼事？」金子邊從手提包裡拿出資料夾邊說。

「你問我什麼……不就是火災時的事嗎？」

「我那時有做過什麼値得道謝的事嗎？」

「幸虧有你在，眞的是幫了我們一個大忙。」萌繪看著他的臉說，金子卻沒有往她的方向看。

「那很好啊。」

「在那個倉庫裡，有發現到筒見明日香小姐的頭喔。」

「公會堂的？」

「嗯。」

金子點了根菸，眼睛依舊看著螢幕。

「如果只有我和寺林先生的話，那事情就麻煩了。」

「犀川老師是妳打電話叫去的嗎？」

「不，大家只是偶然聚在那裡而已。」萌繪回答，「至於警察，好像是一開始就在下面的道路上了。」

「最後的收場……還眞是不太愉快啊。」金子呼出煙，眼睛終於看向萌繪。

「是因爲老師他們跑來嗎？」

「怎麼可能？」金子發出鼻息聲，瞇起眼睛。「妳這傢伙是不是哪裡搞錯了？」

「請別用『這傢伙』叫我好嗎？」

「喔，不好意思。」

「你知道我父母的事吧？」萌繪問。

金子雖然表情沒改變，可是從香菸頭的火光，就可以知道他驚訝地屏住呼吸。

「我……聽說過金子同學你姊姊的事了。你眞見外，一直瞞著我。」

金子站起身來，走向萌繪，握緊一隻手，比在萌繪的鼻子前。

「頻道在哪裡？」

「咦？」萌繪抬頭望向他。

「我想轉台了。」金子面無表情地說。

「知道了，我不會再說了。」萌繪咬住下唇後點頭。「對不起。」

「妳下次再說的話，我就關掉電源開關。」

萌繪露出微笑。「我才沒有這種東西呢。」

金子將視線移開，身體搖搖擺擺地回到自己的書桌旁。

「妳不知道自己的開關在哪裡嗎？」

「不知道。難道金子同學你知道嗎？」因爲金子的比喻很有趣，所以萌繪也跟著附和起來。

「知道啊，我的現在是關上的。」金子說完便叼起香菸。「它從以前就一直是關上的。」

「爲什麼不打開呢？」

「因爲我可能會去殺人。」金子歪著嘴角笑著說：「西之園一直都是開著沒關吧。就是因爲這樣，才會一天到晚熱中於那些無聊愚蠢的閒事。妳也差不多該注意一點了吧。就算這是妳的系統預設值沒錯，但既然都到了這種年紀，就應該要會調整設定和利用暱稱來掩飾自己才對。妳最好還是稍微學習一下隱藏本性的方法吧。」

萌繪爲金子的話而大吃一驚。本來靠在椅子靠背上的她坐直身體，瞪著金子。

「你是說我之所以會做這種事，是跟那場飛機失事有關嗎？你的意思是這樣沒錯吧？」萌繪盡全力克制自己的情緒，像是在耳語般地說。

「是啊……」金子看也不看她一眼。

「才沒有關係好不好……」

「妳用點頭腦好好想看看吧。」

「跟別人說話的時候，應該要看著那個人才對吧。」

「想講話的人只有妳，是妳自己在那邊一頭熱的……我只是聽眾罷了。」

「給我轉過來！」萌繪大叫。

金子只有眼睛看向她。

「妳是在對我說嗎？」

「沒錯。」

「妳又轉到不同頻道了啊。」

「你沒有資格這樣批評我，從來沒有人用這種語氣跟我講話！」萌繪站了起來。

「我也從來沒有被人用命令語氣指使過。」

「金子同學，你爲什麼不能坦白一點呢？」

「爲什麼我非得坦白不可？」

「那不是溝通時應有的禮貌嗎？」

「我第一次聽過有這種規定。」

「反正，我已經受夠同情了！不要因爲那場意外就把我想得很可憐好不好？希望你不要把我看成一個爲了那件事，變得歇斯底里或精神異常的人。我是依據我的判斷在行動，所以你的擔心是多餘的。眞受不了……」

「妳到底在生氣什麼？」

「還不都是你惹我生氣的！」萌繪說到這裡時，感覺到自己的眼窩一陣發熱，就趕快坐到椅子上，把臉遮住。「我受夠同情和擔心了！你們一定是弄錯了，都錯看我了……」

「眞是牛頭不對馬嘴。」金子說完，嘖了一聲。「饒了我吧……大小姐妳就別生氣了，一切都怪我不好，行不行？」

「你不要再叫我大小姐了！你是哪裡比我偉大了？爲什麼能用這種語氣跟我說話？」

這時門打開了。

「你們在做什麼啊？有夠吵的。」原來是國枝桃子。「要吵架就到頂樓去吵。」

「已經吵完了。」金子站起來低頭致歉。「眞的很對不起，老師。」

「怎麼是金子同學你啊？我還以爲是牧野跟西之園在吵呢。是你把女孩子弄哭的嗎？」

「是……」

「你怎麼做這種傻事！」國枝走進房裡。「沒想到你居然對女孩子出手，我可饒不了你！」

「沒有啦。」金子張開雙手搖頭。

「怎麼了？」這次換犀川的聲音。「剛才那是西之園同學的聲音嗎？」

萌繪用雙手遮住臉，遲遲不肯站起來。

4

「金子同學，對不起。國枝老師，眞的很抱歉。還有對犀川老師……也不好意思。」在房間中央的萌繪低頭致歉。「是我不對，都是我的責任。」

犀川、國枝和金子紛紛在大桌子旁的椅子上坐下，一面看著萌繪，一面喝咖啡。

「喝杯咖啡就好了。」國枝說。

萌繪趴著的時間約有五分鐘之久，其它三人則利用這段時間先泡了咖啡，然後開始熱絡聊起天來。他們的話題都圍繞在建築學是否需要設計製圖的課程這個問題上。萌繪聆聽他們的對話，慢慢地讓心情平復。調整呼吸後，她就走到他們三人面前。

「是我不對。」金子輕輕低頭後說。

「你們還是別互相讓步吧。」國枝面無表情。「不要和好反而比較實在，至少這樣就不用再吵第二次了。」

「我開完教室會議剛回來時，聽到好大的聲音。我想這一層樓的老師們應該全部都有聽到才對。」

「對不起。」萌繪又再次低頭。

「聽說頭找到了。」國枝看向萌繪說。

「是的。」她點頭。

「國枝妳有興趣啊？」犀川說。

「國枝老師，我說這個……沒關係嗎？」萌繪問。

「是啊。」國枝摘下眼鏡。「反正現在剛好工作告一段落，奉陪也無妨。」

「明天要下大雪了嗎？」犀川笑著說：「如果妳偶而也這樣奉陪我一下就好了。」

「犀川老師。」國枝瞪犀川。「希望你收回剛才說的話。」

「咦，爲什麼？」

「會被誤會的。」

犀川揚起嘴角。「我說國枝……讓妳稍微被誤會一下，也是爲了妳好啊。」

「犀川老師，你有學過『輕浮』這個詞嗎？」國枝又戴上眼鏡。

「唉呀，別生氣嘛……是我不對，我只是開玩笑而已……」犀川露出微笑。

「如果你還有閒工夫開玩笑的話，就再多奉陪西之園同學一下如何？」國枝表情嚴肅地說。

「等一下，你後面那句話是多餘的。」犀川站起來。「你也應該知道什麼話該講，什麼話不該講吧。」犀川站了起來。

「犀川老師。」萌繪向他跑了過來。

「呃……要吵架，就到頂樓去吵。」金子小聲地喃喃自語。

門那邊傳來敲門的聲音。大御坊安朋探頭進來。

「犀川，原來你在這啊。」他笑咪咪地走進房間。「剛好，我帶了點心來，大家一起吃吧。小萌，可以再幫我泡一次咖啡嗎？」

就在此時，大御坊看到了國枝桃子。他有好一會兒在原處靜止不動。

「唉呀，妳……是女的嗎？」

「冒昧請教一下，你是男的嗎？」國枝反問。

「我是大御坊，初次見面，妳好。身爲萌繪的表哥和犀川副教授高中時代的朋友，我的眞面目究竟爲何呢……」

國枝臉上完全沒有笑容。

「這是我的助教國枝小姐。」犀川介紹。

「我現在心情不好，肚子又餓。」國枝說：「那個點心，可以請你快點拿出來嗎？」

大御坊從紙袋裡拿出包裝好的盒子放在桌上。金子將包裝紙弄破並打蓋盒蓋。

「我今天一直在警局那邊。」大御坊將牧野洋子的桌前椅子轉向自己，然後一屁股坐上去。「他們把我拍下來的畫面轉錄成帶子，然後一邊看，我一邊說明了好多次好多次，害我覺得自己好像成爲默片的旁白了。」

「我也想看帶子。」萌繪說。她正在設定咖啡壺。

「我有帶來啊。我就是爲了這個才來的。」大御坊開心地說：「我可不是點心外送員喔。這個房間可以看八釐米嗎？」

「可以。」金子站起來說：「請等一下，我把線接上去。」

「上面有拍到什麼？」萌繪問。

「你們在說什麼？」國枝問：「看來跟我沒關係，我還是別問好了。」

「唉呀，別這麼說嘛。」大御坊一本正經地說：「我最想給妳看呢，不過我這話沒什麼特別的含意就是了。」

「那就是有令人不快的含意囉？」國枝回嘴。

「國枝。」犀川在一旁插嘴。「妳什麼時候練就這身功夫的？」

「這叫做習慣成自然。」國枝稍微揚起嘴角。

「之前那個可愛的孩子呢？」大御坊說：「把那孩子也帶來吧。」

「你指誰？」萌繪歪著頭。「洋子嗎？」

「不對不對。呃，是叫深志吧。」

「喔，是濱中學長啊。」萌繪噗哧一聲笑了出來。「他在研究生室，要我幫你叫他來嗎？」

「不用叫他也沒關係。」國枝說：「有我就夠了。」

不知道國枝是指哪方面夠了，可以確定是不用叫濱中來了。金子先將八釐米錄放影機的視訊線接到電腦的背後，大御坊將從口袋裡拿出來的錄影帶放進機器裡。五個人的面前，早就放好了咖啡杯，點心也已經就定位了。

在二十一吋的螢幕上，出現放映軟體的視窗，裡面是八釐米影片播放的畫面。

片子是以喜多副教授在車中打盹的場景作爲開始。那時他正好因爲大御坊的聲音而睜開眼睛。

「你們看，很性感不是嗎？」大御坊開心地爲他們解說。其它人聞言都呆了一下，沒有任何回應。

場景這時突然切換到筒見紀世都的工房裡。乍看之下是一片漆黑什麼都沒有，等經過金子調整畫面的亮度後，才開始能看到發光二極體所形成的點點繁星。雖然細微的光點遍佈整個空間，不過中央部分有一塊全黑的區域。

「這是寺林。很擋住畫面吧？」大御坊指著畫面說。

鏡頭緩緩地往旁邊挪移，星光也跟著快速移動。由畫面裡到處可見的黑影，可以得知是筒見紀世都所創作的人偶們遮住了深處的星光。

「這是在拍啥？」國枝大剌剌地問。

「那裡是屬於一個名叫筒見紀世都的藝術家的工房。」萌繪說完。「國枝老師，等一下就會發生火災了。」

「火災？」國枝再次看向畫面。

場景有時會切換，似乎是因爲大御坊並非一直開著ＤＶ，而是每拍攝數秒就把鏡頭關掉的關係。

筒見紀世都的歌聲以細小的音量，斷斷續續地傳了出來。萌繪他們在現場的對話，也錄得十分清楚。

「那道光是？」國枝問。畫面矇朧地變亮一下。

「那是閃光燈吧？」萌繪看向大御坊。

「應該是吧。」大御坊回答。

下一個場景，是由閃光所造成的幻覺。當時他們用肉眼來看，眼前的確出現很像星雲的幻象，可是現在透過機器來看，只是鏡頭在強烈的閃光前頓了幾秒罷了。白色的閃光之後，原本用肉眼看不見的橘色光輪佈滿整個畫面。鏡頭隨後立即調整過來，重現了原本的小宇宙。

「看，又在發光了。」國枝說。國枝所指的，是不同於強烈閃光的矇朧小光點。

「感覺跟用肉眼看的時候完全不一樣耶。」萌繪回頭說：「沒想到閃光也有分大小呢，明明我當初看起來都一樣說。」

「小萌？」大御坊的聲音從畫面裡傳了下來。

「這麼暗的地方能拍嗎？」這次換萌繪的聲音。她的臉塞滿整個畫面，只能看到陰暗模糊的輪廓。

「妳在說什麼傻話啊，這看的比人眼還清楚呢。它現在也拍到妳的臉囉，再笑一個。」因爲大御坊拿著DV，最靠近麥克風，所以聲音聽起來最大聲。

「這樣嗎？」從萌繪的聲音，可以確定她臉上正掛著笑容。

「天啊！天啊！喜多，你趁亂在搞什麼？快把你那隻手拿開。」

「筒見！」寺林高司的喊叫聲，讓鏡頭從萌繪身上轉向他那邊。不過寺林在畫面上完全只是黑色的剪影。「已經夠了！我想跟你講話，可以把燈打開了嗎？」

「從現在開始才是最有趣的。」筒見紀世都的聲音顯得十分遙遠。他的聲音是用錄的嗎？當時聽起來，時機剛好到讓人覺得他像是在回應寺林的呼叫聲，可是現在冷靜地再聽一遍，的確是不成回答，似乎只是在歌曲中間插入的口白而已。

畫面再次籠罩在模糊的白色中。

「這次也是閃光燈嗎？」萌繪覺得有點不可思議。「怎麼感覺有點像電燈泡？」

畫面又切換了。這次拍的是無數的蠟燭火光不停搖晃的畫面，整體色調比之前更亮且泛紅，錄影的品質比肉影看到的還要清晰不提，甚至連房內其它的地方都拍得頗爲清楚。

「你們看，從這裡可以看得出往二樓的梯子只有一把吧？」大御坊語帶驕傲地說：「這就能當作證據了。」

筒見紀世都的作品在畫面中也可以看得很清楚。燭光一直延伸到房間的最深處去。在錄影畫面中，房間的深度感覺上似乎比實際的要來得更深。現在換了首不同的曲子。這是第二首曲子了。筒見紀世都彷彿傾訴般的歌聲正悠揚地在室內回蕩著。

「安朋哥，那歌詞是在講什麼？」那是畫面上的萌繪的聲音。

「這個嘛，算是情歌吧……像『我唯一的歸處，就是妳的胸口』之類感覺的詞吧。」

「是眞的嗎？」

「眞的啦。」

在那段對話後，鏡頭轉向天花板附近。二樓深處非常暗，幾乎什麼也看不到，不過至少能確定沒拍到任何人影。

「犀川等下就會來了。」大御坊的聲音。

「咦？老師嗎？」萌繪的聲音。萌繪想起犀川這時還不在的事。

此時聲音的中斷，代表場景又切換了。

「下方道路上是有停著一輛警車。」犀川的聲音突然從喇叭傳出來。

「看，犀川登場了。」眞正的大御坊解說道。

「看來是我搞錯了。我放棄，你們就帶我回醫院去吧。」這細小的說話聲是寺林的。

「什麼事都沒發生很好啊。」萌繪的聲音非常接近。「而且可以看到這麼棒的餘興表演，我眞是賺到了。」

「那這是什麼樣的餘興表演？」犀川的聲音。

「是光與音樂的藝術。」萌繪的聲音在回答。

「我倒認爲是表現宇宙和人世間的模型。」那是寺林的聲音。

鏡頭先特寫默默看著燭火的犀川，接著就移到萌繪臉上。

「還不錯呢。」這是拍萌繪對身旁的喜多說話的鏡頭。

「是很不錯。」犀川的聲音遲了半晌。

「呵。」畫面中的萌繪這樣說完後，便莞爾一笑。

「我把剛剛的拍下來了。」這是攝影師大御坊的聲音。「小萌的表情很棒喔。」

第二首音樂在此結束後，又亮起了朦朧的閃光，畫面中傳出的巨大機器聲，比在現場聽到的還要更輕更乾，輕快地好像有節奏一樣。

「是火箭啊！會弄髒衣服的！」萌繪的聲音正在大呼小叫。

「就算弄髒也是值得一見。」大御坊大聲回答。這聲音已經超越麥克風收音的極限而破音了。

這時因爲開始了連續的閃光，鏡頭於是轉向房間中央。

「如果有帶傘就好了。」萌繪的聲音聽起來很小。

「如果不亮一點，就看不到了。」犀川滿不在乎地說：「筒見紀世都先生人在哪裡？」

「一定是在二樓深處。」萌繪回答，「那裡要爬梯子才能上去。我想他一定是用遙控從上面操作的。」

「要來了！」大御坊扭曲的尖叫聲。

本來肉眼所看不到的火箭發射瞬間，跟沉重的破裂聲一起，被攝影機清楚地拍攝了下來。

「讓畫面暫停一下吧。」大御坊站起來接近錄放影機。「這有沒有遙控器？」

他按下錄放影機前的按鈕，把影片倒回去一些，然後以慢速度再次播放火箭發射的情形。

「你們看這裡。」大御坊用指向畫面稍微偏右的地方。那裡剛好拍到位於房間中央部分的火箭發射台。攝影機後來雖然鏡頭往上，但很可惜沒捕捉到寶特瓶打在天花板上的鏡頭。之後畫面有些起霧，好像是因爲酒精變成霧狀灑下的關係。當空氣壓縮機停止運作後，又再度恢復了寧靜。

接下來錄到的聲音，音量比預料中要小上許多。火箭依舊持續發射，不過畫面稍後有一部分立刻被染成一片鮮紅。

「這不是水啊！」大御坊的叫聲之後，鏡頭便轉向地板上。

「起火了！」寺林的叫聲也跟著傳來。

「這是汽油啊！」最後以大御坊的那一聲大叫作爲結束。錄影帶播完了後，畫面變得一片漆黑。

「就這樣結束了？」國枝問。

「接下來，就是驚險無比的搜救過程和生死交關的滅火行動了。」大御坊說。

「這應該是我最近做過最浪費時間的事情。」國枝喃喃地說。

5

「要再看一次嗎？」大御坊邊倒帶邊問。

「我怎麼可能會想再看一次。」國枝丟出這一句。

「我也不用了。」犀川隨口回答。

「這樣啊……」大御坊刻意露出困擾的神情。「我覺得還拍的不錯說。」

「的確是拍的很好啊。」萌繪說：「安朋哥，還好你當時有帶攝影機。」

「妳還眞的個溫柔的好孩子呢。」大御坊瞇起眼睛。「好啦，我再來要去找喜多了。」

大御坊將迴轉好的帶子拿出來放進盒子裡，然後走回桌子旁，站著喝咖啡。

「我也要告辭了。」國枝站了起來。

「國枝小姐，要一起吃個飯嗎？」大御坊將臉湊了過去。
「我拒絕。」國枝轉過身去，走出門外。
「她還是單身嗎？」大御坊問。
「不是。」萌繪回答。
「唉……眞有點可惜呀。」大御坊微微一笑。「那我就此告辭了……犀川，改天見囉。」大御坊說完離開了房間。
金子起身舉起雙手伸了個懶腰。他瞥了萌繪一眼後朝她咧嘴笑了笑，就走回自己的書桌前。看到沒人要收拾的杯子，萌繪煩惱了一下。因爲她向來是不做這種事的，但今天自己給大家添了麻煩，那幫忙收拾一下，似乎也是應該的。
只有犀川還坐在桌子最旁邊的椅子上。他的後腦杓往後靠著牆壁，眼神恍惚表情呆滯。
「犀川老師？」萌繪喚著他。
犀川沒有回答，導致金子也往他們這裡看。萌繪試著在犀川眼前揮揮手。犀川的視線這才終於緩緩地看向萌繪。
「嗨。」他小聲說。
「你想睡嗎？」
「不，只是在想事情罷了。」犀川的嘴角微妙地上揚。
「說的也是。」萌繪露出微笑。「是研究的事嗎？」
「西之園同學，要不要去學生合作社吃飯？」

「好啊。」萌繪回答後看了看金子。金子搖頭示意不去。在萌繪收拾咖啡杯的時候，犀川默默地走出了房門。

「老師，等我一下。」等萌繪慌忙從自己桌上抓起皮夾，再回頭飛奔到走廊上時，犀川已經走了有二十幾公尺之遠。萌繪追上並窺視他的臉，犀川仍然看都不看她一眼，繼續以比平常慢一半的速度走著。

「你怎麼了？」

「什麼？」犀川瞄了萌繪一眼。

「餐廳不是在這邊吧。」萌繪歪著頭。「難道你是要去理工學院的餐聽嗎？」

「啊，是嗎……」犀川停下腳步。「算了，今天就去那邊吃吧。」

下樓梯時，犀川的腳步依舊慢條斯理。因爲日光燈關掉的緣故，三樓到二樓的樓梯間光線很暗。這時才傍晚五點，萌繪肚子並不太餓，而且她本來也跟諏訪野說好要回家吃飯，但畢竟犀川邀她一同吃飯是不可多得的機會，所以她也實在沒辦法拒絕。比起靠近研究大樓的理工學院餐廳，在中央大道對面的學生合作社北部分社更大更漂亮，而且附近還有另一家被稱爲grill的餐廳，是間裝潢豪華且氣氛跟學生合作社截然不同的店。萌繪正想著要吃些什麼。如果可以的話，她才不想去什麼學生合作社，而是去學校附近找一家安靜的店，和犀川兩人單獨地好好用餐，不過她就是做不出這麼奢侈的要求。至於爲什麼沒辦法說出口，她自己也不太知道原因何在……

他們走到室外，感覺到外頭的氣溫竟然意外地寒冷。太陽幾乎下山了。在中央大道上川流不息的汽車尾燈正發出紅光，密集地相連在一起，這時正是交通的顚峰時間。

犀川穿著襯衫和牛仔褲，外面再套上一件灰色羊毛衫，腳下則踩著涼鞋，整個打扮看起來就很冷的樣子。

N大學因為被一條大馬路分成東西兩半，所以一定要穿過紅路燈才能到達對面的校園。在有斑馬線和紅綠燈的交叉路口上，也有供汽車進出校園的出入口，不過在工學院四號館附近的交叉路口上，車子只能單向通行，是讓車子離開校園專用的門口，還設置只有在感應出去的車輛時，會自動將紅白兩色交錯的橫桿舉起的機器。

北風冷颼颼的。匆忙跑出來沒有穿外套的萌繪覺得十分寒冷。在等綠燈的時候，為了不讓臉正面迎向北風，她還刻意將身體轉向南方。

犀川將雙手插進口袋，呆若木雞地站著。雖然萌繪一直盯著他的臉看，但他卻仍完全沒回應。

號誌改變後萌繪便邁開步伐，走在一堆正要穿過斑馬線的學生和職員之間。汽車一輛輛從橫桿舉起的大門魚貫而出，緩緩地在來往的人群中穿梭。附近由於有道路在施工中，人車出入雜沓，人行道和車道幾乎沒有區別了。

一回頭，發現沒看到犀川的身影。她便停下腳步往四周張望。人群紛紛避開她繼續往前走。

犀川依舊佇立在原來的地方。萌繪嘆了口氣後折回那裡。

「老師！」她向犀川大喊。可是犀川完全沒有反應。

「醒醒啊……犀川老師。」她抓起犀川的一隻手。

從斑馬線那頭走過來的人，經過他們身邊時都不禁側目。萌繪開始有些不好意思。燈號已經在閃爍了。看來得再等一次綠燈了。

正當最後一輛從校園出來的車往右轉要離去時，有個人大叫一聲。

「危險啊！」

萌繪身邊砰的一聲傳出巨響。原來是犀川倒在地上。

「老師？」

犀川依舊倒在地上動也不動。

「老師！」

萌繪在犀川身旁跪了下來。

「老師，你還好吧？老師！犀川老師！」

6

在跟建築系研究大樓工學院四號館南邊隔著一條路的地方，大型電算中心和保健康中心的兩棟建築物比鄰而建。犀川副教授被剛好路過的男學生們抬到健康中心去。

並沒有昏迷的他，眼睛不但是睜著的，而且聽到萌繪的呼喊時，也有用呆滯的表情點頭回應，卻始終不發一語。

「沒關係，只是輕微的腦震盪罷了。」健康中心的醫生說：「不過……爲了保險起見，還是讓他這裡好好休息一會兒吧。」

這位女醫生年紀大概四十幾歲，身材十分瘦小。她第一眼見到犀川時，就喃喃說了句「喔，是他啊？」，好像跟犀川很熟似的，等問清楚他昏倒的原因後，又開始大笑起來。並非犀川運氣不好，而是要怪他本身太過遲鈍，才會在大門橫桿爲了擋住來車放下來時被橫桿打到頭，所以這位女醫的大笑，多少也帶了點嘲諷的味道。

「那連小孩子都能躲得開。」

「就算想被打到，要打得到也不容易呢。」

「要在外面走動的話，至少要注意一下周遭吧。」

她一邊低聲叨唸一邊治療犀川。經過診斷後，她認爲犀川傷勢輕微，連綳帶也不用包。

「可是，那時候天色很暗啊。」萌繪替犀川辯解。

犀川表情茫然地乖乖躺在表面鋪著黑色塑膠布的床上，有時雖然視線會移動，但似乎並不是在看房間裡的擺設。

「妳是犀川老師那裡的學生嗎？」女醫問。

「是的。」萌繪點頭。

「是喔，那妳還眞可憐……他的房間是在那邊沒錯吧？」女醫指向窗外。由於窗子是朝北的，所以可以很清楚地看到犀川位於斜對面四號館的房間。「等他再躺一會兒後，能不能請妳趕快把他帶回去那裡？」

「好的……啊，他眞的不要緊嗎？」
「不要緊，不要緊，不要緊。要我再說一次嗎？」
看到這女醫並沒有什麼檢查，讓萌繪有些擔心。當女醫走出房間後，萌繪就走近犀川的床邊。
「老師，你頭還會痛嗎？」
犀川輕輕搖頭。
「請你多少說句話吧。」
「啊，啊，啊。」犀川張開口，低聲地發出短促的音。「說話就有些痛，應該是不小心咬到舌頭了。」
「喔，太好了，看來你眞的不要緊……爲什麼你剛才都不說話呢？」萌繪嘆了口氣。
「我只是在想一些事而已。」
「不只是一些而已吧……眞是的。」
「我在想很多事。」犀川改口說。
「對，就是這樣。」
「我講話有點口齒不清吧？眞丟臉。」
「嗯，這感覺還眞新鮮啊。」萌繪微笑地說。
一聽到腳步聲，她連忙離開床邊。
門打開後，走進來的人居然是國枝桃子。

「嗨，國枝。」犀川用模糊的發音說。

國枝站在床邊注視著犀川。

「看起來是不要緊了。」她面無表情地這樣說：「到底是發生了什麼事？」

「那邊檔車的橫桿放下來時，打到了犀川老師的頭。」萌繪代替他說明。「只聽到砰的好大一聲，老師就倒了，把我嚇了好一大跳。」

「妳不覺得他這樣很白痴嗎？」國枝稍微放鬆緊繃的嘴角。

「不，」萌繪搖頭。「怎麼會……」

「我咬到舌頭了。」犀川說話顯得很困難。

「你還是別說話比較好。」國枝說。

「西之園同學，妳自己去吃飯吧，我這樣子不能吃了。」

「有位M工大的河嶋老師來拜訪你……」國枝像在做例行報告似地說：「該怎麼辦？你這樣子應該沒辦法見他吧。」

「河嶋老師？」萌繪看著犀川的臉。「那我去跟他說好了，可以嗎？」犀川點頭。

萌繪急忙走出健康中心回到四號館，從樓梯衝到四樓。犀川房間的門還是開著的，河嶋副教授和寺林高司人就在房裡。兩個人都穿西裝打領帶，尤其是寺林，穿上西裝的他跟躺在病床上時給人的印象，根本完全不同。

「你們好。」萌繪走進房間後，順手把門關上。

「喔，是西之園小姐啊。」河嶋回以微笑。

「寺林先生，你傷已經好了嗎？」萌繪今天上午時才剛去寺林病房探望過他。他當時頭上雖然還纏著繃帶，但數量已經變少很多了。

「嗯，反正本來傷勢就沒有多嚴重了。」寺林很不好意思地說：「我拜託過醫院醫生，讓我今天下午開始可以離開醫院出來走走。實際上，這就等於是出院了。」

「犀川老師在吃飯嗎？」河嶋問。

「事實上犀川老師受了點傷，現在正躺在對面的……」萌繪指向窗外。「健康中心裡休息。」

「傷勢嚴重嗎？」寺林問。

「不，沒什麼大礙。」萌繪微笑說：「如果是找我有事的話，請直說無妨。」

「不，是沒什麼特別的事啦，只是我跟河嶋老師有事要來這裡，所以才順便來打聲招呼而已。我們主要是來隔壁的今井研究室參加重要的研究會的。我之所以從醫院出來，就是爲了這件事。」

四號館的西半部是化工系的研究大樓，中間雖然都用大鐵門跟建築系的部分作爲區隔，不過犀川和萌繪所在的四樓的門平常都沒關，所以走幾步路就可以到今井研究室了。

「我從寺林那裡聽說了很多事。」河嶋副教授笑咪咪地說：「難道西之園小姐在警方那裡有認識的人嗎？」

「的確是有，您說的沒錯。」萌繪點頭。

「什麼，眞的是這樣喔。」本來只是開玩笑的話居然成眞，讓河嶋有點驚訝。

「我本來想說要來見見犀川老師的，看來今天是沒辦法了。」河嶋拿起手提包。

「他就在對面的大樓裡，要去見他嗎？」

「不用了，反正也沒什麼特別的事，我們就先告辭了。」河嶋將手放上門把。「請妳代我向他問好。」

河嶋和寺林走出了房間。犀川的房間裡，此時只剩下萌繪一人。她走向窗邊眺望健康中心的某一間病房。雙眼視力都是二點零的她，看得到正躺到病床上的犀川，至於國枝桃子則已經離開了。

她出神地眺望了好一會兒後，慢慢地將視線焦點集中在眼前的窗戶玻璃上，開始思考起案子的事。不知道犀川有沒有察覺到什麼。她走到走廊然後走進對面的實驗室裡。此時洋子剛好上完家教回來。

「咦，萌繪，你不是跟犀川老師去學生合作社嗎？」從金子那聽到消息的洋子問。實驗室裡頭的金子也轉身過來。

「在那裡等紅綠燈的時候，大門的橫桿放下來打到犀川老師的頭。」萌繪一隻手放在自己頭上。

「妳所謂的橫桿，是指那個擋車的嗎？」

「沒錯。」

「老師呢？」

「在健康中心。」

「人還好吧？」

「嗯，沒什麼大礙。」萌繪聳聳肩膀。

「那個是鋁製的吧？」洋子像是覺得很可笑似地微笑著問：「但還好是頭，如果打到臉的話，眼鏡破了就慘了。」

「他站在道路的正中央？」金子說：「很像老師會做的事。」

「那，萌繪妳還沒吃飯囉？」

「嗯。」

「那麼就跟我一起去吧，金子呢？」

「好啊。」金子站了起來。

「咦？你要去？」洋子回過頭去。「眞的假的？好難得啊，改變心意了嗎？」

「只是單純的機率問題而已。」金子微笑說。

萌繪正煩惱該怎麼辦。現在就算回到犀川那裡也沒什麼用，因爲他不但講話困難，而且正需要躺著休息一下。

她決定先陪洋子和金子去吃飯，等回家時再開自己的車去接犀川回去，這次他們不是去大馬路對面的學生合作社北側分社，而是往接近四號館的理工學院餐廳方向走去。

他們剛走過中庭櫻花樹下的時候，一聲「西之園小姐」讓萌繪停下了腳步。因爲整晚有很亮的路燈照著。所以很清楚的看見叫住她的人是寺林高司。

「寺林先生，你不是回去了嗎？」

「啊，呃，你是叫金子對吧？」寺林往金子瞥了一眼。「我在回程途中突然想到一件重要的事，所以跟河嶋老師道別，自己一個人回到這裡。」

「你說重要的事，是指什麼？」萌繪問，金子和牧野就站在她的後面。

「對不起，過來這邊一下。」寺林向萌繪招招手後，朝櫻花樹靠近幾步，好像是不希望讓金子他們聽到自己的話。萌繪也跟著過去。

「我有件事之前都完全忘了。」寺林皺起眉頭低聲說：「我起先是頭部遭到重擊，再來被警方監禁，這次又偷溜出去過，一連串的事壓得我喘不過氣……不過，當我終於回到久違的社會中時，終於又想起來了。」

萌繪眨了下眼睛，用充滿期待的表情看向他。

「那是暑假時候的事了。有個叫長谷川的固體模型師，當時要替他的孫子找家教……所以我就推薦上倉去了。」

「你所謂的長谷川，該不會是那個長谷川先生吧？」萌繪問：「就是筒見先生工房正上方的公寓房東嗎？」

「嗯，他在模型界，可是名氣響噹噹的人物喔。」

「上倉小姐一直都在當他的家庭老師嗎？」

「不，應該只有做八、九兩個月吧……我記得條件是一個禮拜去兩次……」

「長谷川先生的孫子住在哪裡？」

「他跟長谷川先生住在同一間公寓裡。我記得長谷川一家就佔了公寓一樓的一半。」

「也就是說，那兩個月之間，長谷川先生每個星期會見到上倉小姐兩次囉？」

「嗯。」寺林露出困擾的神情。「長谷川先生，我早上有告訴過妳有關六月那場例會的事吧？我後來有想起來，長谷川先生雖然沒有加入社團，但他那個時候卻有來參加。他一定是在那個時候知道有上倉這個人的。等過了好一段時間後，長谷川先生可能就會回想起那時候的女學生吧……」

「你有跟警察說嗎？」萌繪問。

「不，還沒有。因爲……」寺林移開了視線。「如果因爲這種不負責任的臆測會給長谷川先生添麻煩的話，那就糟了，所以……我就想說要自己去確認看看……」

「所謂的確認是？」

「就是我等下要去見長谷川先生。」寺林回答的很簡單。

「那我也要去。」

「這不好吧。」寺林用力地搖搖頭。「我只是想說應該要先知會某個人比較好……所以才會跟西之園小姐妳提起的。」

萌繪回頭走向金子和洋子。

「抱歉，我現在出去一下，馬上就會回來的……」

「唉……」洋子半開玩笑地說：「妳這冷淡的女人，愛去哪裡就去哪裡吧，反正我們的友情不過是相敬如『冰』啊。」

「妳要去哪？」金子問。

萌繪對金子咬耳朵。「我要去長谷川先生那裏，你就幫我跟犀川老師說一下吧。」

「喂，等一下。」洋子拍拍萌繪的肩膀。「你們在我面前做什麼啊？什麼時候變成這種關係的？」

金子勇二和牧野洋子後來往理工學院餐廳的方向繼續前進，至於萌繪則帶著寺林走到自己停在停車場的車子那邊。

「還是我一個人去就好了。」寺林在途中說：「我不想每次都給妳添麻煩。」

「在星期六晚上大家要去筒見教授家時，長谷川先生中途一個人自己回去了。」萌繪邊走邊說。

「是嗎？呵……妳知道的還眞清楚。」

「而且他那時就在公會堂旁，時間也剛好吻合。」

「不會吧……」寺林停下腳步。

「雖然我也是認爲不可能。」

「怎麼可能會有這種事……」

「那個模型販售會應該不是第一次在公會堂舉辦的吧？」

「嗯，那是當然的啊。這活動是從十年前開始辦的，每年都會有一次。不過我因爲才剛來這裡唸書，所以今年是第一次參加。」

「那代表說也是有機會能打那間準備室的備份鑰匙囉。」萌繪邊打開車門邊說。

兩個人繫上安全帶後，萌繪就把車子開出了停車場。當車子經過健康中心前，快要接近大門時，打到犀川頭的那根橫桿剛好升了上來。

等車輪胎發出傾軋的聲響往左轉後，車子便伴隨著轟然響起的低沉引擎聲，在中央大道上往南方加速前進。

7

犀川創平站在窗邊用手摸著頭，他看到萌繪的白色兩人座跑車，從窗前的道路上急駛而過。

「咦？」他低聲說。

「什麼事？」坐在桌前手握原子筆的曾我芽衣子醫師抬起頭問道：「你可以回去了，犀川老師。」

「好像腫了一個包。」犀川說。

「那個不久就會消腫了，不要緊的。」

「好奇怪……」那是犀川的自言自語。

「一點都不奇怪，這種很普通啊。」曾我醫師回答。

犀川覺得奇怪的，是西之園萌繪爲何要開車出去這一點。他想到了四個原因。

1.要去學校外面買某樣東西，比如說便當。因爲犀川不能去學生合作社的餐廳，所以她想買便當來跟他一起吃吧（可是，如果是她的話，應該會說想去餐廳才對吧）。

2.要回家（如果是這樣的話，她應該會來跟犀川說一聲才是）。

3.某人有急事要找她出去（應該是用手機約她的。把她叫出去的人是誰？是警察嗎？不過如果是這樣的話，她還是應該會先來跟犀川說才對。）

4.要讓某人搭便車（比如牧野洋子打工快遲到了之類的。不過，這時間牧野應該要下班了，而且金子有自己的機車，沒必要搭萌繪的車）。

「曾我醫師，我想回去了……」犀川回過頭問。

「你啊……要我幫你檢查一下耳朵嗎？」曾我抬起臉說：「我剛才不是已經說過好幾次你可以回去了嗎？」

「妳的確有說過四次可以回去了，但沒有一次叫我回去。」

「回去。」女醫緩緩地說出這兩字。

「那我就先告辭了。」犀川低頭行禮後走出房間。

「犀川老師！」身後的門被打開，曾我芽衣子探出頭以凝重的表情說：「希望你能順便帶走床上那件樣式已經落伍的羊毛衫。」

「啊，抱歉。」犀川折返床邊，拿起羊毛衫。

「保重啊。」女醫倚靠在敞開的門邊，歪著嘴角等著他。

「什麼？」犀川穿過門時問她。

「咦？」

「要保重什麼？」

「就是你的頭啊。」

犀川在走廊上再一次回過頭向她低頭行禮。

「曾我醫師也要保重妳的頭喔。」

「你說什麼！」背後傳來怒吼，但犀川仍舊是頭也不回地走下樓梯。

每走幾步路，身體就會隱隱作痛的犀川，穿上羊毛衫走到屋外。

8

萌繪將車子停靠在石牆邊。時間雖然才六點半，但周圍已經有如深夜一片漆黑。她下車橫越過道路，身體靠在欄杆上，往下面張望。

筒見紀世都的工房就在前方，那裡發生火災不過是三十小時之前的事。今天白天的時候，應該也有警方的搜查員大量進出吧，現在不但拉起了封鎖線，入口前也擺著在工地看過的簡易鐵柵欄。到處都看不到警車，想必應該是被撤走了吧。

萌繪回過頭，將視線投向石牆上方。隔著磚牆可以清楚看到公寓的二樓一部分和屋頂。那是棟頗有年代的的木造建築物。在右手邊石牆缺口，有個幅度很窄的水泥階梯。通過那道約兩公尺高的樓梯後，再更裡面一點的地方，就是有點燈的玄關。

「西之園小姐，請妳在外面等就好了。」寺林走到她身邊低聲說。他表情十分認眞，頭上包的繃帶被頭髮遮住不太顯眼，再加上身上全新的西裝和領帶，感覺上變得更可靠了。

「不，我也要一起去。」萌繪往前跨了一步。

兩人走上水泥階梯。在磚牆和建築物之間的狹小庭院裡，只有放曬衣架，至於周圍則都是雜草叢生，地面溼度也頗高。玄關那扇鑲有霧玻璃的拉門正敞開著，往裡面進去一點的天花板上，裝了個日光燈泡。玄關的水泥地板一直往內延伸，途中往左手邊彎過去，那裡放著一輛腳踏車。

走進去幾步，從道路的轉角往左手邊窺視，發現陰暗的走廊一直往裡面延伸，左右兩邊都有門相對著，洗衣機、紙箱、啤酒箱等雜物都堆在走廊兩側，幾乎是無法往前直走的地步，而且往更裡面的地方，還有一盞燈。四周靜悄悄的，一點人的感覺都沒有。門的旁邊都有一扇波紋玻璃窗，不過沒有一家的窗戶有透出光來。快到轉角處的左側，有個木置的鞋櫃，裡面放著幾雙運動鞋，櫃子旁則是必須脫鞋才能上去的木頭樓梯。

萌繪回過頭看寺林。他走進玄關後，就往裝在右手邊牆上的信箱找尋。萌繪見狀也默默地走回去站在他身旁。信箱是木製的櫃子，被隔成一小格一小格的，上面連蓋子都沒有，可見得那裡只是用來區別並放置信件的簡易格子而已。在分隔的地方，有貼上膠帶，用奇異筆寫上似乎是房間號碼和房客姓名的文字。

一樓是從一零一號到一一二號，二樓則是從二零一號到二一三號。因爲玄關的關係，一樓的房間數比較少。就連不吉利的四或九，這裡也都不避諱地照樣使用。

長谷川這個姓是在標示在一零一號，後面的一零二號到一零四號則都沒有名字。根據萌繪的猜測，這應該就跟寺林所說的一樣，是身爲房東的長谷川家佔用這四間房間的吧。再繼續往下看時，萌繪的眼睛停在二零六號。

上面寫著「河嶋」，是偶然嗎？

這並非是什麼特別的姓氏，也沒什麼好不可思議的。可是當她看到那個姓時，身體還是不由得抖了一下。

「總之，我們趕快到長谷川先生的家吧。」寺林小聲地說。

最靠近樓梯的左邊南側房間，就是一零一號。寺林站在門前敲了敲門，萌繪則站在他身後稍遠的地方。沒有回應，也沒有人出來開門。

寺林等了一會，又再次敲門。從屋內電燈沒有打開看來，很有可能是人不在家。寺林抓住門把，可是似乎轉不動，結果他只好看著萌繪並搖搖頭。

接著，他們去敲隔壁的一零二號，還有一零三號和一零四號，可是也都同樣沒人回應。

「看來他們不在。」萌繪低聲說。

「好像是這樣沒錯……其它房間好像也都沒人。」

「這裡的房客大都是單身男性吧？」萌繪說。身爲建築系學生的她，開始在腦中畫起公寓的大致平面圖。她根據每個房間的面積，做出這裡適合單身人士居住的推論。現在是星期四，時間剛過六點半。會住在這種老舊公寓的人，不是學生之類的年輕人，就是獨居老人。如果是在外工作並外食的人，這個時段還沒回家應該也是很正常的。

「要不要到二樓看看？」萌繪問。

「咦？爲什麼？」寺林回頭。

河嶋這個姓，讓萌繪還是覺得很可疑。

「我自己去看看好了，寺林先生就在這裡等吧。」

萌繪沿通道折返，脫掉鞋子，走上那道筆直的樓梯。

二樓的通道盡頭有扇窗戶，位置剛好在玄關的正上方，從那裡往外可以越過磚牆和柏油路，在那道護欄對面的斜坡空地下方，看到筒見紀世都倉庫的屋頂。

這條通道也是L型轉角，跟一樓的配置一樣。來到轉角處往左邊一看，發現也是以左右門相對的模式一直延續到通道盡頭，就跟她預料中的一樣。

萌繪慢慢地向走廊盡頭前進。二樓走廊上因爲沒有放洗衣機，感覺上變得稍微寬廣一些。裡面唯一燈光是亮的房間，是右手邊倒數算來的第二間。至於那間可疑的二零六號房，則是隔著走道，在它北側對面的最後一間。來到二零六號房門前時，她發現上面沒掛姓名牌，房間的燈也沒開。

她爲了確認，便輕輕地試著敲門看看。沒有任何反應。

經過片刻的考慮後，她將手放上門把，輕輕地轉動。門沒有鎖嗎？一聽到隔壁二零七號房門打開的聲音，她馬上將手抽回來。

有個戴著眼鏡，樣子像學生的長髮青年，從門裡探出頭。

「請問……河嶋先生應該是不在家吧？」萌繪先開口說。

對方一直上下打量著萌繪。

「你認識河嶋先生嗎？」萌繪又再一次發問。

「嗯。」青年點頭。

「他什麼時候會回來？」

「他很少回來，而且最近已經很久沒見到他了。」

「河嶋先生是個怎樣的人？」萌繪問。

「妳是誰啊？」青年反問。他應該是認為萌繪的話很可疑吧。萌繪為自己輕率的問題深自反省。

「我是大學的人。」

「喔喔……是河嶋老師的大學嗎？」青年緊繃的表情稍微緩和了一些。

聽到他說「河嶋老師」時，萌繪的心跳頓時漏跳一拍。

「請問，這裡的人是怎麼看待河嶋老師的？他會常跟大家聊天嗎？」

「我們幾乎沒說過話。」

「老師是從何時開始租用這個房間的？」

「今年五六月的時候開始的吧。」他抓抓頭，打了個大呵欠。「妳問完了嗎？我現在要出門了……」

「抱歉，謝謝你了。」萌繪低頭行禮。

這個青年將自己房間的房門鎖上後，就穿過走廊往樓梯那邊走去了。等青年的身影從萌繪眼前消失後，她的手又再次握住二零六號房的門把。

9

犀川在回到自己房間前，先去對面的實驗室看看，沒想到除了西之園萌繪以外，甚至連同年級的牧野洋子和金子勇二也不見了。

他飛奔回自己的房間，打開電腦上M工大的網站查詢。花了好幾分鐘才找到介紹化學工學系河嶋副教授的網頁。在確認完電話號碼後，他拿起話筒。在這種時間，國立大學的主機號碼都是不通的，因爲櫃檯職員通常五點就下班回家了。

電話鈴聲雖然響起，但都沒有人接。正當他想掛斷時，電話突然接通了。

「你好。這裡是河嶋研究室。」

「你好，我是N大學的犀川，想找河嶋老師。」

「老師今天下午應該有去過N大了。」

「還沒回來嗎？」

「是的，他還沒回來。如果有什麼重要的事，請告訴我，我可以幫您轉達。」

「河嶋老師來我們學校有什麼事嗎？」

「我記得老師說過要去今井教授那裡參加研究會，所以就跟寺林先生一起出去了……請問，是老師他沒去今井老師那邊嗎？」

「啊，不是，我跟他是不同系的，抱歉。我知道了，謝謝。」

犀川將電話掛斷。他點起香菸，站著思考了好一會兒後，再次走到對面的實驗室去。他看到萌繪的桌上，還放著她拿來放研究資料好方便攜帶的大型側肩包。他從窗子往下俯瞰中庭，卻還是盼不到那輛白色跑車回來。

香菸轉眼間就變短了。犀川點起一根新的菸，站在房間中央。

萌繪走出這裡時，看來並沒有打算要離開學校，而是要馬上回來，所以才會把袋子放在桌上。難道她是臨時改變計畫的嗎……她到底是要去見誰？

犀川再次回到自己的房間後，先後打電話給警察局和西之園家的管家諏訪野那裡詢問，但他們卻都不知道萌繪的行蹤。

是去筒見紀世都的工房嗎……犀川拿起車鑰匙，匆忙地穿上外套，然後飛奔到走廊上，衝下樓梯。這時，金子勇二正獨自一人沿著樓梯上來。

「西之園同學呢？」犀川問。

「她和寺林先生一起去見一個姓長谷川的人了。」金子立刻回答，「她要我幫她轉告老師你。」

「謝了。」

犀川繼續跑下樓梯。他衝到自己的車子旁，然後坐進去發動引擎。

10

房間裡一片漆黑，伸手不見五指。一進門右手邊的牆上有按鈕，萌繪心一橫，伸手按下電燈的電源鈕。小洗手檯和瓦斯爐就在近在眼前。那裡被隔間隔出一個三張榻榻米大的房間。更往裡面走，會連接到一個更寬敞的房間。這裡的壁櫥門被拿掉，裡面被小盒子裝得滿滿的。萌繪起初把那些盒子錯認爲很厚的書本，可是又覺得尺寸大小琳瑯滿目，才發現那是都是裝著模型的盒子。此外，在地板上也有好幾個紙箱層層堆疊在一起。

在更裡面的房間門口附近，寬度僅能供一人側身而過。她慢慢地要前進到能看見那個房間裡面的地方。往那堆紙箱的最上面一看，發現紙箱裡果然也裝滿許多塑膠模型的盒子。裡面那個房間的面積，超過六張榻榻米大。地板上鋪著廉價的地毯，窗邊掛著厚窗簾。房內有一台二十五吋的電視和兩台錄放影機，窗邊則有一張低矮的工作桌。雖然沒有像前面那個房間這麼嚴重，不過這裡能供人活動的範圍也很有限。只有通往房間中央的走道上能看得到地毯的部分，剩下來的地面則全都被紙箱和彩色收納箱給佔據了。左手邊有類似鐵床架的陳設，但上面放著個非常大的箱子。

牆壁的上方，密密麻麻地貼滿的都是卡通主題的海報。桌子上有兩個樣子像太空船的模型，可是找不到其它像是已經完成的作品。桌子下面有噴槍用的小型空氣壓縮機，桌旁則是有個被紙板隔起來以供作噴槍上色用的地方，從紙板所沾上的顏料痕跡，可以看得出這已經被使用過很多次了。但附近卻仍然看不到有任何完成品。

有三個抽屜多達二十層的整理櫃並列在一起。她將臉湊近，看到眼前的抽屜裡擺滿了小顏料罐。至於其它抽屜裡，則裝滿很多萌繪搞不清楚有什麼作用，感覺上像是細部零件的小東西。把其中一個抽屜打開來看，裡面塞著一大堆各式各樣的塑膠殘骸，除了把它們當作是某一部分的塑膠零件之外，她也想不到其它的解釋了。她還看到裝著稀釋劑和接著劑的瓶子被綁成一束束像是用來當標籤，被印上小字狀似貼紙的小紙片，膠帶類的也被分門別類地排列整齊。

在工作桌上，幾十隻筆和銼刀分別插在不同的罐子裡，噴罐有兩個，小型的電動鑽孔機從馬達延伸出來。再打開桌子抽屜一看，美工刀、鑷子、鐵尺、精密螺絲起子等工具，像文具一般被整齊排放。

放在房間四周的紙箱裡都是塑膠模型組合。那些盒子不僅看起來都還很新，有的甚至連外面的塑膠膜也還沒有拆。在電視和錄放影機的附近，有幾支錄影帶收藏在一個小型的專用櫃裡，數量並不多。在錄影帶旁邊有十幾本像是模型相關的雜誌塞在書櫃裡，數量也一樣不多。

不管從哪一方面，這裡都不像是能生活的地方，也不像是會有人每天住在這裡的樣子。可以肯定的是，這裡並不是河嶋原本的住所，完全看不到成品這一點就是最好的證據。

這房間租來到底是作什麼用的呢？難道是拿來當保管東西的倉庫嗎？聽到走廊上傳來的腳步聲讓萌繪停止呼吸。要把燈關掉已經太慢了，再加上出口也只有一個而已。她屏息以待門緩緩打開。

「西之園小姐？」寺林探頭進來。「我看到只有這裡燈是亮著的，所以……」

「太好了……」萌繪鬆了一口氣。

「咦？」他圓睜雙眼，走進房裡。「這是什麼……這裡是……」

「河嶋先生的房間。」萌繪看向寺林說。

「河嶋老師？咦？爲什麼？」

「這裡是他租的。」

「這個……眞的可以擅自進來嗎？」寺林環顧四周。

「這裡的門本來就沒關。」萌繪露出微笑。

「這不成理由吧。」寺林的表情有些痙攣。「河嶋老師爲什麼要租這種房間啊？到底是怎麼一回事？」

「這我也不知道。」

寺林用茫然的表情在房間裡四處張望。

「寺林先生，你知道這裡的塑膠模型做的是什麼嗎？看起來不像是飛機啊。」

「嗯。」寺林跑去往入口的壁櫥裡查看。「那些是科幻模型組合，其中絕大多數都是外國進口的。人偶模型的數量也不少。」

「河嶋老師不是專門做飛機模型的嗎？」

「對了……西之園小姐，妳怎麼知道這裡是河嶋老師租的房間呢？」

「我問隔壁的人知道的。」萌繪微笑說：「而且下面的郵箱上也貼有他的名字。」

「可是隨便進來還是不太好吧。」寺林用焦慮的表情說：「我們趕快出去吧。」

「嗯。」萌繪點頭。「說的也是。」

「啊，那個床上的……大箱子是什麼？」寺林像是突然發現什麼的模樣，歪著頭問。

那是一個相當大的細長箱子。萌繪於是轉身靠近床邊，把箱子打開。箱子裡面，被類似橡膠的純白物體塞得滿滿的。用手指一碰，發現那觸感不但柔軟且富有彈性。

「這是什麼？」萌繪又回過頭去。

「這個嘛……」寺林站在萌繪後面，露出不愉快的表情。「那難不成是……矽膠？」

他伸出雙手，要把那白色塊狀物從箱子裡拉起來時，那東西就像蒟蒻一般不停地抖動著。

「這個……還滿重的。」

他一邊彎曲箱子的上半部，一邊把塊狀物拉起來。等到取出來後，寺林小心翼翼地將那塊白色橡膠靠在牆邊。

「這個是……」他只說到這就沉默下來。

一開始的時候，萌繪完全不明白那是什麼。映入眼簾的，只有白色的矽膠塊。那裡面似乎有裝入什麼東西，所以才是中空的。箱子裡卻沒有本來應該裝在裡面的物品。

她本來以爲那矽膠塊是爲了固定搬運中的貨物以免造成損害，所以上面才會有能讓東西剛好嵌進去的凹陷處的。可是……那個凹陷的形狀，居然是個人。

那是個等身大的人體形狀。

「咦？」萌繪吃驚地望向牆壁。

剛才拿起來的是整塊的上半部。她將視線轉向靠在牆上的那一半。那裡……有張臉。矽膠凹成人臉的形狀。那的確是人類的外型。那張臉是……

「那是……筒見……紀世都先生？」她不知道這句話有沒有成聲。

「這是……他本人的……」萌繪低聲說著，背脊一陣發涼。不禁站起身來後退一步。

「那是，取筒見先生的……型嗎？」她的背撞到寺林。

可是她的視線，卻無法從床上那個令人難以理解的物體上移開。

「眞不敢相信……」

她的嘴巴前，突然出現一樣東西。全身都受到強力的束縛。她想喊叫，卻叫不出口。她身體彎曲地倒在床上。呻吟聲從她口中發出來。一瞬間吸進的氣體從鼻腔刺激到頭部，讓她變得昏昏沉沉。

不能吸！有股很大的力量從脖子後方傳來，讓她撲倒在床上。驚人的重量落在她的背上，形成快要窒息的壓迫感。她的腰撞到床角，痛得差點慘叫出來。左手壓在身體下面，右手被反折到背後。

好痛！

兩腳拚命地掙扎也只能踢到地板。抽出慣用的左手伸到頭後面想抓住些什麼，卻徒勞無功。她用嘴巴大口喘氣。像針在戳般的刺痛感突然在臉上擴散開來。她眼睛痛到張不開，喉頭也一陣辣熱。

有笑聲。是誰在笑？是寺林在笑……聽到那笑聲時，她才恍然大悟。

原來是這樣啊……一切都豁然開朗。

這次犀川老師輸了……是我先發現的……壓在臉上的東西，力道稍微減輕。

這是多麼舒服的感覺啊。

她紊亂的呼吸逐漸平復，爲了補充氧氣而大大地吸了口氣，意識到此中斷。頭腦像是耳朵的氣壓栓被拔掉一樣，轉眼間成了眞空狀態，左手也失去力量，緩緩地垂下來

11

犀川迷路了。

那天他接到大御坊的電話後，本來想自己開車，卻因爲大御坊只告訴他地址，他又剛好沒帶市內地圖，不知道正確地點，所以只能搭計程車。回程時是萌繪開車送他回去的，當時還是清晨，天色昏暗，附近一帶的樣子，他也幾乎不記得了。

當然他有掌握到大致的位置，而且也相信自己能開到那附近，可是在夜間的商店街上轉過這麼多次彎後，他連方向都已經搞不清楚了。

他一直往南開到這個有坡度的土地，接下來就只能靠自己的記憶中的地址找尋了。當他想找個人問路時，車子卻剛好開到沒什麼人煙的道路上，完全碰不到人。

他終於發現一個帶狗散步的老人，便停下車來。當他到車外時看到坡道上面有一盞路燈，它的光芒，照亮下面那台停在石牆邊的白色跑車。

犀川見狀，便加快腳步跑過去。爬上坡道後，就能看到右手邊的空地斜坡，更上面圍繞著一道彎度不大的護欄。筒見紀世都的石版瓦倉庫的屋頂不但清晰可見，連萌繪的車牌號碼也確認過了。

她和寺林確實是去那個長谷川老人的公寓了。犀川邊喘氣邊抬頭看向那棟建築物。磚牆後看得見的每扇窗戶裡都是一片漆黑。

當他要走近入口的階梯時，有個穿西裝的男人走了過來，讓犀川停下腳步。

「請問……」犀川叫住他，那男人看見犀川，也一臉驚訝地停下腳步。

「犀川老師……」寺林遲疑片刻後微微一笑。「你怎麼會來這裡？」

「西之園同學人在哪？」犀川問。

「她在公寓裡面。」寺林回頭面向公寓後回答。

頭上還看得到繃帶的他，眼鏡後面的雙眼非常空洞，視線的方向似乎稍微偏離了犀川所站的位置。

「寺林先生，你要到哪裡去？」犀川質問。

「呃，那個嘛……」寺林視線朝下，看著柏油路面，嘴角稍微上揚，看起來像是在獰笑。

「你爲什麼要帶她來這裡？」犀川慢條斯理地說。

「犀川老師……我們就別再做這種……沒意義的對話，好嗎？」

犀川深呼吸一口氣，然後朝公寓邁開腳步。

「請等一下！」寺林的音量稍微放大。

「難不成你把她怎麼了？」犀川回過頭去。

「你冷靜一下……老師。」寺林把手插入口袋裡，往犀川這邊走來。「放心好了，我什麼也沒做。現在，我要借一下西之園小姐的高級車來用……」

「你想逃吧。」犀川繼續說。

「正有此意。」寺林抬起頭，對他微笑。

「你在說謊。」犀川注視著寺林的眼睛。

「喔，是啊……」寺林皺起眉，抬頭看了眼天空。「其實，我只是想找個地方把那輛車藏起來而已，因爲她的車停在那裡太顯眼了。」

「你就算要逃，我也不會在意的。失陪了……」犀川說完，就衝上水泥階梯，寺林從後面追了上來。

眼見用相當大的力量的寺林，往自己衝撞過來，犀川雖然緊急後退，但已經太遲了。在公寓入口的玄關處，兩人撞在一起，結果犀川被撞飛，加上腹部遭寺林的頭一頂，使得整個人往後摔倒，一屁股坐在地上，背部撞到木製門板，頭部也受到衝擊。

犀川隨後才意識到那個巨大聲響。

寺林將旁邊的洗衣機往犀川的方向推倒。放在上面的啤酒箱也跟著滑落。犀川用一隻手臂護住頭部。耳邊傳來啤酒瓶的碎裂聲。還來不及站起來，洗衣機就緊接著倒下。他彎曲身體，好避開洗衣機。

寺林穿鞋直接走上木頭樓梯，飛快地跑上二樓。

犀川站起來聽到二樓地板發出寺林巨大的腳步聲。

是二樓。他不顧陣陣作痛的右手腕，就馬上衝向樓梯。左手有流血，好像是被玻璃割的。

他抬頭望向筆直的樓梯一眼後，隨即脫下鞋子跑了上去。

某處發出關門聲，響遍整棟建築物裡。他趕到二樓走道時，寺林已不見蹤影。

12

在走道盡頭的右邊，有燈光亮著。犀川跑到那邊打開門。發現房間內很狹窄。寺林高司就在最裡面那間有開燈的房間裡。滿滿的紙箱讓人沒有可落腳的地方。

「犀川老師，請你務必要冷靜下來。」寺林用慢條斯理的語氣說：「不要輕舉妄動才是明智之舉。總之先冷靜一下吧……」

「她怎麼了？」犀川問。

「別急……請你先把那扇門關起來。」寺林說。

犀川關上門，正準備要進去房間裡的時候。

「慢著！」寺林大叫。「你沒看到這個嗎？」

犀川看向寺林舉起來的一隻手。那手上拿的是電線。一條粗黑的電線從地板上延伸，通過他的手後又往下垂落。寺林拿的是電線的中間部分。

「慢慢來。」寺林說：「我手上拿的可是開關喔，請你再往前看。」

犀川跨出兩步。從這裡可以看到寺林所在房間的最深處。西之園萌繪側躺著，倒在左邊的床上。她的雙手都在背後看不到，雙腳的腳踝被膠布綁在一起，連嘴巴上都貼著膠布。

她眼睛是閉著的。還有在呼吸嗎……還活著嗎……她身體一動也不動。

「不要緊的……冷靜點。」寺林緩緩地說：「請你看看西之園小姐的脖子。」

她脖子上也貼著膠布。兩條黑色電線從她脖子兩側延伸到胸前，匯合成一條後，延伸到寺林手上。電線前端繼續沿著地面，連接到牆邊的插座裡。

「幸好沒殺了她。」

寺林說完，便露齒而笑。他的樣子，彷彿是拿優等的成績單給父母看的小學生。

「我是在準備完要喘口氣的時候，才突然想起西之園小姐的車子。只是沒想到我一出去，就遇到犀川老師你趕來了。」

萌繪並沒有死……犀川靜靜佇立在原處看著她。

「爲什麼我不殺她呢？你一定有這麼想吧？」寺林露出欣喜的微笑。「那是因爲……在她睡著的時候下手，就實在太無聊，太可惜了。犀川老師，請你在那邊坐下吧。你應該已經搞清楚狀況了吧？」

「你要逃我不會在意的。我不但不會追究，也保證不會連絡警方。」犀川說：「所以，請你從那裡面出來吧。」

「如果可以的話，我剛才就會那麼做了。這點小事你也不知道嗎？老師，你到底有沒有眞正了解啊？」

「你接下來打算要怎麼辦？」犀川問。可能是因爲已經做到某種程度的放棄了吧，他感覺到自己突然恢復了平常的冷靜。放棄追求最好結果的念頭，讓他切換成避免最壞情形發生的系統，使得心情不可思議地冷靜下來。可是就算變得冷靜，也是無計可施。他一心只想到自己是否能平安地救出她來。這有可能辦到嗎？

「要怎麼辦？」寺林笑著重複他的話。「那種事你應該知道吧？」

「我是問，你做了這些事後，打算要怎麼辦。」犀川重新問了一次。

「太好了……」寺林停止笑容緊盯著犀川。「終於來了個思路清楚的人啊，我眞是幸福。」

「你打算要怎麼辦？」

「老師，你是因爲知道我是兇手，才會來這裡的嗎？」寺林沒有回答犀川的問題，反而反問他。

「算是吧……」

「請你先坐吧，要慢慢地，慢慢地坐下去喔。我現在有點想跟你聊一聊了。」寺林靠在窗邊的牆壁上。「我也不想在這種情形下通進電流。畢竟那是最壞的打算。好不容易做到這種地步了，我不想要讓草草的收尾害我前功盡棄。不過……犀川老師，你如果輕舉妄動，那我也沒辦法了，就算是最壞的打算，我也非得殺了她不可。」

犀川企圖要往前一點。

「退後！不能再靠近了。」

犀川只好慢慢地在原處坐下。他坐的地方，不是在寺林和萌繪所在的房間，而是在前面那個緊鄰門口的小房間裡幾乎正中央的地方。那裡距離寺林有三、四公尺，跟萌繪倒臥的床鋪距離也差不多。大概是三公尺八十公分的距離吧……

寺林如果有勇氣按下開關的話，那個距離就很足夠了。

對犀川來說，這距離實在太遠了。

「就算殺了西之園同學，你也沒辦法逃走啊。眞做了這種事的話，你的人生就等於完了。」

犀川說。

「所謂的完了，根本是沒意義的。」寺林始終保持微笑，額頭上留下的汗珠清晰可見。「老師，我想問你……所謂的完了，到底是什麼？能讓我擺脫這個不自由又愚蠢無聊的世界嗎？」

「你會比現在更不自由。」犀川回答，「不能再做模型，也不能再吃喜歡的東西。」

「會被那些小事影響的話，我也不用活了。已經夠了。一切有趣的事都已經結束，接下來就只是等著變老而已。既然再也找不到比這個更讓我心動的事，那我就要趁現在來做些想做的事才行，因爲這已經是最後的機會了。不，其實每一次都是最後，從一開始就是最後了。」

床上的萌繪稍微動了一下。她好像還在熟睡中。就他所看到的，似乎沒有受傷的跡象。

犀川開始思考寺林讓她睡著的方法。比安眠藥效果更快的，應該是三氯甲烷類的吧。對於化學工學系的寺林來說，這可能是比較容易帶出來的藥品。

「你爲什麼要砍斷明日香小姐的頭？」犀川突然丟出這個問題。

「犀川老師，你覺得是爲什麼呢？」寺林揚起嘴角，露出痙攣的笑容。

「這是在輪到紀世都先生之前的預先演練。」犀川回答。

寺林嘻嘻竊笑起來。

「喔喔……沒想到有人能理解我，眞是意外啊……我很高興。」

「你一開始就打算要殺筒見紀世都先生吧？」

「打算殺他？」寺林皺起眉頭。「你這說法還眞奇怪。是因爲想吃牛排，所以打一開始就打算要殺牛嗎？」

「也是有這種人的。」犀川回答。

「我並沒有打算要殺他。」寺林一瞬間露出寂寞的神情。「我只是想取他的型而已。那是我理想中的型。如果能活著取型的話，當然是最好的沒錯，但事與願違……」

「因爲要取型，所以才拿明日香小姐的頭來練習嗎？」

「嗯，那是一個好機會。明日香跟紀世都長得很像，所以她是很好的模仿對象，也可以當作萬一失敗時替換用的備份品。可是那種失敗我本身是無法容許發生的，但這世間總是有不如人意的時候啊。」

「爲什麼只用頭？」犀川針對他覺得最不可思議的地方提出問題。「是因爲攜帶方便嗎？」

「你錯了。矽膠這種材料，價格非常昂貴，要取人類全身的型，又必須要消耗大量的矽膠，光是材料費就要近百萬圓，所以練習時才會只用頭。臉的部分因爲是最難的地方，所以我想只要那邊有做過一次的經驗，那其它地方應該是沒問題才對。理想的原型只有一個，而且又不能長久保存，不容許失敗這一點，是常讓模型師哭泣的地方呢。」

「你是要取筒見紀世都先生的型，然後做等身大的人偶嗎？」

「不是。」寺林搖頭。「你誤會了。我只是想要那個擁有無限可能性的母型而已。那將成爲我後來所有模型的母親。我想要完美的母型……就只有這樣罷了。」

「你的美學我是能了解。可是殺西之園同學這件事，會悖離你的美學。」犀川愼選用詞後說。「你既然已經照你的願望拿到紀世都先生的型了，難道還不能結束嗎？」

「你說的也許有道理，但我在殺上倉的時候發現我之前未曾察覺到，應該說是我始終視而不見的嶄新領域。處於呼吸停止一瞬間的人類，實在是非常有魅力的物體和原型。從生命邁向死亡，在通過界線的那剎那間，會讓人看到有如殘象般的美感。我終於明白紀世都常說的那種美。那是他所深知的美。犀川老師應該也有看過吧，那就跟他所使用的閃光燈一樣，是一種美的殘像。這個完全超乎我的預期卻相當寶貴的體驗，可以說是上倉她告訴我的。仔細想想，她正是一切的開始。我雖然已經無法回頭，卻還是感到非常滿足。不用說反省了，我連絲毫的後悔也沒有。接下來……就只剩下西之園小姐了。我不管對活人還是死人，都已經沒有任何興趣，就像對已經完成的模型組合一樣沒有興趣。在組合模型的過程，由生到死的過程，或從0到1的過程中，重要的不是在兩個端點，而是在轉換的瞬間。那一瞬間的移動，電子的流動，老師你知道嗎？請思考一下人類爲何要發動戰爭的原因吧。什麼領土、資源、人民、宗教，都不過是表面的藉口，人們只是要藉由這樣的分析結果來求取心安而已。人類根本沒有在追求些什麼。我們錯了，居然以爲是這麼微不足道的慾望在驅使我們。人類只是想看到所謂轉變的過程，想看到形勢變化或歷史改變的那一瞬間罷了……」

「可是……到此爲止不是很好嗎？」犀川坦率地說：「如果再這樣下去，你就必須殺掉很多人才行吧。在你的價值觀裡，應該沒有要連別人的價值觀都侵害的意思才對。否則你總有一天會陷入進退兩難的困境的。」

「你爲什麼認爲我會去煩惱這種愚蠢的事呢？」

「你剛才做的那番解釋就是證據。」

「我當然尊重人身爲人，個人身爲個人的立場，畢竟我對那種不知能明確分割到何種程度的存在，一直抱持著疑問……」寺林露出微笑。「雖然我不想用那種通俗的說法……不過老師，我啊，是賭上自己的性命在放手一搏。我正賭上這條命，要將我自己這個人的生命，從混沌的社會中抽離出來。如果我是一個獨立的人，容許我做這種小事，也沒什麼好抱怨的吧？我是一個人，其它的群眾合起來也是一人，既然兩邊都是一個人，那不是處於對等的地位嗎？可是，這眞是不公平啊。明明是一個獨立的人，卻不能看到自己的誕生和死亡，明明是最美好的一瞬間……卻沒辦法親眼目睹……」寺林的言論，開始前後不連貫。

犀川將手插入口袋中，抓住一個小迴紋針。雖然他不知道那是何時放進去的，但迴紋針本來就是那種會混進某個口袋，然後在那裡終老一生的東西。他下意識地開始用指尖玩弄那個迴紋針。

當一堆迴紋針放在同一個盒子裡時，會在不知不覺中勾在一塊，就跟人類的社會一樣。人類也許打一開始，就被設計成自然會連結在一起的生物吧。然而，所謂的一個人到底是什麼？爲什麼人會被認爲有個別意志呢？這樣分散化的處理機能，對社會是有必要的嗎？

如果是這樣的話……爲什麼一個人不能變得更分散呢？爲什麼要繼續讓一個人維持完整？爲什麼要以一個人的身分存活呢？

「你已經事先做好被某個人識破的覺悟嗎？」犀川問。

「那是當然的。」寺林點頭。「我完全沒期待能一直隱瞞下去。雖然腦袋得過且過的人很多，連警察也都是笨蛋，但我還是做好某天會被逮捕的心理準備。正因爲如此，我得趕快把該做的事給做完才行。」

「照這樣來說，我就不能理解你特別把西之園同學找出來利用的目的了。如果殺害筒見紀世都先生是你的最終目的，那當時有必要把她一起帶到工房去嗎？你爲什麼要利用跟她一起行動這一點來製造不在場證明？」

「那個是意外。」寺林抬起下巴，露出驚訝的神情。「不在場證明？我不會去做那種蠢事的。我剛才也講過吧？命根本不值錢，我本來就打算不惜一死。對這個社會，我沒有任何留戀。什麼不在場證明？那種小事根本不是問題。」

「那麼……」犀川注視著寺林。「那天晚上你本來是要連西之園同學都殺掉囉？」

「那還用說。」寺林莞爾一笑點點頭。「那不是理所當然的嗎？那天我本來打算要一口氣全部解決的，畢竟愈早結束愈好。我原本要讓她也噗通一聲掉進浴缸裡的。他們兩個人並肩躺在一起的話……畫面一定很美啊。哈哈……可是沒想到……後來跑來了一堆妨礙我計畫的人，害我只好先打退堂鼓，改天再來實行。對了，爲什麼你要用你片面的價值觀來衡量別人的行動呢？你以爲每個人都愛惜生命，都怕死嗎？眞蠢，完全是刻板印象。有很多人都不是遵循那種行動原理來做事的，難道不對嗎？」

「嗯，你說的沒錯。」犀川微微點頭。「好吧……那我可不可以代替她？」

「你是什麼意思？打算要代替她犧牲嗎？」寺林露齒而笑。「請你別這樣，老師，感覺好噁喔……我最討厭這種想法了，眞是蠢到極點。」

「如果你殺她，我就殺你。」犀川說。

「好啊，你要這麼做，我也無妨。」寺林微微一笑。「老師當然有那種機會了。反正我也做好覺悟，接下來……只要等西之園小姐恢復意識就好了。那樣一切就將到此結束。她只要一醒過來，我就會按下開關。犀川老師你如果不想看，要出去也沒關係。你要叫警察什麼的來幫忙就儘管叫吧，那是無法阻止我的。我馬上就能看到那個賭上人生也值得一見的瞬間，只要這樣就夠了。」

「眞是不正常啊。」犀川面無表情地說。

「是呀。」寺林點頭。「可是我活到現在，還沒有被人說過一次不正常。只是在心裡想的話，別人就不會知道也不會責難。說妄想好像不太洽當，應該說我一直擁有這個夢想。我曾經想過有一天會走到這種地步，只是沒想到會這麼年輕就完成自己的夢想。我還意外地滿有決斷力的嘛，眞想好好地讚美自己的勇氣一番。」

「如果明日香小姐沒有發生那件事，你是預定只殺筒見紀世都嗎？」

「是啊，那是我的夢想。」寺林瞇起眼睛微笑說：「我一直想一直想，儘可能做好一切準備，而那每一項準備工作，又都是另一種的樂趣。我爲了要讓矽膠容易剝離而不至於沾黏在皮膚上，煩惱過各種方法，甚至還拿自己的皮膚來實驗過。不過，這還是要用在眞正的死人身上，才能確認效果……兩個人的類型最好要盡量接近，因爲我是很謹愼的人。雖然說上倉也可以用……但她被勒死後，整個臉都變形得很嚴重，兩相比較起來，就算明日香頭部有傷口，我最後還是選擇了她。取型最困難的部分，還是在臉部。明日香的臉跟紀世都不但相似，而且萬一在眞正取型時失敗，還可以利用以明日香做的母型，來製作單一頭部的公型，然後再結合用紀世都母型的身體部分所做的公型，讓模特兒重現。接著，只要重新做一次母型就行。雖然這過程很複雜，但我連這方面也考慮到了。」

寺林很高興地說明著。犀川則一直靜靜坐著，在緊盯寺林的同時，也不時看向躺在床上的萌繪，放在口袋中的手，早已捏出了汗來。他的右手正在將迴紋針變形。那麼小的鐵絲，無法當作武器，在他的附近，又只有紙箱和模型組合的盒子而已。如果能移動到有洗手檯和瓦斯爐的地方，說不定能找到什麼有用的東西……

寺林將小型的電暖爐拉到身邊並打開電源。房間裡很冷。

「犀川老師，你有帶香菸嗎？」寺林問。

「有啊。」犀川點頭。

「那一起抽吧。」他又露出微笑。

床上的萌繪動了一下，發出短促的呻吟。

「她已經醒了……」寺林看向她說：「要抽就趁現在。」

13

犀川用左手從口袋裡掏出香菸和打火機，往寺林那邊丟去。

「一根就夠了。」寺林說完便伸出手，拿起掉在地毯上的香菸盒並抽出一根。香菸和打火機上都沾著血跡。寺林撿起打火機將香菸點上。

「老師，你受傷了？」寺林邊吐煙邊說。

「今天好像是受傷的日子啊。」犀川揚起嘴角。

犀川看向寺林身旁電暖爐的電線。那條粗電線延伸到犀川身旁不遠處，插進這個房間牆壁上的插座裡。插座有兩個插口，電線插頭是插在上面的插口裡。

寺林將香菸盒丟回給犀川，犀川則是用受傷的左手接住。至於他的右手，還繼續放在口袋裡，握著迴紋針。

「我沒有菸灰缸，不過不打緊。」寺林這次則是將打火機扔回來。「你要把那附近的地板弄得焦黑也沒關係。」

犀川沒接到用力拋過來的打火機。打火機擦過犀川的左手，撞到牆壁，然後掉在地板上。他瞥了寺林一眼，接著面向旁邊，要撿打火機。

「我去廚房拿盤子之類的當菸灰缸好了。」犀川說。

「不，這樣就好！」寺林低吼一聲。「請你不要站起來。」

就在口袋中。犀川將精神全集中在右手裡的迴紋針上。他確認寬度。機率很低。心中正計算著是否有這樣做的價值。

在犀川體內，除了一個人以外，其它的人都在猶豫。可是，在最裡面的那個犀川，已經下達許可。他從口袋中抽出右手，要去撿打火機。那隻手中，就握著變形的迴紋針。

萌繪發出呻吟聲。

「你看，她已經醒了。」寺林高興地說。

犀川沒有撿起打火機。他將手中的迴紋針，用力插進插座。一頭立刻進了插口。另一頭要進去時花了點時間。火花蹦出導致他的手掌麻痺，再一次戳進去，橘色的火花隨之飛散。

寺林話才講到一半，房間的燈就滅了。

「喂！你在做什麼……」

犀川趁室內一片漆黑之際壓低姿勢往前衝刺，對方就在窗邊的剪影十分清楚。

他迎頭撞上正要起身的寺林，窗框作響之後玻璃就破裂了，兩人同時往右邊彈開，倒在紙箱堆上。

「西之園同學！快逃啊！」

他雖然聽得見萌繪的呻吟，卻看不到她人在哪。

寺林的喘息聲就在犀川耳邊。他用抬起的膝蓋數次撞擊犀川的肚子，但犀川不顧頭上紛紛崩落的紙箱，使出全身極致的力氣死命抓住他不放。

14

聽到有人喊著自己名字的萌繪，猛然醒了過來。劇烈的頭痛讓她無法睜開眼睛。耳邊接著傳來玻璃破掉的聲音。她心一驚，努力爬了起來。手臂不能動。嘴也張不開。一睜開眼睛，看到的是一片漆黑的房間。窗子外面有些微的光線，眼睛卻過於疼痛而無法聚焦。

房間裡有巨大的聲響。有某種大東西在移動。聲源出自房間另一邊。有兩個人扭打在一起。每當他們的身體撞到牆壁，房間就會震動。每當他們在房間裡移動時，就會打亂東西。

正躺在床上設法要起身的她搖晃著頭。手腕在綁在背後。腳踝也被某種東西綁在一起。她雖然奮力發出呻吟聲，但房裡的騷動聲，卻大到蓋過她的聲音。她的手腕不停使力，想要甩開束縛，但仍徒勞無功。於是她將雙腳放下床，利用反作用力勉強站起來。面向走廊的窗子外，可以看見燈光。

「快逃啊！」

那是犀川的聲音。扭打在一起的，是寺林和犀川。

該怎麼辦？

爲了求救的她想要往走廊移動，但移動的同時，脖子卻被拉住。原來是脖子上有繩子之類的東西，在一瞬間牽制了她的行動。爲了要把那東西扯掉，她決定利用全身體重量來拉扯。幸好脖子上的繩子似乎因此而脫落了。

她身體往前傾，導致頭部衝向前面的小房間。塑膠模型的盒子撞到她的臉頰。

她倒在地上，像毛毛蟲一樣匍伏前進到門口。門沒有打開。

要在那裡再站起來一次，實在很不容易。在她試圖這麼做的時候，擋在兩個房間之間的拉門壞了，往她身上倒下。扭打在一塊的寺林和犀川，也同時摔了過來。

「快一點！」

犀川只看了萌繪一眼，寺林的手臂就把他的下顎拱起。寺林往犀川的身上一踢，把犀川踢飛回裡面的房間。

此時寺林發覺到萌繪的存在。他站起來，把萌繪逼到死角。他的手碰到萌繪的脖子。萌繪背靠著門板，因恐懼而全身僵直。不過她的眼睛卻沒有閉上。我眼睛可是會發出雷射光的喔……你以爲我是什麼人啊……可是，別說是雷射光了，她現在連聲音都發不出來……

犀川用手臂勒住他的脖子，架著他後退，寺林的手離開了她的脖子。兩人的戰場又回到了後面那個房間。萌繪用被綁住的雙手，在背後摸索著門把。

門終於打開了。

她利用體重把門推開，往後倒在走廊上。後腦杓撞到地板，萌繪覺得沒什麼大礙。接著，她馬上往樓梯方向看。明明發出這麼大的巨響，卻沒有任何人來查看，是因爲公寓的房客都還沒回來的關係嗎？房東長谷川先生和剛才跟萌繪談話的青年，似乎都還沒回來。本來在走廊上繼續匍伏前進的她決定改用側躺翻滾後，速度變得比較快。可是不管怎麼努力前進，樓梯還是距離她好遠。

嘴巴因爲無法張開而讓她感到呼吸困難，身體到處都發出疼痛的訊息，尤其是眼睛特別痛。噁心想吐不說，翻滾更讓她頭暈目眩。

當她前進到走廊的一半時，聽到有人跑上樓梯的聲音，於是停止翻轉將臉朝向樓梯那邊。是隔壁的青年回來了嗎？那男人出現在走廊上，向她跑了過來。但是模糊的視線，讓她看不清楚對方是誰。

「西之園！」

他的手，撕開萌繪嘴上的膠布。

「好痛，好痛喔！輕一點，金子同學。」萌繪叫嚷著。「別這麼用力啦……」

金子聽到房間裡面的聲音，連忙站了起來，本來抱起萌繪的手也抽走了。

萌繪的頭撞到地板，又跌回走廊上。

「就在裡面！快去救犀川老師！」她大叫起來。

金子聞言立刻飛奔進房間裡，萌繪豎起耳朵聆聽，房間裡的騷動聲終於平息，四周突然陷入一片寂靜。

她暫時待在原處，因爲她已經沒力氣爬回去，也沒決心要站起來了，就連用滾的，都讓她感覺不舒服。

「怎麼了！」萌繪高聲叫喊，「還好吧？」貼在嘴巴上的膠布被金子撕開後，還黏在左邊的臉頰上。

「犀川老師！金子同學！回答我啊！」

「西之園！去叫警察！」她聽到金子的大叫。

聲音是從房裡傳來的，也許是因爲兩人已合力制服寺林，現在無法離手吧。

「我這樣怎麼去叫警察啊？」萌繪獨自低聲這樣說完後，嘖了一聲。

她利用走廊上的燈光看到綁住自己腳踝的東西——原來是膠布。比起被綁在背後的雙手，看起來比較容易解開。在縮起身體嘗試了各種姿勢後，好不容易才終於讓背後的雙手伸到腳踝那裡。

「喂！西之園！妳在嗎？」

「我在啦！」萌繪大叫回答。

「妳在做什麼！趕快去叫啊！」

「等一下啦！眞是的……」

爲什麼自己要被這樣任人使喚啊……金子應該注意一下自己的口氣才是。

她終於把腳踝的膠帶成功地撕下來，她決定站起來走回房間，門也還是打開的。

「你還好吧？金子同學。」萌繪探頭往黑暗的房間裡察看。

「笨蛋！趕快去叫啊！」金子從房裡怒吼道。

室內亂得像垃圾桶一樣，連誰在哪裡都搞不清楚。

「犀川老師呢？」

「快去啦！」

萌繪跑回走廊。因爲兩手被綁在背後很難維持平衡感，所以她下樓梯時格外小心。感覺一樓沒有人煙，她只好衝到外面的道路上。

接著，她大大地深呼吸一口氣，抱著豁出去的心情，以高八度的音調尖叫起來。

「救命啊！快來人啊！救命啊！」

15

起初有個老男人從遠處跑過來，後來又有一個中年女性從隔著空地的隔壁住宅裡緩緩走出來，畏畏縮縮地接近萌繪。

「拜託，幫我叫警察來！有殺人犯啊！」萌繪對著她大叫。
女人點頭後，匆匆跑回自己的家裡，老人則幫萌繪解開她手腕上的膠布。
有個年輕男子騎著腳踏車，順著坡道在萌繪面前停下。他就是兩零七號房的青年房客。
萌繪橫越馬路，雙手靠在護欄上，探頭往斜坡下方看。從筒見紀世都的倉庫順著筆直坡道下去的地方，正好停著一輛警車。
「那裡有巡邏的警察！拜託，去幫我叫他們來好嗎？」萌繪轉身說。
「警察？」把腳踏車停好的青年反問。
「裡面有殺人犯啊。」萌繪指向公寓。
青年看了看老人的臉，遲疑片刻後點了點頭。
他身手俐落地翻過護欄，沿著斜坡下去。
萌繪隨即轉身回去公寓。
「小姐！危險啊！」
本來就沒穿鞋子的她，不顧老人的叫喚，直接跑進玄關裡的階梯，穿過二樓走廊。
房間裡仍舊是一片黑暗與寂靜。
「金子同學，你不要緊吧？」
「嗯。」傳來金子低沉的聲音。「有叫警察了嗎？」
「嗯。」
「這房間沒電嗎？」

萌繪按了眼前牆壁上的開關好幾次，可是燈就是不亮。

她往按鈕上方看，發現在牆壁高處的總電源箱有根短繩垂下，便伸長手臂去拉它。房間的電燈在數秒後恢復正常，房間裡的慘狀，也隨著燈光一覽無遺。

已經完全看不見地板，各種大小箱子四散變形，連床也被蓋住看不見。分隔兩個房間的拉門被嚴重破壞移位。裡面房間窗子的窗簾正在迎風飄揚，一個窗框的玻璃不見了。

金子勇二在後面房間裡的右邊角落，騎在趴在地上的男人背上。他用雙手壓制住男人在背後被高舉起的手臂，雙腿箝制住男人的臉和肩膀。那男人目前已經一動也不動了。

「犀川老師呢？」萌繪在無處可踩的室內小心前進。「喂，金子同學，老師在哪？」

「在那附近。」金子打個嗝並抬起下巴回答。

萌繪拿開大紙箱，看到以仰躺姿勢倒在下面的犀川。他沒戴眼鏡，嘴角破皮滲血，此外在胸口和手也沾有血跡。

「老師！」她跪下來碰觸犀川。

他皺起眉頭，然後將眼睛睜開一條縫，長長地呼出了一口氣。

「還好吧？」

「一點也不好。」

「振作一點啊。」

「妳不要緊吧？」

犀川起身，往金子的方向看去。

「在那裡的人是誰？」
「是金子。」
「什麼嘛……原來剛才是金子同學啊……那寺林先生呢？」
「這傢伙嗎？」金子搖頭。「他雖然已經筋疲力盡了，但我還是不敢放開他。」
「我的眼鏡到哪去啦？」犀川往四周查看。「西之園同學，拜託一下，幫我找一找吧。咦……這房間怎麼好像才剛經過一場大災難一樣。」
「老師，你的傷不要緊吧？」萌繪正想要拿出自己的手帕時，卻發現自己的外套不知道到哪去了。「都流血了。」
「對了……」犀川搖搖晃晃地站起來。「那是我樓下被破掉的啤酒瓶割傷的，眞是有夠倒楣。」
走廊上傳來有人奔跑的腳步聲，有兩個警察進來房間裡，隔壁房的青年也跑來了。
聽完萌繪簡單的說明後，他們點了點頭進房處理，萌繪和犀川就先離開房間。從警察跟金子的對話中，得知被金子壓制的寺林高司已經失去意識。過了一會兒後，金子拿著犀川的眼鏡走到走廊上。
警車的警笛聲逐漸靠近。
萌繪擔心犀川的傷勢。因爲不只是手的部分，其它地方好像也有受傷。當她被寺林襲擊而昏迷後，老師應該就馬上趕來這裡了吧？
爲什麼房間會停電呢？

「老師，到底發生了什麼事？」萌繪問犀川。

「西之園同學。」犀川喃喃地說：「那才是我想問的。」

「不，老師。」金子發出鼻息聲。「是我啦，我才是最想問的人。」

「好想去外面抽根菸喔。」犀川說：「金子同學，你有帶香菸嗎？」

金子將手插進胸前的口袋裡。「有啊。」

「我的香菸和打火機，都在房間裡面，不過可能已經找不到了。因為這件案子，我已經弄丟兩次香菸了。」

他們走下樓梯，穿好鞋子後就走到室外。這時警車和救護車剛好趕到，也聚集了二十人以上的看熱鬧民眾。

「傷患在哪？」從救護車上下來的男人看向犀川。「是你嗎？」

「不……他在這棟公寓二樓走廊的盡頭。」犀川用手指出位置。「我不要緊的。」

警察和救護人員紛紛湧進公寓裡，他們三人移動到被磚牆圍起的狹小庭院裡，然後犀川和萌繪從金子遞出來的香菸盒內各抽出一枝。當金子用打火機點火時，犀川和萌繪也將臉湊近，點燃叼在嘴上的香菸。

「金子同學，謝謝你。」萌繪望向金子的眼睛說。

「是啊……真是多虧有你。」犀川也說：「謝了。」

「你們是指香菸嗎？」金子咧嘴一笑。

「不是啦……」萌繪微笑說。

「不。」犀川吐出煙來。「我指的就是香菸。」

16

三個人在沒跟警察報備的情況下決定先自行回去了。

「沒關係，沒關係。」犀川看似心情很好地說：「既然我們又沒做什麼壞事，要去哪裡也是我們的自由吧？」

金子戴上安全帽，騎上自己的摩托車離去，萌繪跟犀川則是各自開自己的車回到學校。兩輛車幾乎同時抵達研究大樓的中庭，時間已經超過晚上八點。

犀川沒走進研究大樓，而是從中庭走到車道上，萌繪也默默地跟在後面，他們走上健康中心前的階梯走進室內。

「果然還是需要去治療傷口吧？」

「是啊，既然這裡燈還是亮著的，就至少貼個紗布好了，反正這裡全都是免費的。」

健康中心平常只開到晚上六點，當他們從大廳走上二樓時，途中剛好碰到正要下樓的曾我醫師。

「怎麼了？打架啦？」這個女醫看到犀川時，不禁睜大雙眼。

「不好意思，曾我醫師。」犀川低頭行禮。「妳已經要回去了嗎？如果可以幫我打開房門的話，我就可以幫自己包個繃帶了……」

曾我醫師沿著樓梯折返，然後打開診療室的門並把燈點上。

她先將雙手伸向犀川的臉，認眞地盯著他看了幾秒鐘後，便把手抽回來，走到房間後面。

「眞是的……」邊迅速穿上白外套邊走回來的她不滿地說：「我有說過要你保重自己的……根本就完全不聽別人的話嘛。這種態度難怪會受到老天爺報應。」

「這才不是報應。」犀川回答。

「是啊。」萌繪也在他後面幫腔：「犀川老師是爲了救我，才會受傷的。」

「唉呀，沒想到你這麼有男子氣概啊。」曾我哼哼地笑著，立刻回嘴：「犀川老師，你幾歲啦？難道你還在那種像學生一樣打來打去的年紀嗎？眞受不了……反正一定是什麼無聊的打架吧。會牽扯進這種事，就代表你是個傻子。」

「您教訓的是。西之園同學，請妳一定要將曾我醫生的話銘記在心喔。」

「好啦好啦。」曾我說：「把襯衫脫掉吧。」

「到了明天，身體一定會痛起來吧。」犀川邊脫襯衫邊問：「雖然今天還不要緊就是了。」

萌繪連忙退到屏風後面。

「明天不痛，後天也會痛。」曾我回來一看說：「哇，這個……還滿嚴重的耶……你做了什麼啊？對方是熊嗎？」

「是殺人犯。」萌繪隔著屏風說。

「是喔。」曾我笑完，然後小聲對問：「她是誰啊？剛才跟你來的也是那孩子。」

「那是我們的四年級學生。」

「犀川老師，最好不要讓女學生喝太多酒喔。」

「我才沒有喝酒呢。」萌繪探出頭回答。

看到曾我瞪著自己的萌繪，又把頭給縮了回去。

「好……這樣就可以了，妳趕快回去吧。還是……妳有什麼想偷看的地方嗎？」

「西之園同學，已經可以了，我一個人回去就好了。」犀川說。

「一個人回去？那是當然的啊！」曾我大聲說：「別說那種傻話了！」

「您誤會了，我們……」萌繪再次從屏風後面探出頭來。

「妳說什麼！『我們』？」曾我收起下顎，雙眼越過眼鏡上方直視著她。「妳居然說『我們』！『我們』又怎樣！咦？難不成妳想說你們是夫妻嗎？好了，回去，回去，快回去！」

萌繪無計可施，只好走到門邊。

「我是很想這樣說啦……」她的低語，似乎沒有傳到曾我的耳裡。

她在健康中心一樓的昏暗大廳裡等著犀川，此刻她的感覺還是不太舒服，頭還是很昏沉，身體似乎是靠著殘餘的緊張感，才好不容易支撐起來，不想看走廊盡頭的黑暗處，因爲怕會有殘像在眼前出現。

白色的型……矽膠做的……筒見紀世都的矽膠型，深深地烙印在她眼裡。

它是母型，公型是從母型裡誕生的？

對了，筒見紀世都那時曾這樣說過。

雄性是雌性創造出來的……原來是這個意思啊。

爲了取型……就是動機嗎？雖然今天很累，但她應該還是無法成眠吧，今晚，她一定要跟犀川兩個人好好聊一聊才行，只有他們兩個人，那種感覺……還挺不錯的。

不，不是「挺」不錯，而是「很」不錯，心跳一下子加快許多，耳邊也傳來下樓梯的腳步聲。

萌繪趕緊藏身在牆壁後面，我要讓老師嚇一跳……她衝出來抱住犀川，想要給他一個吻。

可是，一看清眼前的那張臉，讓她在快親下去時緊急煞車。

「對、對不起……」

「放開啦！妳是喝醉了啊！」眼前的曾我醫師大吼起來。

「我認錯人了。」萌繪趕緊退後幾步並低頭道歉。

「笨蛋！妳到底是來大學做什麼的呀！眞是的……」

第七章　濃稠的星期五

1

第二天早上，犀川創平在上午十點去學校上班，只要不小心碰到，他的頭還是會痛。至於昨天在健康中心被曾我芽衣子包紮的左手，繃帶好像可以拿掉了。除此之外，沒有特別的異狀，身體也沒有其它地方感到疼痛。

也許要等到明天才會開始感覺到疼痛吧。人體的結構實在是不可思議。小時候每次做了激烈運動的話，身體當天就會開始酸痛，可是等到年歲增長變成大人後，不知道是否是因爲身體自我欺騙的機能成長的關係，這種身體的反應愈變愈慢。這種無論是肉體上或精神上的自我欺騙，應該是爲了應付每個人都逃避不了；最後一定會面臨的那個最大危機吧。從這樣看來，人生後面的三分之二好像都是爲了準備死亡而生活的，跟一天要花三分之二的時間準備晚餐是相同的道理。因爲每個人都是如此，所以犀川認爲，由個人所創造出的社會，想必也遵循著這三分之二的法則吧。

這種爲了迎接死亡而成就的高貴欺瞞，大概就是所謂的「成熟」吧。

就跟快要腐爛的果實一樣，是成熟的縮小模型，正是寺林昨晚掛在嘴上的道理。

設定完咖啡機後，犀川出神地向窗外眺望，此時敲門的聲音傳進耳裡。

「早安。」不出所料，果然是西之園萌繪。

「早啊。」犀川回頭。「妳來得眞早。」

「眞受不了……身體到處都好痛喔。」萌繪嘆氣。「老師你還好吧？」

「嗯，因爲我……」犀川把後面的話吞了回去。

「還年輕……是嗎？」萌繪擅自接上後面的話後，繼續微笑地看著咖啡機。「我可以喝一點嗎？」

萌繪似乎還沒有了解身體發痛的道理，不過犀川也沒這個力氣對她說明。他像北極熊一樣緩慢地點完菸後，就在椅子上坐下。

「警方有跟妳說些什麼嗎？」

「有啊，昨天深夜時三浦先生有打電話給我，只有做些簡單的說明罷了……老師沒接到電話嗎？」

「沒有。」犀川搖頭。「大概是因爲寺林先生已經全都說明了吧，畢竟他一直都很想講。看三浦先生他們那麼忙，我想要接到電話可能要再等一下吧。」

「是嗎？要是寺林先生已經說明清楚，那這次我和老師就沒有出場機會了……」

「無妨，反正我樂得輕鬆，妳應該很失望吧。」

「嗯，是有一點啦……」萌繪聳聳肩後起身走到餐具櫃裡拿出杯子來。

「我完全沒想到……寺林先生居然是兇手。爲什麼呢？他身上眞的完全沒有這種感覺啊，因為……我總覺得他的氣質跟犀川老師有點像……」

「咦？」

「不……抱歉。」

「對他的人生來說，那是可能是非常自然的事吧……。」犀川緩緩吐口煙說：「他完全沒有勉強自己。也許從我們旁人的眼光看來，那是非常危險特殊的情況，可是在寺林先生眼中……卻是他興趣的一環。」

「可是他有說謊啊。比如說長谷川先生雇用上倉裕子小姐當孫子的家教老師這一點就是，他居然可以滿不在乎地說出那種臨時編出的謊話……」

「他說過這種話喔，像這種在職場上隱瞞自己興趣之類的謊言也常有吧。對他來說，那只不過是這種程度的謊言而已。」

「他還撒了很多……謊。」

「妳在生氣吧。」

「今天早上起床後，我就愈想愈氣……老師，你是什麼時候發現寺林先生是兇手的？」

「就是在頭被打的時候。」犀川一隻手指向自己的頭。「究竟先被打到頭，還是先想出來，我怎麼樣也記不起來了……」

「你是怎麼知道的？」萌繪歪著頭。

「這個嘛……」犀川點頭。「我並沒有按部就班地來思考，畢竟這件案子不是用一般常理能解釋的。再說以星期六那個時間點來說，寺林的確是最有嫌疑的人沒錯，就跟警方所想的一樣。」

「嗯……」萌繪看向天花板。「那只是單純依據當時所觀察的情況，從物理的角度判斷出只有寺林先生有可能犯案。因爲除了他以外的人很難讓那裡變成密室，所以這想法只是依照物理上實行的容易程度，用統計的方式來推論出來的。」

「可是這的確是可信度最高的推論，無論在什麼情況下，它都最接近事實。那爲何我們想要否定那個可信度很高的推論呢？爲何大家都不想把寺林先生當作兇手呢？」

「因爲那行爲實在太危險了。」萌繪回答，「以昏倒在犯案現場作爲掩飾手段的情形，一般來說並不常見吧。」

「是啊，那就是盲點。他本來就是要不計成敗地放手一搏。不，不計成敗這個想法本來也是我們正常人的常識，他不是不怕失敗，他是認爲本來就沒有失敗，所以沒才什麼好害怕的。『失敗』就是我們一開始對於案子的犯人，先入爲主的錯誤觀念。」

「而且在幾乎同一時段內，殺了兩個人還砍頭……發生這種亂來的事，再加上那兩個人都跟他有關係，使他處於最容易被懷疑的處境，所以從一般情況來判斷，實在很難會想到這是他計畫性要刻意這麼做的。」

「只有一件事妳誤會了，西之園同學。」犀川用指尖轉著香菸說：「有可能是寺林自己跟警方說這兩人都是他殺的，可能是他是爲了能在上法院時翻供的作戰策略吧。妳替我提醒三浦先生最好要有所警戒。其實，在那個星期六時，寺林並沒有殺那兩個人。」

「咦？」萌繪看著犀川。「老師，你這句話是什麼意思？難道明日香是星期天早上才遇害的嗎？」

「不是不是。」犀川搖頭。「我不是指時間。死亡時間的判定並沒有錯，這兩個人的確都是死在星期六晚上。」

「那麼說，難道M工大是另一件不相關的案子嗎？」萌繪忍不住站起來。

在此同時，門那邊剛好傳來敲門的聲音。

「請進。」犀川回答。

走進房間的，是喜多北斗和大御坊安朋兩人。

「M工大是不相關的案子？」喜多問。他盯著萌繪，咧嘴一笑。「西之園的聲音都傳到走廊上去了。」

「早啊，小萌，聽說妳差點沒命，是眞的嗎？」大御坊滿臉擔憂地說：「對不起，眞要追究原因的話，一切都是從我開始的。」

「要幫你們泡咖啡嗎？」萌繪問，因爲只有兩人份的。

「沒關係，我們剛剛一起喝過咖啡才來的，你們不用在意我們，盡量喝吧。」大御坊露出微笑。

「我應該說過別用『我們』這個詞吧。」喜多馬上說。

萌繪在犀川和自己的杯中倒入咖啡，然後端到桌上。喜多和大御坊也脫掉外套在椅子上坐下。萌繪將椅子挪近犀川一點後也坐了下來。

「對了，M工大的事談到哪裡了？」喜多翹起腿說：「你說那不是寺林幹的？那鑰匙的事要怎麼辦？」

「更重要的應該是，」大御坊說：「爲什麼他把頭運出去後，還要再回去呢？爲什麼他要假裝昏倒在那邊呢？」

犀川默默地啜飮一口咖啡。

「一大早就這麼吵……」他喃喃抱怨。「我等一下就要出去了，所以今天沒有太多時間解釋。」犀川看向桌上的時鐘。「還剩下二十五分鐘，我就得去動物園了。那是別人招待的，我不好拒絕。」

「動物園？」喜多問：「那好吧，趕快把你知道的事通通給我吐出來，然後看你愛到哪就去哪吧。」

「你平常都是用這種語氣在拜託別人的嗎？」犀川斜眼瞪著喜多說。

「趕快講嘛。」大御坊雙手合十說：「拜託你啦。」

「在M工大殺死上倉裕子的人的確是寺林。」犀川立刻回答，「他對我也是這麼說的，所以這應該不會錯。不過在公會堂殺害筒見明日香的人卻並非寺林。」

「咦！」萌繪在一旁驚呼。「是眞的嗎？那麼，這也就是說……」

「妳可不可以少說一點？」犀川緩緩地說：「妳看，只剩下二十三分鐘了。」

犀川故意用慢條斯理的動作，重新點上一根菸。

「之所以非得那裡把頭砍下不可的原因，其實答案很簡單，就是因爲屍體是放在那裡的緣故。」犀川稍微揚起嘴角，中斷一會兒，等依序看完這三個人拼命忍住不吭聲的表情後，才又心滿意足地繼續說：「寺林先生當時眞的是被人打昏了。不久後他醒過來，發現已氣絕身亡的筒見明日香小姐，就倒在同一個房間裡，才想到要砍下她的頭。」犀川吐出一口煙。

「也就是說這完全不在他的計畫之內。寺林先生當時爲了拿道具，先離開房間回到自己的公寓，再拿著砍頭的工具回到現場。對於這個意外造訪的機會，他一定是感到非常興奮吧。」

「等一下，那到底是誰打昏寺林？又是誰殺害筒見明日香小姐的？」喜多用不悅的口氣問。

「我就想到你會這麼問。」犀川意外地一派輕鬆說：「寺林先生當時一定滿腦子想的都是這個問題吧。他是被人從後面偷襲的，所以看不到對方是誰。而在他昏迷的時候，明日香小姐就殺了。寺林先生甚至連她要來的事都不知道，自然也沒看到她來。他只是看到死去的明日香小姐，臨時產生想砍頭的慾望而已。」

犀川舉起一隻手，事先擋下三個人差點要問出口的問題。

「他之所以會想砍，只是因爲他從以前就想拿人頭來嘗試看看。雖然他的出發點就是這麼單純，這是寺林先生的行動，所以是很難從常識面來考量的。關於這一點，之後我還會再做一些補充。總之，他這時迫切需要道具，於是他不顧自己頭部傷勢也很嚴重，偷溜出公會堂。等到上車後，他突然想起要跟人約好要到M工大實驗室做討論的事情。這個約定他可不能坐視不管，因爲不去的話，之後行蹤就很難交待了，不是嗎？已經下定決心要去砍明日香小姐的頭的時間其實很充分，而如果不去實驗室露個面，後來一定會被人懷疑。另外，他也想要確保自己能有最低限度的自由。所以他便想說要先去M工大一趟才行。寺林先生被打昏是在八點之前，而他去M工大，則是又過了三、四十分鐘後的事了。」

犀川又叼起香菸，然後緩緩地吐出白煙。
「接下來，他去實驗室見上倉裕子小姐。他們在那裡，究竟發生了什麼事呢？」
「發生什麼事？」大御坊表情嚴肅地問。
「上倉小姐看到走進房間的寺林先生時，嚇得差點跳了起來。」
「為什麼？因為他頭上有傷？」大御坊將身體挪前。
「不，那種驚訝法是很平常的。如果是這樣的話，就不會發生任何事了。」犀川搖頭。「只是普通的反應不會引起寺林先生去注意。就因為她吃驚的樣子太不尋常，所以才會被寺林先生察覺到。」
「察覺到什麼？」大御坊再次發問。
「上倉小姐就是打昏自己的人。」犀川面無表情地說。
「咦？是上倉小姐？」萌繪再次發出驚呼。
「也就是說，殺害筒見明日香的人，其實也是她。」犀川說。
「所以他才會殺了上倉小姐？」萌繪瞇起眼睛，以手遮口。
「一開始他們應該是有爭執過吧。」犀川事不關己般地繼續說：「上倉小姐一定是誤會寺林和明日香兩人的關係吧。寺林先生有興趣的，其實是紀世都先生，可是上倉小姐也許是會錯意了。不管實情如何，上倉小姐就是把明日香小姐叫到公會堂並下手殺害的兇手沒錯。她大概是事先暗藏某種凶器，然後趁機重擊明日香小姐的頭部以致她於死地的吧。她後來也用同樣的凶器打了寺林先生，只是因為殺寺林不在她的計畫內而猶豫了，導致下手時力道不足，或者是寺林先生剛好閃避攻擊、或是本身頭蓋骨很硬的關係，總之結果他沒死，只是昏迷過去。可是，上倉小姐卻認爲寺林先生也死了，所以他一定不會按照約定來實驗室。當她看到走進實驗室的寺林先生時，想必表現出驚慌失措的樣子吧。寺林先生就在此時下定決心要殺上倉小姐，並不是爲了替自己被打或明日香被殺的事情報仇。而是對那時已經打定主意要砍斷明日香小姐頭顱的他來說，上倉小姐是一個會妨礙他行動的絆腳石，因此他必須要除掉她。他已經超越理性的界線，所以他會這麼輕易地勒死上倉小姐。接下來，他爲了『延遲發現時間』這個極爲簡單的理由，而把實驗室的門鎖上。對於那把鑰匙只有他擁有的事實非但不在乎，甚至連河嶋副教授也有鑰匙的事他也不關心。」

「寺林先生是在那時吃便當的。」萌繪說。

「是啊……那是我們無法理解，跟我們的認知格格不入的行爲。爲什麼犯人要在勒死人後吃便當呢？一般人應該都會爲自己的犯行煩惱才對。這個問題的答案事實上也很簡單，就是他肚子餓了。」

萌繪睜大眼睛眨了兩次。

「把上倉小姐勒死以後，深信自己完成夢想的時刻終於來臨的他，應該是得意洋洋的吧。爲了今晚的大工程，他決定要忍耐飢餓，連去其它地方吃飯或是買回來吃的時間都不能浪費，於是他吃了上倉小姐的便當。只不過，爲了達成最後的目標，他必須確保最小限度的自由，所以他選擇把便當盒洗乾淨。他並沒有瘋，思考還十分冷靜。關於指紋的方面他也不用擔心，因爲實驗室裡本來就有很多他的指紋。」

「在那裡洗手的，不是寺林先生吧？」萌繪問。

「沒錯……是上倉小姐。」犀川回答，「她大概是使用實驗室裡的工具，來作爲殺害明日香小姐的工具吧。上倉小姐把工具拿回實驗室後，就在水槽那裡用肥皂清洗。我想當時的她一定沒心情吃便當吧。」

2

「計畫在此時有了重大改變。」犀川繼續說：「他之前本來打算先去M工大露一下臉後，然後再找適當的時機回去的，因爲這可以成爲他從公會堂離開大學的不在場證明。等回到公寓後準備好工具，再次偷溜進公會堂四樓。準備室的鑰匙就在他身上，所以他可以有一整個晚上的時間慢慢進行。反正，殺明日香小姐的人並不是他，而是打昏他的人所下的手，他只不過只是想砍下她的頭而已。至少，在見到上倉小姐之前，寺林先生的計畫就是這樣。」

犀川的話在此中斷。三人都保持一致的沉默。

「可是，殺人犯竟然就是上倉小姐，所以他在砍下頭之前，就眞的變成了殺人犯。這對他來說，本來就只是小事罷了。寺林先生後來一邊在上倉小姐的屍體旁吃便當，一邊思考出雖然乍看之下非常不智，但事實上卻是十分巧妙的計策，那就是自己僞裝成受害者倒在命案現場，乍看之下是處於最危險的狀態沒錯，但以平常人的行爲模式來看，卻又無法得到解釋。他不是瘋子，因爲他既可以明確地認出自己的特別之處，也很了解自己跟社會的相對性，所以才能夠做出客觀的判斷。他的思考，可以說是極爲清晰冷靜。」

「你說的沒錯。」犀川點頭。「寺林先生在九點前離開M工大，開著自己的車，先回到公寓拿斧頭和塑膠袋之類的用具，接著立刻返回公會堂。當他砍下明日香小姐的頭後，他就拿著那顆頭顱，前往另一棟房東是長谷川先生的房間，位置在筒見紀世都倉庫正上方的公寓。那個房間是他用自己研究室的河嶋副教授的名義租的。長谷川先生和那棟公寓的房客，看他年紀也不會差太多，大概以爲他是眞正的河嶋副教授吧。看起來不像學生的他，對M工大確有一定程度的了解，所以要謊稱應該不難吧。他將明日香小姐的頭放進自己的模型盒後，就運送到那間公寓。他的那尊人偶模型，當然應該也有好好地搬走吧。只不過他特地修繕過的小人偶，跟他現在要進行的創作比起來，也許已經不太能引起他的興趣了。」

「創作嗎……」喜多重複這個詞。

「後來，寺林先生馬上利用那顆頭顱取矽膠模。因爲他是臨時起意，那時他手上的矽膠只有一些，半夜調度不到材料，而且必須要有材料能製作讓矽膠倒入的適當箱子，所以他只有拿明日香小姐的頭顱，是基於手上材料不足的考量。他手上並沒有足夠全身使用的箱子和矽膠。」

「他取矽膠模要做什麼？」喜多皺起眉頭問。

「打從一開始就是練習，因爲他很想做這方面的練習。」犀川回答，「他的目標，是他理想原型筒見紀世都先生。這個他當然要做全身，而且在那之前，他也必須調度足夠的材料才行。最近都有郵購服務，所以應該很容易採購。他在醫院是被監視，而不是被監禁，應該可以自由的打電話。等東西寄到公寓那邊時，他就透過電話拜託房東長谷川先生，幫他把東西搬進房間裡。」

「他打算做紀世都的模型吧？」

「還有十三分鐘。」犀川看了眼時鐘後說：「我們回到正題。他在公寓做明日香的頭顱模型，應該花了三四個鐘頭。在工作完成後，他把頭隱藏起來，然後回到公會堂。頭可能是被他埋在那棟公寓的附近吧。等回到鶴舞，他在化學工學系的研究大樓附近看到警車，所以他把車停在稍遠的地方。他猜測警方可能還沒搜查到大學內的停車場，又認爲將車子停放的地點要距離公會堂愈遠愈好。他將車子停在M工大，接下來就用走路的走到公會堂，回到四樓準備室裡把門鎖上，在裡面呼呼大睡到天亮。」

喜多作個像是要深呼吸般地大大呼出一口氣。

「然後……就是一大難題。」犀川歪著嘴角。「我是指對寺林先生而言。早上被發現後，自己會被如何對待，潛藏著非常不確定的因素。就算他強調自己是被人打昏的，也一定會遭到別人的懷疑。他抱持著這種覺悟，爲了達成眞正的目標，於是想要盡量早點採取下一個行動。在住院被監視的時候，他一定也爲了逃離醫院而想過一些比較冒險的方法吧，比如說打倒警察之類的。不過在機緣巧合之下，西之園同學卻在那時出現了。」

犀川看向萌繪。萌繪稍微低頭，只有黑瞳往上回望犀川。

「寺林先生看到瞞過警方來醫院見自己的她，似乎非常關心案子，所以就興起利用西之園同學的念頭。他一定認爲這樣可能會讓夢想更早點實現吧。妳有什麼想說的嗎？」

「沒有。」萌繪咬住下唇，緩緩地搖了搖頭。

「他打電話到模型店，要他們把材料送到那間以河嶋名義租來的公寓房間。這也是半天就搞定了。然後他就開始構想能不被逮捕就可以殺害筒見紀世都先生的方法。殺不殺害紀世都對他來說是次要的問題，取下筒見紀世都的全身矽膠模才是首要的目的。他對西之園同學謊稱自己收到紀世都先生的留言，把她釣出來，好方便一起帶去那裡。」

「那個是說謊的？可是，我也有從紀世都先生那裏拿到信啊。那封信不是老師你們直接從他手中拿到的嗎？」

「我一開始認爲那是他交給到醫院去的紀世都，要他在不透露是誰給的前提下轉交給妳的。」犀川用沒有抑揚頓挫的語調說：「可是在醫院的寺林先生能用文書處理機嗎？這是我感到疑惑的地方。關於這一點，我也是無法下判斷。妳收到的信，也許眞的是紀世都先生寫的，不能排除這種可能性。反正寺林先生的供詞，應該可以使這一切眞相大白。我唯一比較確定的，是那個寺林先生給妳看，號稱是寫在收到的雜誌上的留言，應該是假的，因爲沒有其它人看到。」

「我有看到啊。」萌繪說。

「可是也只有妳看到。而且那留言還在火災中被燒掉了，沒辦法查驗筆跡。」犀川回答，「就我所聽到的內容，感覺上跟妳所接到的信中文筆十分不同。這也是困擾我的地方。反正說不定妳拿到的信，是紀世都本人寫的。」

「如果眞是他本人寫的話，那就代表他知道犯人是誰囉？」

「就是這樣。」犀川輕輕點頭。「現在時間不夠，我們還是別說那些不確定的事好了。總之寺林先生溜出醫院後，就先到紀世都先生的工房去。他身上有帶錢，而且大概是坐計程車吧。」

「雖然覺得很不甘心……不過的確是這樣沒錯。」萌繪點頭。

「也有可能是他走到紀世都先生的老家，然後坐上他的車一起回去工房。不管如何，他大概是趁紀世都先生洗澡的時候，將吹風機之類的電器丟進浴缸裡。觸電死不會在身體留下傷痕這一點對他來說非常理想。但這部分的細節仍然不明……」犀川又點起一根菸。「我不知道他是何時從醫院溜出去的，確定八點時是在工房沒錯。此時距離他跟西之園的會面，還有四小時以上。在那一段時間裡，寺林先生殺了紀世都先生，在倉庫裡取了他的矽膠模。這次因爲已經知道過程手續，所以就算體積很大的全身，也可以進行得很快。他趁矽膠凝固的期間，連忙在浴缸上貼上電線進行僞裝。那個使用發光二極體和蠟燭的藝術品，是紀世都以前自己準備好的，寺林先生只是加以利用而已。他唯一做的就是把寶特瓶裡的水換成酒精。在這期間，倒下去的矽膠已經凝固，他再將屍體搬回浴缸內注入水，然後把矽膠模搬回自己的公寓。因爲很重，他可能是分割成幾部分搬運的。事情到此結束，中間大概花了三個小時。他打電話給西之園同學後，是搭計程車或是偷別人的小綿羊機車而回到醫院附近，我們現在還是先跳過這些細節好了。」

「有紀世都先生歌聲的錄音帶，也是那個時候設定好的吧。」

「是啊……那也是紀世都先生作品的一部分。如果這全部是要給妳看的話，那應該是特地要給妳聽的。我、喜多、大御坊和金子同學，都只是湊巧聚集在那裡而已。寺林昨天對我說……如果只有妳一個人的話，那時就會把妳也殺了。」

「嗯……眞是那樣的話，我現在大概已經死了。」萌繪點頭。

「不過不知道這話是不是眞的，我覺得畢竟他是帶妳去當證人的，應該是不會殺妳才對，他眞要殺妳的話，應該是不會有任何猶豫的。關於這一點，事實上我也是非常不確定。我無法評價出哪一邊對寺林先生比較有利。」

「他是想如果進行順利的話，就可以苟活下來了吧？」喜多說：「他想讓萌繪看到筒見紀世都自殺的場面，這樣就可以藉由她的目擊證詞逃過一劫了。」

「那只是我們一般所認爲的形體而已啊。」犀川點頭。「算了，就當作是這樣吧。」

「我們在那裡看到的……」萌繪抬起眼瞳看犀川。「那些燈、閃光和蠟燭，全都是自動運作的裝置嗎？」

「不，那是用遙控控制的。」犀川立刻回答，「那似乎本來都是筒見紀世都製造的裝置，再用電視機或錄放影機常有的紅外線遙控器來操縱。那些全都是當時在現場的寺林操縱的，這一點是我唯一的證據。」

「證據？」萌繪歪著頭。「爲什麼是證據呢？」

「大御坊的攝影機有拍到。」犀川邊呼出煙邊說：「大家都有看到吧？就是畫面上常常會閃起的那一點稍暗且朦朧的光。」

「咦？」大御坊探出身子。「那個……原來是遙控器的光嗎？」

「就是那個我說像電燈泡一樣的光嗎？」萌繪也睜大眼睛。

「是啊。其它的發光二極體和閃光燈，都被站在攝影機前的寺林先生擋住而形成一片黑色的影子，可是那個朦朧的光源每次一發光，卻把整個畫面都照亮，那看起來像是電燈泡發亮的光，其實就是他手上的遙控器發出來的。」

「咦？可是那個時候大家都沒看到啊。喜多，你有發現嗎？」

「笨蛋……人的肉眼看不到紅外線啦。」喜多回答。

「攝影機拍得到嗎？」萌繪問。

「攝影機能感應到的波長範圍，比人的肉眼更廣，所以會感應紅外線並將它轉換成影像訊號，在螢幕上播放看起來就跟普通的光沒什麼兩樣。人類肉眼看不到的這種光，攝影機卻能拍得到。下次妳可以在攝影機或數位相機前按下電視機的遙控，會發現那會在螢幕上形成光點。」

「犀川老師，你是因爲那個，才會知道寺林先生是犯人吧？」

「嗯，那算是一個發端吧。」犀川點頭。

「對了，犀川……」大御坊問：「紀世都的身上爲何會被塗上白漆呢？」

「那不是白漆，而是隔離劑。」犀川說：「雖然成份跟油漆相似，但不會完全凝固，具有使矽膠不會沾黏在原來物體上，可以輕易剝下來的功能。他身體上之所以會被噴成那樣，就是這個緣故。寺林先生一定是嘗在試過各種油脂類或聚合物類的剝離劑後，才決定要使用這一種的。那個是油性的，不會溶於浴缸的水裡。我想現在警方應該也分析出成份來了吧。」

「那場假自殺，可以當作是寺林先生想讓自己被排除在嫌疑者名單外的努力。可是，他又爲什麼……想殺我呢？」萌繪問。

「這我就不太清楚了。他一開始殺死上倉小姐的舉動，可能是加速他殺筒見紀世都計畫的原因。他一定是等不及了。」犀川說：「他在實行之前，應該有擬定出一套他自認完善的計畫，煞費苦心地讓自己不要沾上嫌疑吧。他一定是對此陷入了狂熱。可是殺完人之後的興奮急速冷卻，使他感到空虛，所以他才會想再重複同樣的行爲。」

「那就跟模型組合一樣。」喜多手肘抵在桌上，手掌撐住雙頰。「只要完成了一個，就馬上想要再做第二個。他無法按耐這股衝動。」

「另外，他本人雖然否認，但他心中想必還是會有隨時被警察查出來的不安吧。」犀川重新翹起雙腿後說：「事實上，寺林先生自己應該也非常明白，這計劃並非固若金湯滴水不漏，是撐不了多久的。」

「寺林先生事先也沒預料到犀川老師和金子同學會來吧。看來我最後果然還是會被殺呢。」

「他或許，」犀川咧起嘴說：「也想取妳的矽膠模吧。」

「妳會被塗上隔離劑喔。」喜多在一旁插嘴。

「然後變成純白的小萌。」大御坊也說。

「這麼小看我們之間的羈絆，是他太天眞了。」萌繪對這三人露出微笑。

「『我們』是指誰？」

「就是我和犀川老師啊。」

「妳的想法比他更天眞。」犀川歪著嘴角。

「老師，」萌繪調整坐姿後問：「寺林先生爲什麼會想要紀世都先生的原型呢？那是我覺得最不可思議的地方。」

犀川聽到這個問題後，發出沉重的鼻息聲。「誰知道。那種事我也沒辦法解釋。」

「他對明日香小姐沒有興趣吧？」萌繪點頭，自言自語般地說。

「這一點是可以確定的。他接近明日香小姐，可能只是因爲她是紀世都先生的妹妹，但目標並不是她。」犀川說到這裡時，看了下時鐘。「時間也差不多了。」

「上倉小姐一直誤會他們的關係吧？」萌繪又問：「她以爲寺林先生喜歡的是明日香小姐。」

「這個嘛……就算現在知道這件事，也不能解決些什麼吧。」犀川起身說：「好了，西之園同學，已經可以了吧？」

「嗯，我大致上都明白了。」萌繪也站起來。

「好像是三浦先生或鵜飼先生要來問妳話的樣子。」犀川邊確認手提包裡的東西邊說：「妳應該是想他們會來問妳是怎麼查出犯人的。」

「咦？我沒有啊。」

「有。」犀川微笑說：「這樣做比較好吧。就說妳是用推理來過濾出犯人，所以才會跑到寺林先生那裡。雖然用的方法點不對，但如果這樣解釋的話，我想妳的叔叔或許就會對妳睜一隻眼閉一隻眼了。現在心情很好吧？」

「誰的心情好？」

「妳啊。」

「我？」

「不是嗎？」

「總覺得自己好像被大大地誤會了。」萌繪嘟起嘴。

「妳試著把我剛才的那番話用反向來說明，然後解釋自己是用這種順序來推理的看看。刑警先生們一定會很佩服的。妳不能像我一樣將內容濃縮簡短；用似乎是想到什麼就說什麼的語氣，而是要慢慢地拖延時間，用迂迴的方式抽絲剝繭才行。愈是這樣做，對方愈會佩服妳的思考力。將原本並不用使用大腦的隨想也逐一檢討的話，就能讓人產生艱難的印象。雖然實際上根本沒有這樣的理論，但人類倒意外地會對此深信不疑。妳了解嗎？」

「這不是你最常做的事嗎？」喜多笑著說。

「那是因爲我總是有足夠的時間啊。先走一步了。」

犀川將包包掛在肩上，往門口走去。他在門前停下腳步，回過頭說：「剛剛那是開玩笑的。」

3

這一天下午，西之園萌繪被叫到愛知縣警局接受鵜飼刑警的問話。表面上警局因爲萌繪帶來分享的蛋糕而顯得非常和樂融融，但彼此的交談其實卻剛好相反。

幸好寺林高司完全坦承自己的罪行，並詳細地供出犯案經過的細節。就跟犀川所指出的一樣，殺筒見明日香的是上倉裕子，凶器則推定是實驗室裡的螺旋鉗。鑑識課爲了調查這一點，已經再次出發到M工大實驗室去調查了。

公寓房東長谷川老先生，一直認為租兩零六室的寺林就是M工大的河嶋副教授。寺林把那裡租來當作模型倉庫時，半開玩笑地用了河嶋的名字。所謂的「半開玩笑」是寺林本身所用的形容詞，長谷川先生實際上是單身，連家人也沒有。至於長谷川雇用上倉裕子當家庭老師的說辭，完全是他為了引萌繪出來而編造的一派胡言。他看到萌繪對模型例會十分熱衷，就扯出這一套會令萌繪飛蛾撲火的說辭。

目前還有幾個不清楚的疑點。正如犀川說過的，寺林高司的行動雖然像是經過計算，但事實上矛盾的地方卻很多。好像是計畫想得很遠很深，卻又採取短視的行動；像是擁有明確的大方向，卻會被某些小細節所左右。萌繪正在想他這些矛盾點要怎麼解釋時，突然進來房間的三浦刑警，給了萌繪這樣的答案。

「該怎麼說呢，他的行為好像要把完整的形體故意破壞般地不合理。」三浦用手指推了推他的銀框眼鏡說：「就算是自己剛完成的形體，他也要在下一秒鐘把它毀掉。明明矛盾的地方明明愈來愈大，但他卻絲毫不在乎，甚至會讓旁人覺得他好像打一開始就秉持著這個原則在做事一樣。」

萌繪對此說法頗有同感。這種行為模式像是要刺穿思考的縫隙般異常。仔細一想，從他這些行動之間的關聯性少到幾乎沒有這點看來，好像是他在思考並行動過無數的矛盾後認真地從中找出無數細微的關聯性，好讓這些矛盾能連貫在一起似的。

如果普通的動機和行為之間是用一根粗繩子串連在一起的話，他就是將那根繩子拆解成無數的細線，然後往四面八方連結，就跟網路位址分享器的結構一樣。

萌繪心想，也許實際上本來就該是這樣，也就是說，那「一根粗繩」本來就是不存在的。人類在某處被單純化後，錯覺中所產生的單位……就是「一根」。人的單位一定也是如此，經過單純化和近似化的單位，就是「一人」。

寺林的行爲，給人一種總是驚險閃避過一般常識預測的印象。

爲何頭是必要的呢？而且那個頭的主人，還不是自己殺的，究竟那時是什麼想法促使他這麼做？

該用什麼話來說明這一切呢？想要財產？想要自由？想要愛情？也許是因爲曾經失去而產生破壞的衝動；也許是恐懼將來的失去而想要除掉障礙？他的所有情感，都無法還原成一句單純的話語。

一切本來都是複數的，本來一切都沒有單位。只用言語思考，就只能用言語去理解；以單位做劃分，就只能用單位來計算……眞能拍胸口保證自己已經知道眞相了嗎？

是誰去殺了誰？用了什麼方法？爲了什麼原因？那就是眞相嗎？如果眞是這樣的話，那她應該算是了解這次案子的眞相吧。可是這種了解，卻稱不上有任何價值，能眞正了解的，只有寺林高司本人。

可是在她遭到寺林襲擊而昏迷的那一瞬間，那個時候……她卻有種終於能了解他的感覺，那一瞬間的感覺，她仍然記憶猶新，但要再來回顧那種感覺，卻又像是完全不了解。

她想不出來，爲何那時自己會有這種感覺？難道是她面對死亡時所產生的幻覺嗎？

也許，死亡就是對單純化的渴望，在死之前，她想要認清事實爲何，不管什麼原因她都能完全接受。

那時的感覺一定是這樣沒錯，這果然……只是一場白日夢。她現在完全想不起那個理由來，就好像頭腦忘記了夢境一般，這樣看來，所謂的了解或不了解，本身只是在數個不安定的精神之間所形成的幻覺罷了。

就算她現在認爲自己完全能夠理解，這也不過是現在的她才會產生有的幻覺，等到修正自我價值觀後，這種匪夷所思的了解，也只能得過且過接受了，她想犀川一定是這樣子的。

萌繪知道，自己是在依舊充滿矛盾的狀態下，接受了這個事實，當犀川說寺林吃便當是因爲肚子餓時，他就了解寺林的情形。

事實上，寺林對刑警們的質問，也做出同樣的回答，好像這是理所當然一樣。在勒死戀人後馬上吃便當，其實根本沒什麼不自然，只有那些經過歸類並簡化的幼稚概念，才會把這個當作是異常，一切都是對複雜的簡化；一切都是沒根據的幻覺。

在這個世界上，被稱呼爲常識的幻覺，到底有多少呢？就像空氣一樣到處都有。可是，每一個地方的空氣卻都不一樣。這個道理雖然有人知道，有人不知道，但卻不可思議地生活在同一個社會裡……愈想就愈覺得頭痛，別想了，不想比較好。

她到現在還不清楚寺林房間爲什麼會跳電。關於這一點，鵜飼刑警也拜託她請教去犀川副教授。

當犀川來時，應該會一進房門後就想辦法先把保險絲弄斷，畢竟在黑暗裡有利於他突襲寺林。這種情形萌繪其實也多少猜得到。

至於自己爲什麼連脖子都被纏上不透明膠帶，萌繪一直不知道原因何在，雖然鵜飼刑警好像知道原因，可是也不告訴她。

「西之園小姐，那原因妳還是別知道比較好。」鵜飼說完後露出微笑。「我向妳保證。」

如果是平常的萌繪，她絕對不會輕易善罷甘休，可是因爲太過疲倦，想早點回家，所以也不想去多加追究。之所以會這麼不舒服，萌繪心想可能是因爲昨晚聞到寺林的化學藥品吧。

從警局回去學校時，難免覺得疲倦。身體到處還是很痛。腳踝好像有輕微的扭傷不說，手臂和肩膀動作大一點也會痠痛。不知道這是被寺林襲擊後的後遺症，還是因爲被綁時有多次跌倒的緣故。

將車子開進校園後，她停在研究大樓的中庭裡。抬頭往上看，發現金子也正往她這裡看。她向金子揮手，但他馬上轉身離開窗戶旁了。

等她爬上樓梯走進實驗室裡，才發現房內空無一人，金子也不知道跑到哪去了。走到窗邊將皮包放在自己的書桌上，然後在椅子上坐下。當她要按下電腦電源的時候，發現螢幕上貼著一張黃色的立可貼。

上面是金子的字，寫著「我有重要的事要說，到頂樓來」。

有些不滿他的命令口氣，可是萌繪還是馬上起身離開房間，一邊走上樓梯時一邊思考……爲什麼不能在實驗室裡講呢？有什麼不能給洋子聽到的內容？需要這麼神秘兮兮嗎？到底是要講什麼啊？難不成是「請跟我交往」之類重大的事嗎？

「那可不行……」萌繪低聲喃喃自語，想到這不禁搖頭。

如果是那種請求的話，她一定要斬釘截鐵地拒絕才行。雖然覺得金子不像會做這種事的人，但還是不能大意。

她推開沉重的鐵門到達頂樓。看見金子靠著欄杆，獨自一人佇立在那邊。他看到萌繪時咧起嘴打招呼。

「有什麼事？」萌繪走到他面前。

「有一件事一直瞞著妳……我想講的就是那件事。」

金子表情很奇怪，不知道是不是在不好意思。

萌繪默默地等著他開口。

「我跟一個女孩在交往。」金子說完停頓了一陣子。

「那跟我有什麼關係？」萌繪說。

「那個女孩是妳的朋友。」

「咦？誰啊？」有些吃驚的萌繪追問。

「我們已經交往三年了，只是我一直都沒說。」

「那是你的自由吧，我不會在意的……」萌繪邊思索著邊說：「咦？難不成是……洋子？」

如果是洋子的話，那機率不就跟拿到同花順的機率差不多了。

「笨蛋！是我啦！」萌繪後面傳來大喊的聲音。

一回過頭去，竟然是個令她意外的人。

「小愛！」萌繪大叫：「咦……是小愛嗎？騙人！」

「好啦好啦，別哭別哭。」小愛跑到萌繪身邊，用誇張的動作抱緊她。「乖乖喔，秀秀……」

「我幹嘛要哭啊。」萌繪笑著說：「喂，是眞的嗎？」

「秀秀喔……萌繪最乖了。」

「啊，我實在是……很高興。」終於想到適當的形容詞的萌繪接著說：「可是，我實在不敢相信，明明看起來是個性最合不來的說……」

「我先走了。」金子踱步走向樓梯門後，消失在門的另一邊。

「在不好意思了啊。羞羞臉！」小愛往他的身後大叫。

「噗，原來是這樣的啊……」萌繪用力點頭。「所以他才知道我父母的事……對了，那我假扮成護士的事也……天啊，那時候就是……」

「本小姐的嘴巴，可是藏不住秘密的。」小愛說：「就像破了洞的水壺一般，裝多少漏多少。妳跑到醫院的時候，他還眞的是很擔心呢。這傢伙該不會腳踏兩條船吧？你們之間眞的什麼事也沒有嗎？」

「妳那時候說的那個裸體躺在床上的人，就是金子吧？」萌繪問。

「賓果。小笨蛋！一個大小姐可是不會說出這種話的唷。再說……如果是其它男人的話，那要怎麼辦啊？討厭！」

「太好了……你們是情投意合呢。」

「喂，妳是哪國的形容法？我們其實是半生不熟的狀態啦，要來比成語嗎？呵，如果妳現在這麼閒的話，那我要好好地鞭打妳，再給妳灌點顯影劑，徹底糾正妳的劣根性。」小愛露出潔白的牙齒咯咯大笑。

想到一個謎題終於解開，讓萌繪的愉快心情擴張了二十平方公分的版圖，感覺輕鬆到好像密度每立方公分只有五百公克一樣。

4

傍晚的時候，犀川從東山動物園回到學校，一聽到他的腳步聲和開門聲萌繪連忙衝向犀川的辦公室。

「老師，我們到頂樓去。」萌繪沒有把門關上，就急著說。

「西之園同學，請妳記得敲門。」犀川站在書桌的裡面。

「可是老師你不是才剛回來嗎？」

「這不成理由。」

「抱歉。」

「到頂樓上做什麼？」犀川站著一邊移動滑鼠，一邊看著螢幕。

「是沒什麼特別的事啦……」萌繪說完，便稍微低下頭，發現自己的鞋尖跟犀川的書桌中間隔著兩塊磁磚。

「哦……」犀川低聲說，在椅子上坐下。「既然沒事，那去頂樓做什麼？」

「老師，好不好嘛？」
「好什麼？」
「就是去頂樓啊。」
「和妳？」
「是呀。」
「我嗎？」
「是呀。」萌繪愈講愈覺得火大。
「還是不要好了。妳看，從對面大樓看這裡可以看的很清楚。萬一被曾我醫師目擊到的話，只會徒增麻煩而已。」
「被看到不是很好嗎？為什麼被看到就會有麻煩？我們難道有做什麼不可告人的事嗎？我倒滿想找機會讓那個醫生看一看我們。」
「妳轉移話題了，我想知道的不是這個。請告訴我妳的目的為何。」
「目的是……」萌繪看向天花板。
「現在才在想啊。」犀川露出微笑。
「想上去吹點風。」
「誰？」
「我們。」萌繪微笑說。
「哦……這樣啊。」

「老師。」

在上頂樓的途中，犀川回頭對走在後面的萌繪說。

「西之園同學，妳最近愈來愈幼稚了。」

此時的天色已經染成了一片紫紅的顏色，說要上來吹吹風，但頂樓的風是又大又冷。

「好冷喔……」犀川皺起眉頭，將雙手插入口袋裡。從自己的房間拿來的有蓋型菸灰盒，就掛在他手插進去的那個口袋上。

「老師那麼晚回來，是你的不對喔。」

「妳這是推卸責任的三次方。」犀川從口袋裡掏出香菸點上。「到底有什麼事？是要談案子的事嗎？外頭很冷，要談就快一點。對了，妳是要問跳電的事吧？」

「我已經不想再談那件案子了……」萌繪瞇起雙眼走近犀川。

「妳居然說出這麼嚇人的話……」犀川苦笑說：「妳這麼說，對我而言是很大的威嚇呢。好冷喔……」

「要我幫你取暖嗎？老師。」

「我們是恆溫動物，進去房子裡就會覺得暖和了。沒有理由待在這裡吧？」犀川打了個噴嚏。「不行了……身體開始痛起來，都是昨天的關係……」

「金子同學跟我從高中一直到現在的好朋友，正在交往呢。」

「是喔。」

「眞好。」

「什麼很好？」

「一切都很好……」

犀川慢條斯理地走向樓梯。

「我回去拿件外套再來。」

「不用了……」萌繪嘆了口氣。「好了，我們下樓去吧。」

「嗯，就這樣吧！眞是明智的決定。」犀川打開門，讓萌繪先進去。

「難道沒有什麼有趣的事嗎……」萌繪邊下樓梯，邊用悶悶不樂的表情小聲喃喃地說。

「那海驢和海狗的差別……」

「一點都不有趣好不好！那種我才不要，已經聽膩了。」

「請妳把話聽完好嗎？」犀川表情嚴肅地說：「好吧，如果妳猜對的話，我就明後天找一天帶妳去動物園。」

「咦？要出謎題嗎？」

「是啊。」

「老師難道不知道在東山動物園約會的情侶，到最後都會分手的傳聞嗎？」

「那就算了。」

「不，沒關係。」萌繪連忙擠出微笑。「請告訴我問題吧。」

「海驢和海狗的差別是多少？」

「咦？多少……是什麼？這是什麼意思？」

「這個嘛……就是有多少的意思。」犀川說完後，忍俊不住地露出了微笑。

終章

到了十二月時，西之園萌繪獨自一個人到東山動物園，因爲非假日的關係，在動物園裡走的不是年輕的情侶，就是帶著幼兒的年輕母親。她依照指示牌的引導，直直的走向有海驢的地方。

今天是寒冷的一天，目的地就在前方的池塘。到了那邊，萌繪才發現只有海驢，至於海狗則好像是養在另一個地方。

萌繪已經在圖鑑上調查過海驢和海狗之間的差異，所以知道牠們的不同。可是犀川所提示的問題，卻跟動物學上的差異無關。他的問題不在牠們是哪裡不同，而是他們之間相差多少，也就是質化差別或量化差距的不同，那問題的含意，到現在仍是個謎。

萌繪豎起擋風外套的衣領，在海驢附近繞了一圈。在這種天寒地凍下，除了北極熊和企鵝之外，想必沒有動物肯出來吧。她實在不懂在這種天氣來動物園的遊客是抱著何種心情，還有自己到底是爲了什麼而來到這裡。

更重要的是自己還是孤零零的一個人，她恨犀川，他就跟鈾一樣討厭！老師乾脆溶掉算了……想著想著，不禁啞然失笑。

在那件案子之後，她曾經接過一次儀同世津子從橫濱打來的電話。根據她的解釋，因爲她想將採訪報導的校正稿傳眞給大御坊安朋，之前卻忘記問他電話，所以才會打來問萌繪。萌繪雖然記得大御坊的手機號碼，但卻不知道他工作地方的傳眞號碼，因此只好把電話先掛斷，打給大御坊問清楚電話號碼後，再撥電話告知儀同，結果一來一往之間，浪費了萌繪不少時間——這令她明白某件事，就是有些事是沒辦法直接問本人的。

這一點也是剛好想到的；有些話不能直接對別人說；也有些話別人不能直接對你說。而且可以舉出這種例子的範圍，正在逐漸擴大中。

童年的時候，自己明明是什麼話都能直言不諱，什麼事都能坦然接受的。可是隨著年歲漸長，卻有種無形的力量，正一點一滴地剝奪她的自由。

這就是所謂的成長？總感覺有點愚蠢。

犀川說過她的心智愈來愈幼稚，其實事實剛好相反，因爲人類天生就是注定要愈變愈笨的。

她頭腦大部分的表面積，正在遷怒出這種怪問題的犀川，甚至把自己冒著寒風到動物園來的這件事，也全部都怪罪在犀川頭上。對於如此確信著的百分之八十的自己，萌繪只得苦笑，至於剩下的百分之二十，正在對她吐舌頭做鬼臉。

她又走回了海驢池前面。海驢的精神比她還好，想必是因爲不用煩惱只會出謎題給自己的戀人問題，再加上耐寒力很強的緣故吧。

海驢好好喔……不禁產生這樣的想法，可是仍不會想成爲海驢。

附近有個裝在竿子上的小盒子，樣子像停車計時器的東西，從那上面寫著「海驢和海狗的不同」的字樣看來，應該是一按下按鈕就會從喇叭傳出解說的裝置吧。

犀川副教授和喜多副教授的不同。

犀川和寺林的不同。

萌繪和儀同世津子的不同。

萌繪和洋子的不同。

萌繪和小愛的不同。

如果也有能夠好好解說這些不同的盒子就好了。可是，萌繪和犀川的不同……只有這個她現在不想去知道。

回去吧！是該回去了，她沿著來時的路折返。可是沒走幾步路，又停下了腳步，既然都特地來到這裡，就乾脆聽完海驢和海狗的不同再回家好了。再說，她也多少有點好奇它到底要怎麼對小孩子進行解說。這樣的想法，讓她停下了腳步。

萌繪折返回到海驢池前方，走進盒子尋找按鈕，再仔細一看，上面竟然有個寫著五十圓的投幣口。

「海驢和海狗的不同是……五十圓。」

她先是咬住下唇，然後忍俊不住地大笑出來——這個幸福雖然很微小，但卻讓身體暖和起來。這應該比五十圓要更有價值一些吧。

※

接著，是一年之後的事情。

M工大的筒見豐彥教授在經歷喪女和喪子之痛後，只剩下他和妻子一起生活。所幸他們的身體並沒有被這份傷痛給擊垮，還可以勉強地度過這灰暗的一年。本來時常一個人關在二樓書房或鐵道模型房的他，最近也開始和變得時常上樓來的妻子，一起眺望小小火車頭牽動列車奔馳的景象，享受著紅茶的美味——這些事是以前他們從來沒做過的，眞要說有什麼變化，也只有這一點而已，不過這變化本身也沒什麼特別的含意。

每天晚上，筒見教授都會仔細檢查用來供列車馳騁的鐵道模型造景箱。爲了維持通電的順暢，要時常將鐵道磨得光滑才行。

這一次，也是他在整理的時候，正在用酒精去擦拭打磨過的鐵軌時，手肘不小心把一棟建築物模型的屋頂碰掉了——所有的迷你建築物裡都有裝燈，爲了換燈泡的方便，屋頂都是可以拿掉的。

當筒見教授要把屋頂裝回去時，他發現那棟小房子裡，居然有他記憶中沒裝進去過的東西。

那是小小的人偶，人偶尺寸配合鐵路和建築物，做成八十七分之一的規格，他將臉湊近往裡面窺探，一看，就馬上知道那是他兒子做的。

人偶有兩個，一男一女，男的站著，女的倒臥。女人偶的頭被摘下來扔在身旁。

他拿起鑷子，一面小心翼翼地夾起人偶，一面猜想這是何時被放進來的。在那件案子之後，他不記得有別人進來過，也應該不可能是妻子放的。

到底是誰？思考了好一會兒後，他又將人偶給放回原處，然後把屋頂給蓋回去。

在妻子面前就保持沉默吧，就當作這件事沒發生過吧，這樣就好了。

畢竟一切都已經結束了……那棟小屋就在越過平交道之後的上坡道途中，而且旁邊還有一棟白色的教堂。

註一：此句為日本雀巢咖啡廣告的名句。

註二：指在文書處理系統或試算表中將一連串的動作設定成一組，只要按個鈕就能自動依順序完成特定工作的軟體。

註三：日文的喜多和來的過去式發音相同。

註四：本室町幕府末期封建領主間的內亂，發生於應仁元年（西元一四六七年）至文明九年（西元一四七七年），故名。此後日本進入戰國時代。

註五：日文的人偶。

森博嗣作品系列

命運的模型(下)

(原名：数奇にして模型)

著者／森博嗣　譯者／謝如欣
發行人／黃鎮隆　副總經理／葛麗英
編輯總監／張君嫣　國際版權／陳宗琪・張哲欣・康逸嵐・黃子芳
執行編輯／蔡雯婷　美術編輯／鄭依依　封面設計／井十二設計研究室
出版／尖端出版　城邦文化事業股份有限公司
台北市中山區民生東路二段一四一號十樓
電話：(〇二)二五〇〇—七六〇〇　傳真：(〇二)二五〇〇—一九七四
E-mail：chiawei_kuo@mail2.spp.com.tw
發行／英屬蓋曼群島商家庭傳媒股份有限公司城邦分公司
台北市中山區民生東路二段一四一號二樓
讀者服務專線：(〇二)二五〇〇—七七一八；(〇二)二五〇〇—七七一九
二十四小時傳真服務：(〇二)二五〇〇—一九九〇；(〇二)二五〇〇—一九九一
讀者服務信箱E-mail：service@readingclub.com.tw
北部&中部經銷／勤力國際股份有限公司
電話：(〇二)八五三一—五三七〇
傳真：(〇二)八五三一—五三七一
雲嘉經銷／威信圖書有限公司　嘉義公司
電話：(〇五)二三三—三八五二
傳真：(〇五)二三三—三八六三
客服專線：〇八〇〇—〇二八—〇二八
南部經銷／威信圖書有限公司　高雄公司
電話：(〇七)三七三—〇〇七九
傳真：(〇七)三七三—〇〇八七
香港總經銷／香港城邦(香港)出版集團
香港灣仔軒尼詩道二三五號三樓
電話：(八五二)二五〇八—六二三一
傳真：(八五二)二五七八—九三三七
E-mail：citehk@hknet.com
法律顧問／北辰著作權事務所　蕭雄淋律師
二〇〇六年三月一版一刷

■中文版■

郵購注意事項：
1.填妥劃撥單資料：帳號：0562266-3　戶名：尖端出版股份有限公司。2.通信欄內註明訂購書名與冊數。3.劃撥金額低於500元，請加附掛號郵資50元。如劃撥日起 10～14日，仍未收到書時，請洽劃撥組。劃撥專線TEL：(03)312-4212　・　FAX：(03)322-4621。

國家圖書館出版品預行編目資料

命運的模型／森博嗣【作】. -- 1版. -
- 臺北市： 尖端出版 ：家庭傳媒城邦分公司發行,
2006[民95]
冊；　公分. --（森博嗣作品系列）
譯自：数奇にして模型
ISBN 957-10-3186-0（上冊：平裝）
ISBN 957-10-3188-7（下冊：平裝）
861.57　　95000308